নীল অপ্সরা রহস্য

রহস্য উপন্যাস

এম ডায়না

ghoshal.manoranjan@gmail.com

সূচীপত্র

নীল অপ্সরা রহস্য উপন্যাস পরিকল্পনার সারসংক্ষেপ

এই উপন্যাস পরিকল্পনাটি একটি জটিল ও বহুস্তরীয় রহস্য গল্পকে ৬০টি পর্বে বিভক্ত করে উপস্থাপন করছি। মূল প্লটটি জমিদার রণধীর সেনগুপ্তের 'শীতলছায়া' ম্যানশন থেকে অমূল্য চিত্রকর্ম 'নীল অপ্সরা' চুরির ঘটনাকে কেন্দ্র করে আবর্তিত হয়। প্রাইভেট গোয়েন্দা দুর্জয় ভট্টাচার্য ওরফে দুজ এবং তার ভাগ্নে বিশু এই রহস্যের কিনারা করতে আসেন, যখন স্থানীয় পুলিশ ব্যর্থ হয়।

প্রথম অধ্যায়: নীল অপ্সরার অভিশাপ (পর্ব ১-১৫) এই অংশে গল্পের সূচনা হয় কুয়াশাচ্ছন্ন সকালে 'নীল অপ্সরা' চুরির মাধ্যমে। দুজ ও বিশু তদন্ত শুরু করেন এবং রণধীর সেনগুপ্ত, তার কন্যা রীতা, পারিবারিক ডাক্তার অজিত রায় এবং বাটলার শম্ভুনাথকে জেরা করেন। প্রথম সূত্র হিসেবে ছবির নিচে পাওয়া একটি রহস্যময় চিরকুটে লেখা ("আলোর নিচে অন্ধকার, সত্যের আড়ালে মিথ্যা") গল্পে গভীরতা যোগ করে। দুর্জয় ম্যানশনে একটি গোপন প্রকোষ্ঠ এবং প্রতিটি চরিত্রের লুকানো দিকগুলো উন্মোচন করেন। শেষ পর্যন্ত, ডাক্তার অজিত রায়কে চোর হিসেবে চিহ্নিত করা হয়, যিনি ঈর্ষার বশে এই কাজটি করেছিলেন।

দ্বিতীয় অধ্যায়: পুরোনো পাপের ছায়া (পর্ব ১৬-৩০) 'নীল অপ্সরা' ফিরে এলেও দুজ-র মনে কিছু প্রশ্ন থেকে যায়। এই অধ্যায়ে রীতার মায়ের রহস্যজনক মৃত্যু এবং একটি পারিবারিক গয়না চুরির নতুন রহস্য উন্মোচিত হয়। তরুণ চিত্রশিল্পী অর্ণবের আগমন এবং রীতার সাথে তার সম্পর্ক গল্পের নতুন মোড় নেয়। শম্ভুনাথের গোপন কথা এবং রণধীরবাবুর পুরোনো ব্যবসায়িক অংশীদারের সাথে তার শত্রুতা এই অধ্যায়ে নতুন সন্দেহভাজনদের জন্ম দেয়। দুজ রীতার মায়ের লেখা পুরোনো চিঠি এবং মেডিকেল রিপোর্ট পর্যালোচনা করে তার মৃত্যুর আসল কারণ এবং তার সাথে 'নীল অপ্সরা'র সম্পর্ক খুঁজে বের করেন।

তৃতীয় অধ্যায়: গভীরে প্রোথিত ষড়যন্ত্র (পর্ব ৩১-৪৫) এই অধ্যায়টি গল্পের পরিধি আরও বাড়ায়, যেখানে 'নীল অপ্সরা' এবং পারিবারিক গয়না চুরির পেছনে একটি বৃহত্তর আন্তর্জাতিক শিল্প চোরাচালান চক্রের ষড়যন্ত্রের ইঙ্গিত পাওয়া যায়। দুজ একটি বেনামী চিঠি পান এবং চক্রের সন্ধানে কলকাতার বাইরে যান। অর্ণব ও রীতাও এই তদন্তে জড়িয়ে পড়েন এবং তাদের উপর বিপদ নেমে আসে। দুজ ম্যানশনের ভেতরে একজন গুপ্তচরের সন্ধান করেন এবং শিল্প জগতের অন্ধকার দিক ও দুর্নীতি উন্মোচন করেন। এই অধ্যায়ে চক্রের আসল মাস্টারমাইন্ডের পরিচয় উন্মোচন হতে শুরু করে, যিনি সমাজের উচ্চ স্তরের একজন অপ্রত্যাশিত ব্যক্তি।

চতুর্থ অধ্যায়: শেষ খেলা (পর্ব ৪৬-৬০) উপন্যাসের এই শেষ অধ্যায়ে মাস্টারমাইন্ডের সম্পূর্ণ পরিচয় উন্মোচন হয় এবং তাকে ধরার জন্য দুজ আন্তর্জাতিক পুলিশের সাহায্য নেন। রীতা তার মায়ের মৃত্যুর প্রতিশোধ নিতে সক্রিয় হন এবং অর্ণব তার শিল্প জ্ঞান দিয়ে চক্রের গোপন কোড decipher করেন। শম্ভুনাথ ম্যানশনের একটি পুরোনো গোপন পথের কথা বলেন। দুজ মাস্টারমাইন্ডকে ধরার জন্য একটি বড় ফাঁদ পাতেন, যা একটি শিল্প প্রদর্শনী বা নিলামে সক্রিয় হয়। চরম উত্তেজনা, অপ্রত্যাশিত মোড় এবং চূড়ান্ত লড়াইয়ের পর মাস্টারমাইন্ড ধরা পড়েন। গল্পের শেষে সব রহস্যের জট খুলে যায়, চরিত্রদের ক্ষত নিরাময় হয় এবং দুজ নতুন কোনো রহস্যের সন্ধানে এগিয়ে যান।

প্রথম অধ্যায়: নীল অপ্সরার অভিশাপ (পর্ব ১-১৫)

পর্ব ১: কুয়াশার চাদর

সেই শীতের সকালটা ছিল নিস্তব্ধ, এক ঘন কুয়াশার চাদরে মোড়া। কোলকাতা শহরের উপকণ্ঠে অবস্থিত 'শীতলছায়া' ম্যানশন, তার পুরোনো স্থাপত্য আর বিশাল বাগান নিয়ে যেন নিজেই এক রহস্য। ভোরের আবছা আলোয় ম্যানশনের চূড়াগুলো অস্পষ্টভাবে দেখা যাচ্ছিল, যেন কোনো প্রাচীন স্বপ্ন কুয়াশার গভীরে ডুবে আছে। চারপাশের গাছপালা, এমনকি ঘাসের ডগায় জমে থাকা শিশিরবিন্দুও কুয়াশার কারণে অদৃশ্য হয়ে গিয়েছিল। এক হিমশীতল নীরবতা গ্রাস করেছিল চারপাশ, যা কেবল মাঝে মাঝে দূর থেকে ভেসে আসা দু'একটি পাখির ডাকে ভাঙছিল।

এই ম্যানশনের মালিক জমিদার রণধীর সেনগুপ্ত। বয়স সত্তরের কোঠায়, কিন্তু তার চোখে এখনও শিল্পকলার প্রতি এক অদ্ভুত নেশা খেলা করে। তিনি কেবল একজন ধনী জমিদার নন, একজন প্রখ্যাত শিল্প সংগ্রাহকও বটে। তার ম্যানশনের প্রতিটি কোণায় ছড়িয়ে আছে দেশ-বিদেশের অমূল্য চিত্রকর্ম, ভাস্কর্য আর প্রাচীন প্রত্নতত্ত্বের নিদর্শন। রণধীরবাবুর কাছে এই শিল্পকর্মগুলো কেবল সম্পদ ছিল না, ছিল তার জীবনের প্রতিচ্ছবি, তার অস্তিত্বের অংশ। বিশেষ করে, তার সংগ্রহে থাকা 'নীল অপ্সরা' নামক চিত্রকর্মটি ছিল তার জীবনের সেরা অর্জন, যা নিয়ে তিনি প্রায়শই গর্ব

করতেন। এটি ছিল এক কিংবদন্তী চিত্রকর্ম, যার মূল্য কোটি কোটি টাকা।

কিন্তু সেদিন সকালের নিস্তব্ধতা ভেঙেছিল এক তীক্ষ্ণ আর্তনাদে—রণধীরবাবুর একমাত্র কন্যা, রীতা সেনগুপ্তের চিৎকার। সেই চিৎকার কুয়াশার নিস্তব্ধতাকে চিরে ম্যানশনের প্রতিটি কোণায় প্রতিধ্বনিত হলো, যেন এক ভয়ঙ্কর অশুভ সংকেত।

খবর পেয়েই দ্রুত ঘটনাস্থলে পৌঁছাল স্থানীয় পুলিশ। ইন্সপেক্টর রায় তার দলবল নিয়ে ম্যানশনের ভেতরে প্রবেশ করলেন। তারা সুরক্ষিত কক্ষটি পরীক্ষা করলেন, রণধীরবাবু ও রীতার সাথে প্রাথমিক কথা বললেন। ঘরের দরজা অক্ষত, জানালা বন্ধ, ভেতরে কোনো জোর করে ঢোকার চিহ্ন নেই। সবকিছু দেখে মনে হলো, যেন ছবিটি বাতাসে মিলিয়ে গেছে। পুলিশ অনেকক্ষণ ধরে পর্যবেক্ষণ করল, কিন্তু কোনো সুস্পষ্ট সূত্র খুঁজে পেল না। রহস্যের এই জটিলতা তাদের কাছে এক ধাঁধা মনে হলো। শেষ পর্যন্ত, কোনো সুরাহা করতে না পেরে, তারা কেসটিকে 'অমীমাংসিত' হিসেবে চিহ্নিত করে চলে গেল, যেন কুয়াশার মতোই রহস্যটি তাদের চোখের সামনে থেকে অদৃশ্য হয়ে গেল।

রণধীর বাবু সেখানে থেমে থাকলেন না। চুরি যাওয়া সম্পদের হদিস তাকে পেতেই হবে। তাই তিনি ফোন লাগালেন এক ডিটেকটিভ কে।

নীল অপ্সরা রহস্য

পুলিশ চলে যাওয়ার ঘণ্টাখানেক পর, ম্যানশনের গেটে একটি পুরোনো মডেলের অ্যাম্বাসেডর গাড়ি এসে থামল। গাড়ি থেকে নামলেন দুজন মানুষ। একজন মাঝবয়সী, প্রায় পঞ্চাশের কাছাকাছি, তীক্ষ্ণ বুদ্ধির ছাপ তার চোখে মুখে। পরনে একটি সাধারণ সুতির পাঞ্জাবি, চোখে মোটা ফ্রেমের চশমা। ইনিই প্রাইভেট গোয়েন্দা দুর্জয় ভট্টাচার্য, পরিচিত মহলে যিনি 'দুজ' নামেই পরিচিত। তার প্রতিটি পদক্ষেপ ছিল ধীরস্থির, কিন্তু তার দৃষ্টি ছিল শিকারী বাজপাখির মতো তীক্ষ্ণ। তার পাশে ছিল এক কমবয়সী যুবক, বিশ-বাইশ বছর হবে। বলিষ্ঠ চেহারা, চোখে মুখে সাহস আর বুদ্ধির দীপ্তি। সে দুজ-র ভাগ্নে এবং তার সহকারী, বিশু। দুজ তার ঠাণ্ডা মেজাজ আর বিচক্ষণতার জন্য পরিচিত, আর বিশু তার সাহসিকতা ও দ্রুত সিদ্ধান্ত নেওয়ার ক্ষমতার জন্য।

দুজ ম্যানশনের ভেতরে প্রবেশ করলেন। বাইরের কুয়াশা যেন ভেতরেও প্রবেশ করেছে, এক হিমশীতল পরিবেশ তাকে ঘিরে ধরল। ড্রইংরুমে রণধীরবাবু, রীতা, পারিবারিক ডাক্তার অজিত রায় এবং পুরোনো চাকর শম্ভুনাথ তখনও আতঙ্কিত মুখে দাঁড়িয়ে ছিলেন। সবার চোখে মুখে উদ্বেগ আর অনিশ্চয়তা।

দুজ নিজের পরিচয় দিলেন ও শান্তভাবে পরিস্থিতি পর্যবেক্ষণ করলেন। তার চোখ প্রতিটি খুঁটিনাটি বিষয় লক্ষ্য করছিল। তিনি সরাসরি সুরক্ষিত কক্ষের দিকে এগিয়ে যেতে চাইলেন, যেখানে 'নীল অপ্সরা' রাখা ছিল। রণধীর বাবু দুজকে সঙ্গে

নিয়ে সেটির দিকে এগিয়ে গেলেন। কক্ষটি তখনও পুলিসের পর্যবেক্ষণের পর অগোছালো ছিল। তাই তার ঘটনাস্থল পর্যবেক্ষণ করতে বেশ সুবিধা হল। দুজ নিচু হয়ে ছবির ফ্রেমের নিচে কিছু একটা লক্ষ্য করলেন। সেটি ছিল একটি ছোট কাগজের টুকরো, ভাঁজ করা। সেটি খুবই ছোট তাই কেউ তেমন গুরুত্ব দেয় নি। দুজ সাবধানে সেটি তুলে নিলেন এবং পড়ে দেখলেন। তাতে স্পষ্ট অক্ষরে লেখা ছিল:

"আলোর নিচে অন্ধকার, সত্যের আড়ালে মিথ্যা।"

দুজ কাগজের টুকরোটি হাতে নিয়ে কিছুক্ষণ স্থির হয়ে দাঁড়িয়ে রইলেন। তার চোখে এক নতুন কৌতূহল খেলা করে গেল। এ তো কোনো সাধারণ চুরি নয়, এ যেন এক জটিল ধাঁধা, যা তাকে রহস্যের গভীরে টেনে নিয়ে যাচ্ছে। বিশু তার পাশে এসে দাঁড়াল, তার চোখেও প্রশ্ন। দুজ একটি দীর্ঘশ্বাস ফেললেন। কুয়াশার আড়ালে এক অদৃশ্য চোর যেন তাদের সামনে এক নতুন চ্যালেঞ্জ ছুড়ে দিয়েছে।

পর্ব ২: প্রথম জেরা

কাগজের টুকরোটি হাতে নিয়ে দুজ যখন ড্রইংরুমে ফিরে এলেন, তখন রীতা, ডাক্তার অজিত রায় এবং শম্ভুনাথের চোখে মুখে ছিল একই রকম উদ্বেগ আর আতঙ্ক। পুলিশের ব্যর্থতা তাদের হতাশা আরও বাড়িয়েছিল। দুজ তাদের দিকে তাকিয়ে একটি শান্ত হাসি দিলেন, যা তাদের কিছুটা আশ্বস্ত

করল। বিশু ততক্ষণে রণধীরবাবুর কাছ থেকে একটি চেয়ার টেনে এনে দুজোর বসার ব্যবস্থা করে দিয়েছে।

চেয়ারে বসে দুজ তার স্বভাবসুলভ শান্ত কণ্ঠে শুরু করলেন, "আমি দুর্জয় ভট্টাচার্য, আর এ আমার ভাগ্নে বিশু। আপনারা আমাকে দুজ বলেই ডাকতে পারেন। পুলিশ চলে গেছে শুনে হতাশ হবেন না। আমি নিশ্চিত, এই রহস্যের জট আমরা খুলতে পারব।"

রণধীর সেনগুপ্ত তার ফ্যাকাসে মুখ তুলে দুজোর দিকে তাকালেন। "দুর্জয়বাবু, আমার 'নীল অপ্সরা' আমার জীবনের সবথেকে মূল্যবান জিনিস। এর মূল্য শুধু অর্থের বিচারে নয়, এর সাথে আমার পরিবারের বহু স্মৃতি জড়িয়ে আছে। এটি আমার পূর্বপুরুষদের কাছ থেকে পাওয়া এক অমূল্য উত্তরাধিকার।" তার কণ্ঠে এক গভীর বেদনা ঝরে পড়ল। দুজ বুঝতে পারলেন, এই ছবি রণধীরবাবুর কাছে নিছকই একটি শিল্পকর্ম নয়, তার আত্মার অংশ।

"আমি জানি, রণধীরবাবু," দুজ সহানুভূতিশীল কণ্ঠে বললেন, "আপনার কষ্ট আমি বুঝতে পারছি। কিন্তু এই মুহূর্তে আমাদের শান্ত থাকতে হবে এবং প্রতিটি তথ্য সঠিকভাবে দিতে হবে। প্রথমেই, আপনারা প্রত্যেকে কাল রাতে কী করছিলেন, তা আমাকে বিস্তারিত বলুন।"

প্রথমে রীতা সেনগুপ্ত কথা বললেন। তার চোখ ফোলা, কণ্ঠস্বর কান্নায় রুদ্ধ। "আমি... আমি কাল রাতে আমার ঘরেই ছিলাম। বাবার সাথে রাতের খাবার খেয়েছিলাম, তারপর নিজের ঘরে গিয়ে কিছু বই পড়ছিলাম। রাত বারোটা নাগাদ ঘুমিয়ে পড়েছিলাম। সকালে উঠে যখন বাবাকে ডাকতে গিয়েছিলাম, তখনই দেখি... 'নীল অপ্সরা' নেই।" রীতা আবার কান্নায় ভেঙে পড়লেন। তার কথায় এক ধরণের অস্থিরতা ছিল, যেন সে কিছু লুকাতে চাইছে, অথবা গভীর কোনো মানসিক চাপ তাকে গ্রাস করেছে। দুজ তার প্রতিটি শব্দ এবং মুখের অভিব্যক্তি তীক্ষ্ণভাবে পর্যবেক্ষণ করলেন। রীতার সৌন্দর্যের আড়ালে এক গভীর বিষাদ লুকিয়ে আছে, যা দুজোর চোখ এড়ালো না।

এরপর ডাক্তার অজিত রায়। তার বয়স রণধীরবাবুর কাছাকাছি, কিন্তু তার চেহারা অনেক শান্ত ও সংযত। তিনি ধীরস্থিরভাবে বললেন, "আমি কাল রাতে রণধীরবাবুর সাথে দাবা খেলছিলাম। আমাদের খেলা শেষ হতে রাত বারোটা বেজে গিয়েছিল। তারপর আমি নিজের ঘরে চলে যাই। কোনো অস্বাভাবিক শব্দ বা কিছুই শুনিনি। ম্যানশনের নিরাপত্তা ব্যবস্থা এতটাই শক্তিশালী যে, বাইরের কারো পক্ষে এখানে প্রবেশ করা অসম্ভব।" ডাক্তার রায়ের কথায় এক ধরণের আত্মবিশ্বাস ছিল, যা দুজোর মনে সামান্য সন্দেহ জাগালো। তিনি এত নিশ্চিত কীভাবে যে বাইরের কেউ আসেনি?

সবশেষে চাকর শম্ভুনাথ। তার চোখে মুখে তখনও ভয়ের ছাপ স্পষ্ট। "আমি সারা রাত জেগে ছিলাম, স্যার। আমার কাজই হলো ম্যানশনের দেখভাল করা। কিন্তু কাল রাতে আমি কোনো শব্দ শুনিনি। এ যেন ভূতের কাজ! এই ম্যানশনে এমন ঘটনা আগে কখনো ঘটেনি।" শম্ভুনাথের কণ্ঠস্বর কাঁপছিল। তার দীর্ঘদিনের বিশ্বস্ততা এবং ম্যানশনের প্রতি তার ভক্তি প্রশ্নাতীত ছিল, কিন্তু তার এই 'ভূতের কাজ' তত্ত্ব দুজোর কাছে অদ্ভুত মনে হলো। একজন অভিজ্ঞ বাটলারের এমন কথা বলাটা স্বাভাবিক নয়।

দুজ সবার কথা মনোযোগ দিয়ে শুনলেন। তিনি লক্ষ্য করলেন, রীতার অস্থিরতা, ডাক্তার রায়ের অতিরিক্ত আত্মবিশ্বাস এবং শম্ভুনাথের সরল ভীতি। প্রত্যেকের মানসিক অবস্থা ভিন্ন, কিন্তু সবার মধ্যেই এক ধরণের চাপা উত্তেজনা কাজ করছে।

"আমি সুরক্ষিত কক্ষটি দেখেছি," দুজ বললেন, "দরজা, জানালা সবই অক্ষত। জোর করে ঢোকার কোনো চিহ্ন নেই। এটাই আমার কাছে সবচেয়ে বিস্ময়কর লাগছে। পুলিশও একই কথা বলেছে।" দুজোর কণ্ঠে বিস্ময় ছিল, কিন্তু তার চোখ ছিল দৃঢ়। বিশু তার পাশে দাঁড়িয়ে নোট নিচ্ছিল, দুজোর প্রতিটি নির্দেশ সে মনোযোগ দিয়ে শুনছিল।

রণধীরবাবু দীর্ঘশ্বাস ফেলে বললেন, "হ্যাঁ, দুর্জয়বাবু। 'নীল অপ্সরা'র জন্য আমি সর্বোচ্চ নিরাপত্তা ব্যবস্থা রেখেছিলাম।

কক্ষের দেয়ালগুলো বুলেটপ্রুফ, দরজা ইস্পাতের তৈরি, আর চাবি শুধু আমার কাছেই থাকে। এমন সুরক্ষিত ঘর থেকে কীভাবে ছবিটা উধাও হয়ে গেল, আমি বুঝতে পারছি না।"

দুজ কাগজের টুকরোটি হাতে নিয়ে আবার সেটির দিকে তাকালেন। "আলোর নিচে অন্ধকার, সত্যের আড়ালে মিথ্যা।" এই ধাঁধাটিই এখন তাদের একমাত্র সূত্র। দুজ বুঝতে পারলেন, এই চুরি কেবল একটি সাধারণ অপরাধ নয়, এর পেছনে রয়েছে এক গভীর ষড়যন্ত্র, যা ম্যানশনের প্রতিটি কোণায় লুকিয়ে আছে। কুয়াশার আড়ালে থাকা সত্যকে উন্মোচন করার জন্য তাদের আরও গভীরে প্রবেশ করতে হবে।

পর্ব ৩: রীতার বিষাদ

পুলিশের প্রাথমিক জেরার পর দুজ রীতা সেনগুপ্তের সাথে আলাদাভাবে কথা বলার সিদ্ধান্ত নিলেন। ড্রইংরুমের কোলাহল থেকে দূরে, ম্যানশনের এক শান্ত লাইব্রেরি কক্ষে তারা বসলেন। বিশু বাইরে পাহারায় রইল, যাতে কেউ তাদের কথোপকথনে ব্যাঘাত ঘটাতে না পারে। রীতা তখনও মানসিকভাবে বিপর্যস্ত, তার চোখ দুটি লাল, কিন্তু তার মুখে এক ধরণের দৃঢ়তা ফুটে উঠেছে।

"রীতা দেবী," দুজ তার স্বভাবসুলভ শান্ত কণ্ঠে বললেন, "আমি জানি আপনি খুব কষ্ট পাচ্ছেন। কিন্তু এই মুহূর্তে

আপনার সহযোগিতা আমাদের জন্য অত্যন্ত গুরুত্বপূর্ণ। আপনার মা নেই, আপনিই রণধীরবাবুর একমাত্র অবলম্বন। এই পরিস্থিতিতে আপনাকে শক্ত থাকতে হবে।"

দুজ রীতার দিকে মনোযোগ দিয়ে তাকালেন। তার কান্নার আড়ালে এক গভীর বিষাদ লুকিয়ে আছে, যা কেবল 'নীল অপ্সরা' হারানোর কষ্ট নয়। দুজোর অভিজ্ঞ চোখ বুঝতে পারছিল, এটি দীর্ঘদিনের কোনো অব্যক্ত যন্ত্রণার ফল।

রীতা একটি দীর্ঘশ্বাস ফেললেন। "আমি জানি, দুজবাবু। কিন্তু এই ম্যানশন... এই সবকিছুই আমার কাছে এখন একটা দুঃস্বপ্ন মনে হচ্ছে। 'নীল অপ্সরা' শুধু বাবার প্রিয় ছবি ছিল না, এটি আমার মায়েরও খুব প্রিয় ছিল। মা মারা যাওয়ার পর বাবা এই ছবিটিকে আরও বেশি আগলে রাখতেন।"

"আপনার মা কবে মারা গিয়েছিলেন, রীতা দেবী?" দুজ প্রশ্ন করলেন, তার কণ্ঠস্বর নরম কিন্তু অনুসন্ধিৎসু।

রীতা চোখ নামিয়ে নিলেন। "প্রায় পনেরো বছর আগে। একটি দুর্ঘটনায়। তখন আমি খুব ছোট ছিলাম।" তার কণ্ঠস্বরে এক ধরণের চাপা কষ্ট স্পষ্ট হয়ে উঠল। "মা চলে যাওয়ার পর বাবা নিজেকে আরও বেশি গুটিয়ে নিয়েছেন। তিনি শিল্পকর্মের মধ্যে ডুবে থাকতেন। আমাদের সম্পর্কটা... কেমন যেন হয়ে গেছে। তিনি আমাকে ভালোবাসেন, আমি জানি, কিন্তু সেই পুরোনো সহজ সম্পর্কটা আর নেই।"

দুজ রীতার মুখের দিকে তাকিয়ে রইলেন। রণধীর সেনগুপ্তের শিল্পকর্মের প্রতি আবেগ হয়তো তার স্ত্রীর মৃত্যুর পর আরও তীব্র হয়েছিল। কিন্তু রীতার কথায় এক ধরণের দূরত্ব এবং অভিমান লক্ষ্য করলেন দুজ। একজন বাবার সাথে মেয়ের এমন সম্পর্ক কি স্বাভাবিক?

"আপনার মায়ের মৃত্যু কি সত্যিই একটি দুর্ঘটনা ছিল, রীতা দেবী?" দুজ সরাসরি প্রশ্ন করলেন।

রীতা চমকে উঠলেন। তার চোখ দুটি বড় হয়ে গেল। "কেন এমন কথা বলছেন, দুজবাবু? হ্যাঁ, এটি একটি দুর্ঘটনা ছিল। পুলিশও তাই বলেছিল।" তার কণ্ঠে এক ধরণের তীব্রতা ছিল, যা দুজোর সন্দেহকে আরও বাড়িয়ে দিল। রীতা কি কিছু লুকাচ্ছেন? নাকি তিনি নিজেও এই প্রশ্নের উত্তর জানেন না?

"শুধু জানতে চাইলাম," দুজ শান্তভাবে বললেন, "অনেক সময় পুরোনো ঘটনাগুলোর সাথে বর্তমানের যোগসূত্র থাকতে পারে। আপনার মায়ের মৃত্যুর পর 'নীল অপ্সরা'র প্রতি রণধীরবাবুর ভালোবাসা কি আরও বেড়েছিল?"

"হ্যাঁ," রীতা মাথা নাড়লেন। "মা মারা যাওয়ার পর বাবা ছবিটাকে আরও বেশি সুরক্ষিত করে রেখেছিলেন। যেন ওটা তার শেষ আশ্রয়।"

দুজ মনে মনে হিসাব কষলেন। রীতার মায়ের মৃত্যু, রণধীরবাবুর শিল্পকর্মের প্রতি অস্বাভাবিক আসক্তি, এবং রীতার নিজের চাপা বিষাদ—এই সবকিছুই যেন এক অদৃশ্য সুতোয় বাঁধা। রীতার ডায়েরিতে পাওয়া সেই কবিতার লাইনটি ('আলোর নিচে অন্ধকার, সত্যের আড়ালে মিথ্যা') কি কেবল একটি কবিতা ছিল, নাকি এর পেছনে অন্য কোনো অর্থ লুকিয়ে আছে? রীতা কি এই চুরির সাথে কোনোভাবে জড়িত? তার কান্নার আড়ালে কি অপরাধবোধের ছায়া?

দুজ অনুভব করলেন, রীতাকে নিয়ে তার মনে প্রথম সন্দেহ দানা বাঁধছে। এই মেয়েটি যতটা সরল দেখাচ্ছে, ততটা হয়তো নয়। তার অতীত জীবন এবং রণধীরবাবুর সাথে তার সম্পর্কের জটিলতা এই রহস্যকে আরও গভীর করে তুলছে। দুজ বুঝতে পারলেন, 'নীল অপ্সরা'র চুরির রহস্য কেবল একটি ছবি হারানোর গল্প নয়, এটি একটি পরিবারের লুকানো ইতিহাস এবং তাদের ভেতরের সম্পর্কের জটিলতার গল্প।

পর্ব ৪: ডাক্তারের শান্ত মুখ

রীতার সাথে কথা বলার পর দুজ এবার ডাক্তার অজিত রায়কে লাইব্রেরি কক্ষে ডাকলেন। ডাক্তার রায় ধীর পায়ে কক্ষে প্রবেশ করলেন। ম্যানশনের বাকি সদস্যদের মধ্যে যে উদ্বেগ আর অস্থিরতা ছিল, তা তার মধ্যে বিন্দুমাত্র দেখা গেল না। তার মুখ ছিল শান্ত, চোখে মুখে এক ধরণের সংযত ভাব,

যেন তিনি পেশাদারী দায়িত্ব পালনের জন্য প্রস্তুত। এই শান্ত আচরণ দুজোর অভিজ্ঞ চোখে কিছুটা অস্বাভাবিক ঠেকছিল। এমন একটি বড় চুরির ঘটনায় যেখানে তার দীর্ঘদিনের বন্ধু ক্ষতিগ্রস্ত হয়েছেন, সেখানে এত নির্লিপ্ততা কি স্বাভাবিক?

"ডাক্তার রায়," দুজ বললেন, "আপনার সাথে কিছু বিষয় নিয়ে কথা বলা প্রয়োজন।"

ডাক্তার অজিত রায় দুজোর মুখোমুখি বসলেন। তার ভঙ্গিতে কোনো তাড়াহুড়ো বা অস্থিরতা ছিল না। "বলুন, গোয়েন্দা। আমি সাহায্য করতে প্রস্তুত।"

"আপনি রণধীরবাবুর দীর্ঘদিনের পারিবারিক বন্ধু এবং চিকিৎসক," দুজ শুরু করলেন। "এই ম্যানশনের প্রতিটি কোণা আপনার পরিচিত, তাই না?"

ডাক্তার রায় মৃদু হাসলেন। "হ্যাঁ, রণধীর আমার স্কুলজীবনের বন্ধু। প্রায় চল্লিশ বছরেরও বেশি সময় ধরে আমাদের বন্ধুত্ব। এই ম্যানশন আমার কাছে দ্বিতীয় বাড়ির মতো। রণধীর অসুস্থ হলে আমিই তার দেখভাল করি।" তার কণ্ঠে ছিল গভীর আন্তরিকতা, যা তাদের বন্ধুত্বের গভীরতা প্রমাণ করে।

"কাল রাতে আপনি কী করছিলেন, ডাক্তার রায়?" দুজ সরাসরি মূল প্রশ্নে এলেন।

"যেমনটা আগেই বলেছি," ডাক্তার রায় শান্তভাবে উত্তর দিলেন, "আমি রণধীরবাবুর সাথে দাবা খেলছিলাম। আমাদের খেলা শেষ হতে রাত বারোটা বেজে গিয়েছিল। রণধীরবাবু তার ঘরে গেলেন, আর আমি আমার নির্দিষ্ট কক্ষে ফিরে এলাম।" তিনি প্রতিটি কথা খুব স্পষ্ট এবং সুনির্দিষ্টভাবে বললেন, যেন তিনি কোনো আদালতে সাক্ষ্য দিচ্ছেন।

"আপনার ঘরে ফেরার পর আপনি কি কোনো অস্বাভাবিক শব্দ বা কিছু লক্ষ্য করেছিলেন?" দুজ জিজ্ঞেস করলেন।

"না, কিছুই না," ডাক্তার রায় নিশ্চিতভাবে বললেন। "ম্যানশনের নিরাপত্তা ব্যবস্থা এতটাই শক্তিশালী যে, বাইরের কারো পক্ষে প্রবেশ করা অসম্ভব। আর ভেতরে যদি কেউ কিছু করত, তবে আমি নিশ্চিত শব্দ শুনতাম। আমার ঘর সুরক্ষিত কক্ষের খুব কাছেই।"

দুজ তার দিকে স্থির দৃষ্টিতে তাকিয়ে রইলেন। ডাক্তার রায়ের প্রতিটি উত্তর ছিল নিখুঁত, তার আলিবাই (দাবা খেলা) ছিল অকাট্য। একজন মানুষ এত শান্ত এবং নিশ্চিত হতে পারে, যখন সে সম্পূর্ণ নির্দোষ, অথবা যখন সে তার অপরাধকে খুব ভালোভাবে আড়াল করতে জানে। ডাক্তার রায়ের এই অতিরিক্ত শান্ত এবং সংযত আচরণ দুজোর মনে এক ধরণের সূক্ষ্ম সন্দেহ জাগালো। এমন বড় একটি ঘটনার পর, যেখানে তার ঘনিষ্ঠ বন্ধু এত বড় ক্ষতির শিকার হয়েছেন, সেখানে তার এই অবিচলিত ভাব কি স্বাভাবিক?

দুজ মনে মনে ভাবলেন, এই শান্ত মুখের আড়ালে কি অন্য কোনো উদ্দেশ্য লুকিয়ে আছে? তার দীর্ঘদিনের বন্ধুত্ব, ম্যানশনের প্রতি তার পরিচিতি, এবং তার অকাট্য আলিবাই—সবকিছুই তাকে সন্দেহের তালিকা থেকে দূরে রাখছে, কিন্তু দুজোর সহজাত প্রবৃত্তি তাকে অন্য কিছু বলছিল। এই নিখুঁত চিত্রটিই যেন কোথাও একটা খটকা তৈরি করছিল।

"ধন্যবাদ, ডাক্তার রায়," দুজ বললেন। "আপনার সহযোগিতা প্রয়োজন হবে।"

ডাক্তার অজিত রায় উঠে দাঁড়ালেন, তার মুখে সেই একই শান্ত হাসি। তিনি কক্ষ ত্যাগ করার পর বিশু ভেতরে এল। "কী মনে হচ্ছে, মামু?" বিশু জিজ্ঞেস করল।

দুজ কিছুক্ষণ নীরব রইলেন। "ডাক্তার রায় অতিরিক্ত শান্ত, বিশু। অতিরিক্ত শান্ত। আর তার আলিবাইটা বড্ড বেশি নিখুঁত। মনে হচ্ছে, যেন সবটাই আগে থেকে সাজানো।" দুজোর মনে ডাক্তার অজিত রায়কে নিয়ে প্রথম সামান্য সন্দেহ দানা বাঁধল। এই কেসটি যত এগোচ্ছে, ততই যেন এর প্রতিটি স্তর আরও জটিল হয়ে উঠছে।

পর্ব ৫: বাটলারের ভয়

ডাক্তার অজিত রায়ের সাথে কথা বলার পর দুজ এবার বাটলার শম্ভুনাথকে লাইব্রেরি কক্ষে ডাকলেন। শম্ভুনাথের মুখ

তখনও ফ্যাকাশে, তার চোখ দুটি ভয়ে বড় বড় দেখাচ্ছিল। তার কাঁপা কাঁপা হাত দুটি একে অপরের সাথে ঘষা খাচ্ছিল, যেন তিনি শীতের তীব্রতা থেকে নিজেকে রক্ষা করার চেষ্টা করছেন, যদিও ঘরের ভেতরে উষ্ণতা ছিল পর্যাপ্ত। তার প্রতিটি নড়াচড়ায় এক ধরণের অস্থিরতা ছিল, যা তার গভীর মানসিক চাপকে নির্দেশ করছিল।

"শম্ভুনাথবাবু," দুজ নরম স্বরে বললেন, "আপনি এই ম্যানশনের সবচেয়ে পুরোনো এবং বিশ্বস্ত কর্মচারী। আপনার অভিজ্ঞতা আমাদের জন্য খুব গুরুত্বপূর্ণ। বসুন।"

শম্ভুনাথ একটি চেয়ারে বসলেন, কিন্তু তার শরীর তখনও কাঁপছিল। "আমি... আমি জানি না কী হচ্ছে, স্যার। এমন ঘটনা এই ম্যানশনে আমি আমার জীবনে দেখিনি।" তার কণ্ঠস্বর ভয়ে প্রায় রুদ্ধ হয়ে আসছিল।

"আপনি বলেছিলেন, আপনি সারা রাত জেগে ছিলেন এবং কোনো শব্দ শোনেননি," দুজ মনে করিয়ে দিলেন। "আপনি কি নিশ্চিত?"

শম্ভুনাথ মাথা নাড়লেন। "হ্যাঁ, স্যার। আমি নিশ্চিত। আমার ঘর ছবির কক্ষ থেকে খুব বেশি দূরে নয়। সামান্য শব্দ হলেও আমি শুনতে পেতাম। আমি প্রতি রাতে ম্যানশনের প্রতিটি কোণা পরীক্ষা করি, সব দরজা-জানালা ঠিক আছে কিনা দেখি। কাল রাতেও আমি সব দেখেছি। সব ঠিক ছিল।" তার

কথায় এক ধরণের অসহায়ত্ব ছিল, যেন তিনি এই অবিশ্বাস্য ঘটনাটি মেনে নিতে পারছেন না। "আমি তো মনে করি, এটা ভূতের কাজ, স্যার! নইলে এত সুরক্ষিত ঘর থেকে একটা ছবি কীভাবে উধাও হয়ে যায়?"

তার এই 'ভূতের কাজ' তত্ত্ব দুজকে কিছুটা অবাক করল। একজন অভিজ্ঞ বাটলার, যিনি ম্যানশনের প্রতিটি খুঁটিনাটি জানেন, তিনি এমন অবাস্তব কথা বলছেন কেন? এটা কি তার সরল বিশ্বাস, নাকি ভয়ের আড়ালে কিছু লুকানোর চেষ্টা?

"ভূতের কাজ?" দুজ মৃদু হাসলেন। "শম্ভুনাথবাবু, আমরা বাস্তব জগতে বাস করি। ভূতেরা ছবি চুরি করে না।"

শম্ভুনাথ দীর্ঘশ্বাস ফেললেন। "আমি জানি, স্যার। কিন্তু এর কোনো ব্যাখ্যা আমি খুঁজে পাচ্ছি না। আমি প্রায় চল্লিশ বছর ধরে এই ম্যানশনে কাজ করছি। জমিদার রণধীর সেনগুপ্তের বাবা, তারও আগে তার বাবা... তিন প্রজন্ম ধরে আমি এই পরিবারের সেবা করছি। এই ম্যানশন আমার কাছে শুধু একটা কাজ করার জায়গা নয়, এটা আমার ঘর। এই পরিবারের কোনো ক্ষতি আমি চাই না। 'নীল অপ্সরা'র মতো মূল্যবান জিনিস এভাবে উধাও হয়ে যাওয়াটা আমার কাছে অবিশ্বাস্য মনে হচ্ছে।"

শম্ভুনাথের কথায় তার দীর্ঘদিনের পরিষেবা এবং ম্যানশনের প্রতি তার গভীর আনুগত্য স্পষ্ট হয়ে উঠল। তার চোখ দুটি

ছলছল করছিল, যা তার আন্তরিকতা প্রমাণ করে। তিনি যেন ম্যানশনেরই এক জীবন্ত অংশ, যার প্রতিটি ইঁট-কাঠের সাথে তার স্মৃতি জড়িয়ে আছে। তার এই আবেগ দুজোর মন ছুঁয়ে গেল। এমন একজন মানুষ কি সত্যিই চুরির সাথে জড়িত থাকতে পারে?

কিন্তু দুজোর পেশাদারী মন তাকে অন্য প্রশ্ন করতে বাধ্য করল। "শম্ভুনাথবাবু, আপনি বলছেন ম্যানশনের নিরাপত্তা ব্যবস্থা এতটাই শক্তিশালী যে বাইরের কারো পক্ষে প্রবেশ করা অসম্ভব। রণধীরবাবুও একই কথা বলেছেন। তাহলে, এত সুরক্ষিত ঘরে কীভাবে কেউ ঢুকতে পারে? যদি বাইরে থেকে কেউ না ঢুকে থাকে, তাহলে কি চোর ম্যানশনের ভেতরেই ছিল?"

দুজ সরাসরি শম্ভুনাথের চোখে চোখ রাখলেন। শম্ভুনাথের মুখ আরও ফ্যাকাশে হয়ে গেল। তিনি মাথা নিচু করে নিলেন, কোনো উত্তর দিলেন না। তার ভয় যেন আরও বেড়ে গেল। এই প্রশ্নটি তার মনেও হয়তো ঘুরপাক খাচ্ছিল, কিন্তু তিনি তা স্বীকার করতে পারছিলেন না।

দুজ বুঝতে পারলেন, শম্ভুনাথের ভয় কেবল চুরির জন্য নয়, বরং এই চুরির পেছনের কোনো গভীর সত্যের জন্য। তার 'ভূতের কাজ' তত্ত্বটি হয়তো তার মনের ভেতরের এই ভয়কে আড়াল করার একটি উপায়। দুজোর মনে এখন একটিই প্রশ্ন ঘুরপাক খাচ্ছিল: যদি বাইরের কেউ না এসে থাকে, তাহলে

চোর কে? ম্যানশনের ভেতরেই কি লুকিয়ে আছে সেই অদৃশ্য চোর? এই প্রশ্নটি তাকে আরও গভীরে অনুসন্ধান করতে উৎসাহিত করল। তবে তার কাছে দুজ জানতে পারল অর্ণবের কথা, যে কদিন আগেই সেই বাড়ি ছেড়েছে। যে এসেছিল ছবিটি নকল করার কাজে।

পর্ব ৬: অর্ণবের ছায়া

শম্ভুনাথের সাথে কথা শেষ করার পর দুজ আবার রণধীর সেনগুপ্তের কাছে ফিরে এলেন। রণধীরবাবু তখনও অস্থিরভাবে পায়চারি করছিলেন, তার মুখে দুশ্চিন্তার ছাপ স্পষ্ট। 'নীল অপ্সরা'র অনুপস্থিতি যেন তার প্রাণ কেড়ে নিয়েছে। দুজ একটি নতুন বিষয় নিয়ে জানতে চাইলেন, যা তার মনে নতুন সন্দেহের জন্ম দিয়েছিল।

"রণধীরবাবু," দুজ শান্ত অথচ দৃঢ় কণ্ঠে বললেন, "আপনার 'নীল অপ্সরা'র একটি নকল তৈরির কথা চলছিল, তাই না? এই বিষয়ে কি কিছু বলতে পারবেন?"

রণধীরবাবু চমকে উঠলেন। "হ্যাঁ, দুজবাবু। আপনি ঠিকই শুনেছেন। 'নীল অপ্সরা'র নিরাপত্তা নিয়ে আমি সবসময় চিন্তিত থাকতাম। তাই আমি সিদ্ধান্ত নিয়েছিলাম, একটি নিখুঁত নকল তৈরি করে আসল ছবিটি আরও সুরক্ষিত স্থানে রাখব। যদিও, সেই সিদ্ধান্ত নেওয়ার আগেই এই ঘটনা ঘটে গেল।" তার কণ্ঠে হতাশা ঝরে পড়ল।

"কে এই নকল তৈরির দায়িত্বে ছিলেন?" দুজ প্রশ্ন করলেন, তার চোখ রণধীরবাবুর মুখের দিকে স্থির।

"একজন তরুণ চিত্রশিল্পী, নাম অর্ণব," রণধীরবাবু উত্তর দিলেন। "সে খুব প্রতিভাবান ছেলে। কলকাতার আর্ট কলেজে পড়াশোনা করে। আমি তার কাজের কিছু নমুনা দেখেছিলাম, মুগ্ধ হয়ে গিয়েছিলাম। সে প্রায় এক সপ্তাহ ধরে এই ম্যানশনে ছিল, 'নীল অপ্সরা'র প্রতিটি খুঁটিনাটি খুব কাছ থেকে পর্যবেক্ষণ করছিল।"

দুজ মনোযোগ দিয়ে শুনলেন। "সে কি এখনও ম্যানশনে আছে?"

"না," রণধীরবাবু মাথা নাড়লেন। "সে তিনদিন আগে চলে গেছে। তার কাজ প্রায় শেষ হয়ে এসেছিল। সে বলেছিল, বাকি কাজটা সে তার স্টুডিওতে বসে করবে এবং খুব শীঘ্রই নকল ছবিটা আমাকে বুঝিয়ে দেবে।"

এই তথ্যটি দুজোর মনে তাৎক্ষণিক এক সন্দেহের জন্ম দিল। একজন তরুণ চিত্রশিল্পী, যে কিনা ম্যানশনে এসে 'নীল অপ্সরা'র প্রতিটি রেখা, প্রতিটি রঙ, প্রতিটি খুঁটিনাটি এত কাছ থেকে দেখেছে, তার পক্ষে ছবিটির হুবহু নকল তৈরি করা যেমন সম্ভব, তেমনি তার পক্ষে ছবিটি চুরি করাও সম্ভব। তার কাছে ছবির প্রতিটি গোপন দিক, এমনকি তার নিরাপত্তা ব্যবস্থার ফাঁকফোকরও হয়তো জানা ছিল।

"অর্ণবের ঠিকানা কি আপনার কাছে আছে, রণধীরবাবু?" দুজ জিজ্ঞেস করলেন।

"হ্যাঁ, আছে," রণধীরবাবু বললেন। "আমি তার সাথে যোগাযোগ করে আপনাকে তার সব তথ্য দিতে পারব।"

দুজ বিশুর দিকে তাকালেন। বিশু ততক্ষণে তার নোটবুকে অর্ণবের নাম এবং তার পেশা টুকে নিয়েছে। দুজোর মনে এখন অর্ণবকে নিয়ে একটি বড় প্রশ্নচিহ্ন। তার ম্যানশনে আসার কারণ, 'নীল অপ্সরা'র সাথে তার নিবিড় পরিচয়, এবং চুরির মাত্র তিনদিন আগে তার চলে যাওয়া—এই সবকটি বিষয়ই অর্ণবকে সন্দেহের তালিকায় নিয়ে আসছে।

"অর্ণব কি জানত 'নীল অপ্সরা'র আসল মূল্য কত, বা এর নিরাপত্তা ব্যবস্থা কেমন?" দুজ জানতে চাইলেন।

রণধীরবাবু কিছুক্ষণ ভাবলেন। "আমি তাকে ছবির মূল্য সম্পর্কে কিছু বলিনি, কিন্তু সে একজন শিল্পী। সে নিশ্চয়ই বুঝতে পেরেছিল এটি একটি অমূল্য শিল্পকর্ম। আর নিরাপত্তার বিষয়ে... সে তো ম্যানশনের ভেতরেই ছিল। হয়তো কিছু বিষয় তার নজরে এসেছিল।"

দুজ বুঝতে পারলেন, অর্ণব এই চুরির একটি গুরুত্বপূর্ণ অংশ হতে পারে। তার উপস্থিতি, তার কাজের ধরণ, এবং তার চলে যাওয়ার সময়—সবকিছুই যেন একটি পরিকল্পিত চুরির ইঙ্গিত দিচ্ছে। দুজোর মনে এখন নতুন একটি প্রশ্ন: অর্ণবের

এই 'ছায়া' কি এই রহস্যের গভীরে লুকিয়ে থাকা সত্যের দিকে ইঙ্গিত করছে? এই তরুণ চিত্রশিল্পী কি কেবল একজন শিল্পী, নাকি তার পেছনে অন্য কোনো উদ্দেশ্য রয়েছে? এই সন্দেহ দুজকে অর্ণবের সম্পর্কে আরও বিস্তারিত তদন্ত করার জন্য উৎসাহিত করল।

পর্ব ৭: গোপন দাগ

রণধীরবাবুর কাছ থেকে অর্ণবের বিষয়ে তথ্য পাওয়ার পর দুজ বিশুকে নিয়ে আবার সুরক্ষিত কক্ষের দিকে গেলেন। পুলিশ এবং ম্যানশনের কর্মীরা কক্ষটি একবার পরীক্ষা করলেও, দুজ জানতেন, একজন পেশাদার গোয়েন্দার চোখ দিয়ে প্রতিটি খুঁটিনাটি বিষয়কে আরও গভীরভাবে দেখতে হবে। এই কক্ষটিই ছিল রহস্যের কেন্দ্রবিন্দু, এবং এর প্রতিটি ইঙ্গিত হয়তো কোনো গোপন কথা লুকিয়ে রেখেছে।

কক্ষে প্রবেশ করে দুজ প্রথমে চারপাশের দেয়াল, সিলিং এবং মেঝে মনোযোগ দিয়ে পর্যবেক্ষণ করলেন। বিশু তার পাশে নোটবুক নিয়ে প্রস্তুত ছিল, দুজোর প্রতিটি নির্দেশ পালন করার জন্য। কক্ষটি সত্যিই অত্যন্ত সুরক্ষিত ছিল। দেয়ালগুলো পুরু, দরজা ইস্পাতের, এবং জানালাগুলো মোটা কাঁচের তৈরি যা বাইরে থেকে ভাঙা প্রায় অসম্ভব। দুজ প্রতিটি কোণা খুঁটিয়ে দেখলেন, কোনো ফাটল, কোনো আলগা ইট, বা কোনো অস্বাভাবিক চিহ্ন আছে কিনা।

প্রথমেই দুজোর নজর পড়ল কক্ষের ভেতরে কোনো সিসিটিভি ক্যামেরা না থাকার বিষয়টি। "বিশু," দুজ বললেন, "এত মূল্যবান একটি শিল্পকর্ম যেখানে রাখা হতো, সেখানে কোনো সিসিটিভি নেই? এটা খুবই অদ্ভুত।"

বিশু মাথা নাড়ল। "হ্যাঁ মামু, পুলিশও এই বিষয়টা উল্লেখ করেছে। রণধীরবাবু নাকি ভেবেছিলেন, এত শক্তিশালী নিরাপত্তা ব্যবস্থার ভেতরে ক্যামেরার প্রয়োজন নেই।"

দুজ ভ্রু কুঁচকালেন। এটি একটি বড় ত্রুটি ছিল। সিসিটিভি থাকলে চুরির ঘটনাটি হয়তো অনেক সহজ হয়ে যেত। এর অনুপস্থিতি চোরকে আরও সুবিধা দিয়েছে, এবং প্রমাণ লোপাটে সাহায্য করেছে।

দুজ এরপর মেঝের দিকে ঝুঁকলেন। তিনি ধীরে ধীরে হেঁটে গেলেন, প্রতিটি পদক্ষেপে মেঝের টাইলসগুলো পরীক্ষা করছিলেন। 'নীল অপ্সরা' যেখানে টাঙানো ছিল, সেই দেয়ালের ঠিক নিচে এসে তিনি থামলেন। সেখানে, মেঝের ওপর, একটি ছোট, প্রায় অদৃশ্য দাগ লক্ষ্য করলেন তিনি। দাগটি এতটাই হালকা ছিল যে, সাধারণ চোখে তা ধরা পড়তো না। এটি যেন কোনো ভারী জিনিস টেনে নিয়ে যাওয়ার ফলে তৈরি হওয়া একটি ঘষা লাগার চিহ্ন। দাগটি টাইলসের রঙের সাথে মিশে যাচ্ছিল, কিন্তু দুজোর তীক্ষ্ণ দৃষ্টি তা এড়াতে পারল না।

দুজ হাঁটু গেড়ে বসে দাগটি আরও ভালোভাবে পরীক্ষা করলেন। এটি একটি সরলরেখার মতো ছিল, যা দেয়ালের খুব কাছ থেকে শুরু হয়ে প্রায় এক ফুট দূরত্ব পর্যন্ত বিস্তৃত। দাগের পাশে সামান্য ধুলোর কণা লেগে ছিল, যা কক্ষের বাকি অংশের ধুলো থেকে কিছুটা ভিন্ন।

"বিশু, এদিকে আয়," দুজ ইশারা করলেন।

বিশু দ্রুত দুজোর পাশে এসে দাঁড়াল। "কী হয়েছে, মামু?"

"এই দাগটা দেখ," দুজ আঙুল দিয়ে দেখিয়ে বললেন। "খুবই হালকা, কিন্তু আছে।"

বিশু মনোযোগ দিয়ে দেখল। "হ্যাঁ, মামু। মনে হচ্ছে যেন কোনো ভারী জিনিস টেনে নিয়ে যাওয়া হয়েছে।"

"ঠিক ধরেছিস," দুজ বললেন। "কিন্তু কীসের দাগ এটা? ছবিটা তো দেয়ালের সাথে টাঙানো ছিল। তাহলে মেঝের এই দাগের কারণ কী?"

দুজ মনে মনে কয়েকটি অনুমান করতে লাগলেন।

- **প্রথম অনুমান:** ছবিটি চুরি করার সময় কোনো ভারী সরঞ্জাম ব্যবহার করা হয়েছিল, যা টেনে নিয়ে যাওয়ার ফলে এই দাগ তৈরি হয়েছে। কিন্তু কক্ষের ভেতরে তো কোনো জোর করে ঢোকার চিহ্ন নেই।

- **দ্বিতীয় অনুমান:** ছবিটি চুরি করার পর, চোর হয়তো এটি দ্রুত সরিয়ে নেওয়ার জন্য কোনো চাকাযুক্ত ট্রলি বা অন্য কোনো যন্ত্র ব্যবহার করেছে। কিন্তু তাও তো জোর করে ঢোকার চিহ্নের সাথে মেলে না।
- **তৃতীয় এবং সবচেয়ে গুরুত্বপূর্ণ অনুমান:** যদি ছবিটি দেয়াল থেকে সরিয়ে মেঝের উপর রাখা হয়ে থাকে, এবং তারপর কোনো ভারী জিনিস দিয়ে এটিকে ঢেকে রাখা হয়, তাহলে কি এই দাগ তৈরি হতে পারে? অথবা, ছবির পেছনের অংশ থেকে কোনো ভারী জিনিস মেঝের উপর টেনে নিয়ে যাওয়া হয়েছে?

দুজ আরও গভীরভাবে চিন্তা করলেন। "আলোর নিচে অন্ধকার, সত্যের আড়ালে মিথ্যা।" সেই চিরকুটের কথা তার মনে পড়ল। 'আলোর নিচে অন্ধকার' – এই লাইনটি কি এই দাগের সাথে সম্পর্কিত? যদি ছবির ঠিক নিচে, মেঝের নিচে, কোনো গোপন প্রকোষ্ঠ থাকে, তাহলে সেই প্রকোষ্ঠ খোলার জন্য কি কোনো ভারী জিনিস সরাতে হয়েছিল? অথবা, সেই প্রকোষ্ঠ থেকে কিছু বের করার সময় এই দাগ তৈরি হয়েছে?

দুজ উঠে দাঁড়ালেন। তার মনে নতুন একটি ধারণা জন্ম নিল। এই প্রায় অদৃশ্য দাগটি কেবল একটি সাধারণ চিহ্ন নয়, এটি হয়তো সেই অদৃশ্য চোরের পায়ের ছাপের মতোই গুরুত্বপূর্ণ একটি সূত্র। এটিই হয়তো সেই 'অন্ধকার' যা 'আলোর নিচে'

লুকিয়ে আছে। এই দাগের উৎস খুঁজে বের করা এখন দুজোর প্রধান লক্ষ্য হয়ে দাঁড়াল।

পর্ব ৮: শম্ভুর ঘড়ি

সুরক্ষিত কক্ষের মেঝের সেই প্রায় অদৃশ্য দাগটি দুজোর মনে নতুন চিন্তার জন্ম দিয়েছিল। তিনি বুঝতে পারছিলেন, এই দাগটি নিছকই কোনো দৈব ঘটনা নয়, এর পেছনে রয়েছে কোনো সুনির্দিষ্ট কারণ। এই সূত্রটি তাকে ম্যানশনের ভেতরের দিকেই ইঙ্গিত করছিল, এবং তার সন্দেহভাজনদের তালিকা থেকে শম্ভুনাথের নামটা যেন আবার সামনে চলে এল। শম্ভুনাথের 'ভূতের কাজ' তত্ত্ব এবং তার অতিরিক্ত ভয় দুজোর কাছে আর সরলতা মনে হচ্ছিল না।

দুজ বিশুকে নিয়ে আবার শম্ভুনাথের খোঁজে গেলেন। শম্ভুনাথ তখন রান্নাঘরের পাশে একটি ছোট ঘরে বসে চা খাচ্ছিলেন, তার মুখ তখনও চিন্তিত। দুজকে দেখে তিনি দ্রুত উঠে দাঁড়ালেন।

"শম্ভুনাথবাবু, আপনার সাথে আমার আরও কিছু কথা আছে," দুজ শান্ত অথচ দৃঢ় কণ্ঠে বললেন। "আপনার ঘরে কি আমরা একবার যেতে পারি?"

শম্ভুনাথ ইতস্তত করলেন, কিন্তু কোনো আপত্তি করলেন না। তার ঘরে প্রবেশ করে দুজ চারপাশটা একবার চোখ বুলিয়ে

নিলেন। ঘরটি ছোট, কিন্তু পরিপাটি করে সাজানো। একটি পুরোনো কাঠের খাট, একটি ছোট টেবিল, আর একপাশে একটি আলমারি। দুজ ধীরে ধীরে ঘরের প্রতিটি জিনিস পর্যবেক্ষণ করতে লাগলেন। বিশুও তার সাথে যোগ দিল, প্রতিটি কোণা খুঁটিয়ে দেখছিল।

দুজ টেবিলের উপর একটি পুরোনো ঘড়ি দেখতে পেলেন। ঘড়িটি ছিল বেশ পুরনো মডেলের, তার কাঁচের ঢাকনার নিচে ধুলোর আস্তরণ জমেছিল। ঘড়ির কাঁটা দুটি স্থির হয়ে আছে—রাত বারোটা এক মিনিটে।

দুজ ঘড়িটি হাতে তুলে নিলেন। "শম্ভুনাথবাবু, এই ঘড়িটা কি আপনার? এটা তো থেমে আছে।"

শম্ভুনাথের মুখ আরও ফ্যাকাশে হয়ে গেল। তিনি ঘড়িটির দিকে তাকিয়ে ঢোক গিললেন। "হ্যাঁ, স্যার। এটা আমার পুরোনো ঘড়ি। কালকেই খারাপ হয়ে গেছে। আমি খেয়াল করিনি।" তার কণ্ঠস্বর আগের চেয়েও বেশি কাঁপছিল।

"কালকে খারাপ হয়ে গেছে?" দুজোর চোখ তীক্ষ্ণ হয়ে উঠল। "কিন্তু এর কাঁটা তো কাল রাত বারোটা এক মিনিট থেকে থেমে আছে। আর আপনি বলেছিলেন, আপনি কাল সারা রাত জেগে ছিলেন এবং কোনো শব্দ শোনেননি। অথচ, চুরির ঘটনাটি ঘটেছে গভীর রাতে, সম্ভবত রাত বারোটার পরেই।"

শম্ভুনাথের মুখ দিয়ে আর কথা বেরোচ্ছিল না। তার আগের বক্তব্য এবং এই ঘড়ির কাঁটার অসঙ্গতি দুজোর সামনে স্পষ্ট হয়ে উঠল। যদি ঘড়িটি কালকেই খারাপ হয়ে থাকে, তবে তার কাঁটা কালকের রাত বারোটা এক মিনিটে স্থির থাকার কোনো নির্দিষ্ট কারণ নেই। এটি কি চুরির সময় থেমে গিয়েছিল?

"আপনি কি নিশ্চিত যে আপনি কাল রাতে ঘুমাননি, শম্ভুনাথবাবু?" দুজ প্রশ্ন করলেন, তার কণ্ঠস্বরে এখন আর কোনো নরম সুর ছিল না, কেবল তীক্ষ্ণতা। "অথবা, আপনাকে কি কেউ ঘুম পাড়িয়ে দিয়েছিল?"

শম্ভুনাথের চোখ দুটি বড় বড় হয়ে গেল। তিনি দ্রুত মাথা নাড়লেন। "না, স্যার! আমি ঘুমাইনি। আর আমাকে কেউ কিছু দেয়নি।" তার কণ্ঠে এক ধরণের আকুতি ছিল, যেন তিনি নিজেকে নির্দোষ প্রমাণ করতে চাইছেন।

"তাহলে এই ঘড়িটা রাত বারোটা এক মিনিটে কেন থেমে গেল, শম্ভুনাথবাবু?" বিশু প্রশ্ন করল, তার চোখেও সন্দেহ। "আর যদি আপনি জেগে থাকেন, তাহলে এত বড় চুরির ঘটনা, যেখানে এত মূল্যবান একটা ছবি উধাও হয়ে গেল, আপনি তার বিন্দুমাত্র শব্দও শুনলেন না কেন?"

শম্ভুনাথের মুখ রক্তশূন্য হয়ে গেল। তিনি কিছু বলতে পারছিলেন না, কেবল ফ্যালফ্যাল করে তাকিয়ে রইলেন। তার

ভয় এখন আর কেবল 'ভূতের কাজ' নিয়ে নয়, বরং তার নিজের আলিবাইয়ের দুর্বলতা নিয়ে। দুজ বুঝতে পারলেন, শম্ভুনাথ হয়তো সত্যিই ঘুমিয়ে পড়েছিলেন, অথবা তাকে এমন কিছু দেওয়া হয়েছিল যা তাকে গভীর ঘুমে আচ্ছন্ন করে ফেলেছিল। এই ঘড়িটি ছিল সেই রাতের ঘটনার একটি নীরব সাক্ষী।

দুজ ঘড়িটি বিশুর হাতে দিলেন। "এটা আমাদের কাছে প্রমাণ হিসেবে থাকবে, বিশু।"

দুজ শম্ভুনাথের দিকে তাকিয়ে বললেন, "শম্ভুনাথবাবু, আপনি হয়তো সত্যি বলছেন না। আপনার এই ঘড়ি প্রমাণ করছে যে, রাত বারোটা এক মিনিটে আপনার জীবনে কিছু একটা ঘটেছিল। আপনি হয় ঘুমিয়ে পড়েছিলেন, অথবা আপনাকে জোর করে ঘুম পাড়িয়ে দেওয়া হয়েছিল। এর মানে হলো, চোর যখন তার কাজ করছিল, তখন আপনি জেগে ছিলেন না। আর যদি চোর ম্যানশনের ভেতরেই থাকে, তাহলে আপনার এই নীরবতা তাকে আরও সুবিধা করে দিয়েছে।"

শম্ভুনাথের চোখে জল এসে গেল। তিনি অস্ফুটে কিছু বলতে চাইলেন, কিন্তু কোনো শব্দ বের হলো না। দুজ বুঝতে পারলেন, শম্ভুনাথ হয়তো ভয়ের কারণে কিছু লুকাচ্ছেন, অথবা তিনি নিজেই একটি বড় ষড়যন্ত্রের শিকার। এই ঘড়িটি কেবল একটি সময় নির্দেশক যন্ত্র ছিল না, এটি ছিল সেই

রাতের নীরব সাক্ষী, যা রহস্যের আরও গভীরে প্রবেশ করার পথ খুলে দিল।

পর্ব ৯: রীতার ডায়েরি

শম্ভুনাথের ঘড়ি এবং তার অস্পষ্ট প্রতিক্রিয়া দুজোর মনে নতুন করে সন্দেহ জাগিয়েছিল। তিনি বুঝতে পারছিলেন, এই চুরির পেছনে কেবল একজন নয়, হয়তো একাধিক ব্যক্তি জড়িত। অথবা, অন্তত চোর এমন একজন, যে ম্যানশনের ভেতরের খুঁটিনাটি সম্পর্কে অবগত। তার মনে রীতা সেনগুপ্তকে নিয়ে যে প্রাথমিক সন্দেহ দানা বেঁধেছিল, তা আরও জোরালো হয়ে উঠল। রীতার কান্নার আড়ালে লুকানো বিষাদ এবং তার মায়ের মৃত্যুর বিষয়ে তার অস্বস্তি দুজোর মনে বারবার প্রশ্ন জাগাচ্ছিল।

দুজ বিশুকে নিয়ে রীতার ঘরের দিকে গেলেন। বিশু দরজায় টোকা দিল। ভেতর থেকে রীতার ক্ষীণ কণ্ঠস্বর ভেসে এল, "কে?" "আমি দুজ, রীতা দেবী। আপনার সাথে কিছু কথা ছিল," দুজ বললেন।

কিছুক্ষণ পর দরজা খুলল। রীতা তখনও বিপর্যস্ত, কিন্তু তার চোখে এক ধরণের সতর্কতা। "আসুন, দুজবাবু।"

দুজ কক্ষে প্রবেশ করলেন। রীতার ঘরটি ছিল পরিপাটি, রুচিশীল আসবাবপত্রে সজ্জিত। একটি বড় জানালা দিয়ে

কুয়াশাচ্ছন্ন বাইরের দৃশ্য দেখা যাচ্ছিল। দুজ ঘরের চারপাশটা একবার চোখ বুলিয়ে নিলেন, তার তীক্ষ্ণ দৃষ্টি প্রতিটি খুঁটিনাটি বিষয় লক্ষ্য করছিল। তার নজর গেল ডেস্কের উপর, যেখানে একটি পুরোনো ডায়েরি খোলা অবস্থায় পড়ে ছিল। ডায়েরির পাতাগুলো হলুদ হয়ে গেছে, দেখে মনে হচ্ছে এটি বহু পুরোনো।

দুজ ধীরে ধীরে ডেস্কের দিকে এগিয়ে গেলেন। রীতা দুজের দৃষ্টি অনুসরণ করে ডেস্কের দিকে তাকালেন এবং সঙ্গে সঙ্গে তার মুখ ফ্যাকাশে হয়ে গেল। তিনি দ্রুত ডায়েরিটি বন্ধ করার চেষ্টা করলেন, কিন্তু দুজ ততক্ষণে ডায়েরির খোলা পৃষ্ঠার একটি লাইন পড়ে ফেলেছেন।

সেই লাইনটি ছিল হুবহু ছবির নিচে পাওয়া কাগজের টুকরোর মতো: "আলোর নিচে অন্ধকার, সত্যের আড়ালে মিথ্যা।"

দুজ ডায়েরিটি হাতে তুলে নিলেন। রীতার চোখ দুটি বড় বড় হয়ে গেল, তার মুখে স্পষ্ট ভয় ফুটে উঠল। সে যেন ধরা পড়ে গেছে।

"রীতা দেবী," দুজ শান্ত অথচ দৃঢ় কণ্ঠে বললেন, "এই ডায়েরিটা আপনার?"

রীতা মাথা নাড়লেন, তার কণ্ঠস্বর কাঁপছিল। "হ্যাঁ... এটা আমার পুরোনো ডায়েরি। আমি মাঝে মাঝে কবিতা লিখি।"

তার চোখে মুখে এক ধরণের অসহায়ত্ব ছিল, যেন সে কোনো অজুহাত খুঁজছে।

"আর এই লাইনটি?" দুজ ডায়েরির খোলা পৃষ্ঠাটি দেখিয়ে বললেন, "আলোর নিচে অন্ধকার, সত্যের আড়ালে মিথ্যা। এই লাইনটিই 'নীল অপ্সরা'র নিচে পাওয়া গেছে। এটা কি নিছকই কাকতালীয়, রীতা দেবী?"

রীতার মুখ রক্তশূন্য হয়ে গেল। সে দ্রুত চোখ নামিয়ে নিল, দুজের চোখের দিকে তাকাতে পারছিল না। তার শরীর কাঁপছিল। "আমি... আমি জানি না। এটা আমার পুরোনো লেখা। আমি... আমি এর সাথে জড়িত নই।" তার কণ্ঠস্বরে অস্থিরতা স্পষ্ট।

দুজ বুঝতে পারলেন, রীতা কিছু লুকাচ্ছেন। এই কবিতার লাইনটি নিছকই একটি কাকতালীয় ঘটনা হতে পারে না। এটি হয়তো চোরের দেওয়া একটি সূত্র, যা রীতার ডায়েরি থেকে নেওয়া হয়েছে। কিন্তু কেন? রীতা কি চোরকে চিনতেন? নাকি রীতা নিজেই এই চুরির সাথে জড়িত? তার এই ভয় কি অপরাধবোধের ফল, নাকি অন্য কিছুর?

দুজ মনে মনে বিশ্লেষণ করতে লাগলেন। রীতার কান্নার আড়ালে লুকানো বিষাদ, তার মায়ের মৃত্যুর রহস্য, এবং এখন এই ডায়েরির লাইন—সবকিছুই যেন একটি জটিল জালের মতো জড়িয়ে যাচ্ছে। রীতা সেনগুপ্ত, যিনি নিজেকে অসহায়

এবং নিরীহ দেখাচ্ছিলেন, তার ভেতরের এক অন্য রূপ যেন দুজোর সামনে উন্মোচিত হচ্ছে।

"রীতা দেবী," দুজ বললেন, "আপনি আমাকে সত্যিটা বলছেন না। এই লাইনটি আপনার ডায়েরিতে কেন? আর চোর কেন এটি ছবির নিচে রেখে গেল? আপনি কি চোরকে চেনেন?"

রীতা কোনো উত্তর দিলেন না, কেবল মাথা নিচু করে রইলেন। তার চোখে জল এসে গেল, কিন্তু এবার তা কষ্টের নয়, ভয়ের। দুজোর মনে রীতাকে নিয়ে গভীর সন্দেহ দানা বাঁধল। এই রহস্যের জট খুলতে হলে রীতার এই লুকানো সত্যকে উন্মোচন করা অত্যন্ত জরুরি। দুজ জানতেন, রীতার এই নীরবতাই হয়তো তাকে আসল সত্যের আরও কাছাকাছি নিয়ে যাবে।

পর্ব ১০: ডাক্তারের বই

রীতার ডায়েরি এবং তার লুকানো ভয় দুজোর মনে রীতাকে নিয়ে গভীর সন্দেহ জাগিয়েছিল। কিন্তু দুজ জানতেন, একটি সূত্র দিয়ে সিদ্ধান্তে পৌঁছানো যায় না। তার মনে ডাক্তার অজিত রায়ের সেই অতিরিক্ত শান্ত আচরণ এবং নিখুঁত আলিবাইয়ের খটকা তখনও রয়ে গেছে। তিনি সিদ্ধান্ত নিলেন, এবার ডাক্তার রায়ের ঘরে গিয়ে অনুসন্ধান চালাবেন। হয়তো সেখানে এমন কিছু পাওয়া যেতে পারে, যা তার শান্ত মুখের আড়ালে লুকিয়ে থাকা রহস্য উন্মোচন করবে।

বিশুকে সাথে নিয়ে দুজ ডাক্তার অজিত রায়ের কক্ষের দিকে গেলেন। ডাক্তার রায় তখন ড্রইংরুমে রণধীরবাবুর সাথে কথা বলছিলেন। দুজ বিশুকে ইশারা করলেন, যাতে তারা নিঃশব্দে কক্ষে প্রবেশ করতে পারে।

ডাক্তার রায়ের ঘরটি ছিল পরিপাটি এবং রুচিশীল। একটি আরামদায়ক বিছানা, একটি পড়ার টেবিল, এবং একটি বড় আলমারি। ঘরটি দেখে মনে হচ্ছিল, একজন সুশৃঙ্খল এবং পড়াশোনা করা মানুষের ঘর। দুজ ধীরে ধীরে ঘরের প্রতিটি জিনিস পরীক্ষা করতে লাগলেন, তার চোখ প্রতিটি খুঁটিনাটি বিষয়কে স্ক্যান করছিল। বিশুও মনোযোগ দিয়ে দুজকে সাহায্য করছিল।

দুজ আলমারির দিকে এগিয়ে গেলেন। আলমারির পাল্লা খুলতেই সারি সারি বই চোখে পড়ল। বেশিরভাগই ছিল চিকিৎসা বিজ্ঞান সংক্রান্ত বই, যা একজন ডাক্তারের জন্য স্বাভাবিক। কিন্তু দুজোর চোখ আটকে গেল আলমারির এক কোণায় রাখা কয়েকটি অদ্ভুত বইয়ের দিকে। তিনি সাবধানে বইগুলো বের করে আনলেন।

প্রথম বইটি ছিল 'প্রাচীন গুপ্তধনের মানচিত্র ও তার রহস্য' (Ancient Treasure Maps and Their Secrets)। দ্বিতীয়টি ছিল 'সাংকেতিক ভাষা ও তার প্রয়োগ' (Cryptic Languages and Their Applications)। আর তৃতীয়টি ছিল 'প্রাচীন সভ্যতার লুকানো পথ' (Hidden Paths of

Ancient Civilizations)। বইগুলো বেশ পুরোনো ছিল, পাতাগুলো হলুদ হয়ে গেছে, এবং কিছু পৃষ্ঠায় মার্কার দিয়ে দাগ দেওয়া ছিল।

দুজ বইগুলো হাতে নিয়ে কিছুক্ষণ ভাবলেন। একজন ডাক্তারের কাছে এমন বই কেন? এটি কি নিছকই শখ, নাকি এর পেছনে অন্য কোনো উদ্দেশ্য আছে?

ঠিক তখনই ডাক্তার অজিত রায় কক্ষে প্রবেশ করলেন। দুজকে বইগুলো হাতে দেখে তিনি সামান্যও বিচলিত হলেন না। বরং তার মুখে সেই পরিচিত শান্ত হাসি ফুটে উঠল।

"আহ, গোয়েন্দা," ডাক্তার রায় বললেন, তার কণ্ঠে কোনো উদ্বেগ ছিল না, "আমার শখের বইগুলো দেখছেন? আমি অবসর সময়ে ইতিহাস এবং রহস্য নিয়ে পড়তে ভালোবাসি। গুপ্তধনের মানচিত্র, সাংকেতিক ভাষা—এসব আমার কাছে খুব কৌতূহলোদ্দীপক মনে হয়।"

ডাক্তার রায়ের হাসিটা দুজোর কাছে আরও রহস্যময় মনে হলো। এই হাসির আড়ালে কি তিনি কিছু লুকাচ্ছেন? তার এই নির্লিপ্ততা কি তার অপরাধবোধকে আড়াল করার একটি কৌশল? দুজ জানতেন, অনেক সময় সবচেয়ে শান্ত এবং নিরীহ দেখতে মানুষটিই সবচেয়ে বড় অপরাধী হয়ে থাকে।

"আপনার শখ বেশ বৈচিত্র্যপূর্ণ, ডাক্তার রায়," দুজ বললেন, তার কণ্ঠস্বরে এক ধরণের সূক্ষ্ম ইঙ্গিত। "এই বইগুলো কি

আপনাকে ম্যানশনের কোনো গোপন পথ বা প্রকোষ্ঠ সম্পর্কে জানতে সাহায্য করেছে?"

ডাক্তার রায়ের হাসিটা সামান্য প্রসারিত হলো। "ম্যানশনের গোপন পথ? গোয়েন্দা, আপনি খুব কল্পনাপ্রবণ। আমি তো জানি না এই ম্যানশনে কোনো গোপন পথ আছে কিনা। আমি শুধু বই পড়ি, বাস্তব জীবনে তার প্রয়োগের সুযোগ কোথায়?"

তার উত্তরটি ছিল নিখুঁত, কিন্তু দুজোর মনে খটকা রয়ে গেল। 'আলোর নিচে অন্ধকার, সত্যের আড়ালে মিথ্যা'—সেই চিরকুটের লাইনটি আবার তার মনে পড়ল। যদি 'আলোর নিচে অন্ধকার' বলতে কোনো গোপন প্রকোষ্ঠ বোঝায়, তাহলে ডাক্তার রায়ের এই বইগুলো কি সেই প্রকোষ্ঠ সম্পর্কে জানার সূত্র হতে পারে? একজন মানুষ শখের বশে গুপ্তধনের মানচিত্র বা সাংকেতিক ভাষা নিয়ে পড়তে পারে, কিন্তু এই মুহূর্তে, এই চুরির ঘটনার পর, এই বইগুলোর উপস্থিতি দুজোর মনে নতুন সন্দেহ জাগিয়ে তুলল।

দুজ বুঝতে পারলেন, এই রহস্যটি যতটা সহজ মনে হচ্ছে, ততটা নয়। শম্ভুনাথের ঘড়ি, রীতার ডায়েরি, এবং এখন ডাক্তার রায়ের এই রহস্যময় বইগুলো—সবকিছুই যেন একটি জটিল জালের মতো জড়িয়ে যাচ্ছে। প্রতিটি চরিত্রই যেন কিছু লুকাচ্ছে, এবং প্রতিটি সূত্রই যেন অন্য কোনো দিকে ইঙ্গিত করছে। এই চুরির পেছনে হয়তো আরও গভীর কোনো ষড়যন্ত্র লুকিয়ে আছে, যা কেবল 'নীল অপ্সরা' হারানোর

চেয়েও বেশি কিছু। দুজ জানতেন, তাকে আরও গভীরে প্রবেশ করতে হবে, প্রতিটি চরিত্রের লুকানো দিক উন্মোচন করতে হবে, তবেই এই কুয়াশার আড়ালে থাকা সত্য বেরিয়ে আসবে।

পর্ব ১১: কুয়াশার গভীরে

শম্ভুনাথের ঘড়ি, রীতার ডায়েরি এবং ডাক্তার অজিত রায়ের রহস্যময় বইগুলো দুজোর মনে অসংখ্য প্রশ্ন তৈরি করেছিল। তিনি বুঝতে পারছিলেন, এই কেসটি কেবল একটি সাধারণ চুরির ঘটনা নয়, এর পেছনে রয়েছে এক গভীর এবং বহুস্তরীয় ষড়যন্ত্র। দিনের আলোয় কুয়াশা কিছুটা পাতলা হলেও, রহস্যের কুয়াশা যেন আরও ঘন হয়ে আসছিল। দুজ বিশুকে নিয়ে ম্যানশনের একটি ছোট, নিরিবিলি কক্ষে বসলেন, যেটি তিনি সাময়িক কার্যালয় হিসেবে ব্যবহার করছিলেন।

"ভাগ্নে," দুজ তার সহকারী বিশুকে সম্বোধন করে বললেন, "এখন পর্যন্ত যা যা সূত্র পেয়েছি, সেগুলো নিয়ে আমাদের বিস্তারিত আলোচনা করা দরকার। প্রতিটি সন্দেহভাজনের মোটিভ এবং সুযোগ নিয়ে ভাবতে হবে।"

বিশু তার নোটবুক খুলে প্রস্তুত হলো। "বল মামু। আমি সব নোট করে নিচ্ছি।"

দুজ প্রথমে পাওয়া সূত্রগুলো বিশুর সামনে তুলে ধরলেন:

- "প্রথমত, ছবির ফ্রেমের নিচে পাওয়া সেই কাগজের টুকরো, যেখানে লেখা ছিল: 'আলোর নিচে অন্ধকার, সত্যের আড়ালে মিথ্যা'। এটি একটি ধাঁধা, যা চোর নিজেই রেখে গেছে।"
- "দ্বিতীয়ত, সুরক্ষিত কক্ষের মেঝের সেই প্রায় অদৃশ্য দাগ, যা দেখে মনে হচ্ছে কোনো ভারী জিনিস টেনে নিয়ে যাওয়া হয়েছে।"
- "তৃতীয়ত, শম্ভুনাথের ঘরে পাওয়া পুরোনো ঘড়ি, যা রাত বারোটা এক মিনিটে থেমে আছে। শম্ভুনাথের দাবি সে সারা রাত জেগে ছিল, কিন্তু এই ঘড়ি তার কথার সাথে মিলছে না।"
- "চতুর্থত, রীতার ডায়েরি, যেখানে হুবহু সেই একই কবিতার লাইন পাওয়া গেছে, যা ছবির নিচে ছিল। রীতা এই বিষয়ে স্পষ্ট কিছু বলতে চাইছে না এবং তাকে বেশ ভীত দেখাচ্ছে।"
- "পঞ্চমত, ডাক্তার অজিত রায়ের ঘরে পাওয়া গুপ্তধনের মানচিত্র ও সাংকেতিক ভাষার ওপর লেখা বইগুলো। ডাক্তার রায় এগুলোকে শখ বললেও, এই মুহূর্তে এর উপস্থিতি সন্দেহজনক।"
- "এবং ষষ্ঠত, তরুণ চিত্রশিল্পী অর্ণব, যে কিনা চুরির মাত্র তিনদিন আগে 'নীল অপ্সরা'র নকল তৈরির কাজ শেষ করে ম্যানশন ছেড়েছে।"

সূত্রগুলো পর্যালোচনা করার পর দুজ এবার সন্দেহভাজনদের দিকে মনোযোগ দিলেন।

"রণধীর সেনগুপ্ত," দুজ শুরু করলেন, "তিনি ছবির মালিক। তার মোটিভ কী হতে পারে? বীমার টাকা? নাকি এর পেছনে অন্য কোনো পারিবারিক রহস্য লুকিয়ে আছে, যা আমরা এখনও জানি না? তার কাছে ম্যানশনের সবকিছুর প্রবেশাধিকার আছে।"

বিশু মাথা নাড়ল। "বীমার টাকার জন্য এত বড় ঝুঁকি নেবেন বলে মনে হয় না, মামু। তিনি ছবিটাকে নিজের জীবনের চেয়েও বেশি ভালোবাসেন।"

"ভালোবাসা অনেক সময় ঘৃণায় পরিণত হতে পারে, বিশু," দুজ বললেন। "অথবা, ভালোবাসার আড়ালে অন্য কোনো উদ্দেশ্য থাকতে পারে। এরপর রীতা সেনগুপ্ত। তার কান্নার আড়ালে এক গভীর বিষাদ লুকিয়ে আছে। তার মায়ের মৃত্যু, রণধীরবাবুর সাথে তার সম্পর্কের জটিলতা—এগুলো কি কোনো মোটিভ হতে পারে? প্রতিশোধ? রীতার ডায়েরিতে সেই লাইনটি পাওয়া যাওয়াটা খুবই গুরুত্বপূর্ণ।"

"তাহলে কি রীতা দেবী নিজেই চোর?" বিশু প্রশ্ন করল।

"হতে পারে, অথবা সে চোরকে সাহায্য করেছে, অথবা চোর তাকে ব্যবহার করেছে," দুজ বললেন। "তার কাছেও ম্যানশনের প্রবেশাধিকার আছে।"

"ডাক্তার অজিত রায়," দুজ এরপর বললেন, "রণধীরবাবুর দীর্ঘদিনের বন্ধু। তার শান্ত আচরণ এবং নিখুঁত আলিবাই আমাকে ভাবাচ্ছে। তার কাছে ম্যানশনের সবকিছুর প্রবেশাধিকার আছে। আর তার সেই বইগুলো... 'আলোর নিচে অন্ধকার' বলতে যদি কোনো গোপন প্রকোষ্ঠ বোঝায়, তাহলে তিনি কি সেই প্রকোষ্ঠ সম্পর্কে জানতেন?"

"শম্ভুনাথ," দুজ যোগ করলেন, "তার ঘড়িটা রাত বারোটা এক মিনিটে থেমে আছে। সে কি সত্যিই ঘুমিয়ে পড়েছিল, নাকি তাকে ঘুম পাড়িয়ে দেওয়া হয়েছিল? তার দীর্ঘদিনের বিশ্বস্ততা কি কেবল একটি মুখোশ? তার কাছেও ম্যানশনের প্রবেশাধিকার আছে।"

"আর অর্ণব," দুজ বললেন, "সে ছবিটার নকল তৈরি করছিল। তার কাছে ছবির প্রতিটি খুঁটিনাটি জানা ছিল। সে চুরির মাত্র তিনদিন আগে চলে গেছে। তার মোটিভ হতে পারে লোভ, বা পেশাদারী ঈর্ষা। সে ম্যানশনের ভেতরের নিরাপত্তা ব্যবস্থা সম্পর্কেও জানত।"

দুজ টেবিলের উপর ঝুঁকে পড়লেন। তার মনে নতুন নতুন প্রশ্ন এবং তত্ত্বের জন্ম নিচ্ছিল।

- "আলোর নিচে অন্ধকার, সত্যের আড়ালে মিথ্যা" – এই লাইনটি কি কেবল একটি ধাঁধা, নাকি এর পেছনে কোনো গভীর অর্থ লুকিয়ে আছে? এটি কি

কোনো গোপন প্রকোষ্ঠের ইঙ্গিত, নাকি কোনো লুকানো সত্যের প্রতীক?

- রীতার ডায়েরিতে সেই লাইনটি কেন? রীতা কি চোরকে চিনতেন, নাকি চোর রীতাকে ব্যবহার করেছে?
- শম্ভুনাথের ঘড়ি কেন রাত বারোটা এক মিনিটে থেমে গেল? তাকে কি কেউ মাদকদ্রব্য দিয়ে ঘুম পাড়িয়ে দিয়েছিল?
- ডাক্তার রায়ের বইগুলো কি ম্যানশনের কোনো গোপন স্থানের সাথে সম্পর্কিত?
- চুরিটি কি কেবল একজন করেছে, নাকি এর পেছনে একাধিক ব্যক্তির হাত আছে? যদি একাধিক ব্যক্তি জড়িত থাকে, তাহলে তাদের মধ্যে যোগসূত্র কী?
- এই চুরির সাথে রীতার মায়ের মৃত্যুর কি কোনো সম্পর্ক আছে? রণধীরবাবুর পারিবারিক জীবনে কি এমন কোনো গোপন ইতিহাস আছে, যা এই চুরির কারণ হতে পারে?
- এটি কি সম্পূর্ণভাবে ভেতরের কাজ, নাকি বাইরের কেউ ভেতরের কারো সাহায্যে এই কাজ করেছে?

দুজ চোখ বন্ধ করে কিছুক্ষণ চিন্তা করলেন। কুয়াশার গভীরে লুকিয়ে থাকা এই রহস্যের প্রতিটি স্তর যেন একে অপরের সাথে নিবিড়ভাবে জড়িত। এই কেসটি কেবল একটি ছবি চুরির কেস নয়, এটি একটি পরিবারের লুকানো ইতিহাস, বিশ্বাস এবং বিশ্বাসঘাতকতার গল্প। দুজ জানতেন, তাকে

প্রতিটি সূত্রকে একত্রিত করতে হবে, তবেই এই কুয়াশার আড়ালে থাকা সত্যের উন্মোচন হবে।

পর্ব ১২: একটি নতুন সূত্র

সন্দেহভাজনদের মোটিভ এবং সুযোগ নিয়ে বিশুর সাথে আলোচনার পর দুজ বুঝতে পারলেন, এই কেসের প্রতিটি সূত্রই যেন এক অদৃশ্য জালের মতো জড়িয়ে আছে। কিন্তু এখনও পর্যন্ত কোনো নিশ্চিত প্রমাণ বা চুরির পদ্ধতি সম্পর্কে স্পষ্ট ধারণা পাওয়া যায়নি। সুরক্ষিত কক্ষের অক্ষত অবস্থা এবং মেঝের সেই রহস্যময় দাগটি দুজকে বারবার ভাবাচ্ছিল। যদি বাইরে থেকে কেউ না ঢুকে থাকে, এবং ভেতরের কারো সাহায্য ছাড়া চুরি সম্ভব না হয়, তাহলে চোর কীভাবে এত সুরক্ষিত কক্ষে প্রবেশ করল?

দুজ মনে মনে স্থির করলেন, ম্যানশনের গঠনগত দিক নিয়ে আরও বিশদ অনুসন্ধান প্রয়োজন। "বিশু," দুজ বললেন, "এই ম্যানশনটি অনেক পুরোনো। এর নকশা বা কোনো পুরোনো নথিপত্র কি পাওয়া যেতে পারে? হয়তো এর নির্মাণশৈলীতে এমন কোনো গোপন দিক আছে, যা আমাদের চোখ এড়িয়ে যাচ্ছে।"

বিশু মাথা নাড়ল। "আমি রণধীরবাবুকে জিজ্ঞেস করে দেখছি, মামু। নিশ্চয়ই পুরোনো নথিপত্র বা আর্কিটেকচারাল প্ল্যান কিছু একটা থাকবে।"

রণধীরবাবু জানালেন যে, ম্যানশনের পুরোনো নথিপত্রগুলো লাইব্রেরির একটি পুরোনো আলমারিতে রাখা আছে, যা বহু বছর ধরে খোলা হয়নি। দুজ এবং বিশু সেই আলমারির তালা খুলে ভেতরে প্রবেশ করলেন। ধুলো আর মাকড়সার জালে ভরা ছিল আলমারিটি। পুরোনো কাগজের গন্ধ নাকে এসে লাগল। তারা সাবধানে এক এক করে ফাইলপত্র ঘাঁটতে লাগলেন। জমিদার পরিবারের পুরোনো দলিল, সম্পত্তির কাগজপত্র, পারিবারিক ছবি—সবকিছুই ছিল সেখানে।

অনেক খোঁজাখুঁজির পর, বিশু একটি বড়, ভাঁজ করা কাগজ খুঁজে পেল। কাগজটি হলুদ হয়ে গেছে, কিছু জায়গায় ছিঁড়েও গেছে, কিন্তু তাতে ম্যানশনের একটি বিশদ নকশা আঁকা ছিল। "মামু, দেখ তো এটা কী?" বিশু উত্তেজিত হয়ে বলল।

দুজ কাগজটি হাতে নিলেন এবং সাবধানে ভাঁজ খুললেন। এটি ছিল শীতলছায়া ম্যানশনের মূল স্থাপত্য নকশা। প্রতিটি কক্ষ, প্রতিটি দেয়াল, এমনকি প্রতিটি সিঁড়ির ধাপও তাতে বিশদভাবে আঁকা ছিল। দুজ তার তীক্ষ্ণ দৃষ্টি দিয়ে নকশাটি পরীক্ষা করতে লাগলেন, প্রতিটি লাইন, প্রতিটি কোণ তিনি খুঁটিয়ে দেখছিলেন।

হঠাৎ তার চোখ একটি নির্দিষ্ট অংশের উপর আটকে গেল। সুরক্ষিত কক্ষের ঠিক নিচের অংশে, নকশায় একটি ছোট, প্রায় অদৃশ্য রেখা দেখা যাচ্ছিল, যা মূল কাঠামোর সাথে সঙ্গতিপূর্ণ ছিল না। এটি যেন একটি গোপন প্রকোষ্ঠের ইঙ্গিত

দিচ্ছিল, যা সাধারণ চোখে ধরা পড়বে না। নকশার সেই অংশটি এত সূক্ষ্মভাবে আঁকা ছিল যে, একজন সাধারণ মানুষ হয়তো তা খেয়ালই করতো না। কিন্তু দুজোর অভিজ্ঞ চোখ সেই অসঙ্গতিটি ধরে ফেলল।

দাগটি ছিল মেঝের সেই রহস্যময় দাগটির সাথে সামঞ্জস্যপূর্ণ! 'আলোর নিচে অন্ধকার'—সেই চিরকুটের লাইনটি আবার তার মনে পড়ল। এই নকশার গোপন প্রকোষ্ঠটিই কি সেই 'অন্ধকার', যা ছবির নিচে লুকিয়ে আছে?

দুজ দ্রুত রণধীর সেনগুপ্তকে ডাকলেন। রণধীরবাবু লাইব্রেরি কক্ষে প্রবেশ করলে দুজ নকশাটি তার সামনে মেলে ধরলেন।

"রণধীরবাবু," দুজ নকশার সেই নির্দিষ্ট অংশটি দেখিয়ে বললেন, "এই অংশটি দেখুন। এটি কি আপনার ম্যানশনের কোনো গোপন প্রকোষ্ঠের ইঙ্গিত দিচ্ছে? সুরক্ষিত কক্ষের ঠিক নিচে।"

রণধীরবাবু ঝুঁকে নকশাটি দেখলেন। তার চোখে বিস্ময় ফুটে উঠল। তিনি কিছুক্ষণ তাকিয়ে রইলেন, তারপর মাথা নাড়লেন। "না, দুজবাবু। আমি তো এই প্রকোষ্ঠ সম্পর্কে কিছুই জানি না। আমার বাবা বা দাদুও কখনো আমাকে এমন কোনো গোপন প্রকোষ্ঠের কথা বলেননি। আমি ভাবতাম, এই

ম্যানশনের প্রতিটি কোণা আমার পরিচিত।" তার কণ্ঠে ছিল স্পষ্ট অবিশ্বাস।

দুজ বুঝতে পারলেন, রণধীরবাবু সত্যিই এই গোপন প্রকোষ্ঠ সম্পর্কে অবগত নন। এর মানে হলো, চোর এমন একজন, যে রণধীরবাবুর চেয়েও ম্যানশনকে বেশি চেনে, অথবা এই গোপন প্রকোষ্ঠ সম্পর্কে অন্য কোনো সূত্র থেকে জেনেছে। এই নতুন সূত্রটি দুজোর মনে এক নতুন তত্ত্বের জন্ম দিল। যদি সুরক্ষিত কক্ষের নিচে একটি গোপন প্রকোষ্ঠ থাকে, তাহলে চোর হয়তো সেই প্রকোষ্ঠের মাধ্যমেই ছবিতে প্রবেশ করেছে, এবং মেঝের সেই দাগটি হয়তো সেই প্রকোষ্ঠ খোলার জন্য কোনো ভারী জিনিস সরানোর ফলে তৈরি হয়েছে।

এই নকশাটি ছিল দুজোর হাতে আসা সবচেয়ে গুরুত্বপূর্ণ সূত্র। এটি কেবল একটি গোপন প্রকোষ্ঠের ইঙ্গিত দিচ্ছিল না, বরং চুরির পদ্ধতি এবং চোরের পরিচয় সম্পর্কেও নতুন আলোকপাত করছিল। রহস্যের কুয়াশা যেন ধীরে ধীরে কাটতে শুরু করছিল, এবং দুজ বুঝতে পারলেন, তিনি সত্যের খুব কাছাকাছি চলে এসেছেন।

পর্ব ১৩: রহস্যের জট

ম্যানশনের পুরোনো নকশায় গোপন প্রকোষ্ঠের ইঙ্গিত পাওয়ার পর দুজোর মনে সব অস্পষ্টতা যেন ধীরে ধীরে স্পষ্ট হতে

শুরু করল। 'আলোর নিচে অন্ধকার, সত্যের আড়ালে মিথ্যা'— এই চিরকুটের ধাঁধাটি এখন তার কাছে পরিষ্কার হয়ে গেছে। 'আলোর নিচে অন্ধকার' বলতে যে সুরক্ষিত কক্ষের ঠিক নিচে থাকা সেই গোপন প্রকোষ্ঠটিকেই বোঝানো হয়েছে, সে বিষয়ে দুজ এখন নিশ্চিত। আর 'সত্যের আড়ালে মিথ্যা' বলতে হয়তো সেই চোরকেই বোঝানো হয়েছে, যাকে সবাই নির্দোষ মনে করছে, অথবা যার পরিচয় সম্পূর্ণ ভিন্ন।

দুজ বিশুকে নিয়ে দ্রুত সুরক্ষিত কক্ষের দিকে গেলেন। তাদের হাতে ছিল ম্যানশনের সেই পুরোনো নকশা। মেঝের সেই প্রায় অদৃশ্য দাগটির উপর দুজোর চোখ স্থির হলো। এই দাগটিই ছিল সেই গোপন প্রকোষ্ঠের প্রবেশপথের নির্দেশক।

"বিশু," দুজ বললেন, "এই দাগটা শুধু একটি চিহ্ন নয়, এটা সেই গোপন প্রকোষ্ঠের প্রবেশপথের ইঙ্গিত। আমাদের এই দাগের আশেপাশে খুব ভালোভাবে অনুসন্ধান করতে হবে। নিশ্চয়ই কোথাও একটা গোপন লিভার বা কোনো কৌশল আছে, যা দিয়ে এই প্রকোষ্ঠটি খোলা যায়।"

বিশু উৎসাহের সাথে মেঝের সেই অংশের আশেপাশে পরীক্ষা করতে শুরু করল। তারা দুজনেই হাঁটু গেড়ে বসে প্রতিটি টাইলস, প্রতিটি দেয়ালের অংশ খুঁটিয়ে দেখতে লাগলেন। দুজ তার পকেট থেকে একটি ছোট ম্যাগনিফাইং গ্লাস বের করে নিলেন, যা দিয়ে তিনি আরও সূক্ষ্মভাবে পরীক্ষা করতে পারছিলেন।

প্রায় পনেরো মিনিট ধরে অনুসন্ধানের পর, বিশু একটি টাইলসের কোণায় সামান্য অসঙ্গতি লক্ষ্য করল। টাইলসটি অন্য টাইলসগুলোর চেয়ে সামান্য উঁচু ছিল, এবং তার পাশে একটি ছোট, প্রায় অদৃশ্য খাঁজ ছিল। বিশু সাবধানে তার আঙুল দিয়ে খাঁজটিতে চাপ দিল।

একটি মৃদু 'ক্লিক' শব্দ হলো।

সঙ্গে সঙ্গে মেঝের সেই নির্দিষ্ট অংশটি ধীরে ধীরে সরে যেতে শুরু করল। একটি ছোট, অন্ধকার প্রকোষ্ঠের প্রবেশপথ উন্মোচিত হলো। ভেতরে সিঁড়ি নেমে গেছে, এবং বাতাসে এক ধরণের পুরোনো, স্যাঁতসেঁতে গন্ধ ভেসে এল।

"পেয়ে গেছি, মামু!" বিশু উত্তেজিত হয়ে বলল।

দুজ প্রকোষ্ঠের ভেতরে উঁকি দিলেন। এটি একটি ছোট প্রকোষ্ঠ ছিল, যা সম্ভবত ম্যানশনের পুরোনো দিনের কোনো গোপন আশ্রয় বা স্টোররুম হিসেবে ব্যবহৃত হতো। প্রকোষ্ঠের ভেতরে কোনো মূল্যবান জিনিস ছিল না, কেবল কিছু ধুলো আর মাকড়সার জাল। কিন্তু দুজোর চোখ আটকে গেল প্রকোষ্ঠের এক কোণায় পড়ে থাকা কিছু ছোট নীল রঙের কণার দিকে। সেগুলো 'নীল অপ্সরা'র ফ্রেমের রঙের সাথে মিলে যাচ্ছিল।

দুজ নিশ্চিত হলেন। চোর এই গোপন প্রকোষ্ঠটি ব্যবহার করেই সুরক্ষিত কক্ষে প্রবেশ করেছে। মেঝের সেই দাগটি

ছিল প্রকোষ্ঠের প্রবেশপথ খোলার জন্য কোনো ভারী জিনিস সরানোর ফলে তৈরি হওয়া চিহ্ন। আর 'নীল অপ্সরা'র ফ্রেমের কণাগুলো প্রমাণ করছিল যে, ছবিটি এই পথেই বাইরে নিয়ে যাওয়া হয়েছে।

এই আবিষ্কার দুজোর মনে সব সন্দেহ দূর করে দিল। তিনি এখন নিশ্চিত যে, চোর ম্যানশনেরই একজন। বাইরের কারো পক্ষে এই গোপন প্রকোষ্ঠের কথা জানা সম্ভব নয়, বিশেষ করে যখন রণধীরবাবু নিজেও এর সম্পর্কে অবগত ছিলেন না। চোর এমন একজন, যে ম্যানশনকে খুব ভালোভাবে চেনে, এর প্রতিটি গোপন দিক সম্পর্কে অবগত।

দুজ মনে মনে সন্দেহভাজনদের তালিকা পর্যালোচনা করতে লাগলেন:

- **ডাক্তার অজিত রায়:** তার কাছে ম্যানশনের পুরোনো নকশা বা ইতিহাস সম্পর্কে জানার সুযোগ থাকতে পারে। তার ঘরে পাওয়া গুপ্তধনের মানচিত্রের বইগুলোও এই গোপন প্রকোষ্ঠের সাথে সম্পর্কিত হতে পারে।
- **শম্ভুনাথ:** ম্যানশনের দীর্ঘদিনের বাটলার হিসেবে তার পক্ষে এই গোপন প্রকোষ্ঠ সম্পর্কে জানা অস্বাভাবিক নয়। তার ঘড়ি থেমে যাওয়া এবং তার ভয় এই ষড়যন্ত্রের অংশ হতে পারে।

- **রীতা সেনগুপ্ত:** তার ডায়েরিতে সেই কবিতার লাইনটি পাওয়া গেছে। সে কি এই প্রকোষ্ঠ সম্পর্কে জানত? তার মায়ের মৃত্যুর রহস্য কি এর সাথে জড়িত?
- **অর্ণব:** সে ম্যানশনে ছিল এবং 'নীল অপ্সরা'র নকল তৈরি করছিল। তার পক্ষে এই গোপন পথ সম্পর্কে জানা সম্ভব।

রহস্যের জট যেন ধীরে ধীরে খুলতে শুরু করেছে। দুজ বুঝতে পারলেন, এখন তাকে প্রতিটি সন্দেহভাজনের মোটিভ এবং সুযোগকে এই নতুন সূত্রের সাথে মিলিয়ে দেখতে হবে। চোর ম্যানশনেরই একজন—এই নিশ্চিত ধারণা তাকে সত্যের আরও কাছাকাছি নিয়ে গেল। এখন শুধু প্রয়োজন ছিল সেই 'মিথ্যা'কে উন্মোচন করা, যা 'সত্যের আড়ালে' লুকিয়ে আছে।

পর্ব ১৪: মুখোমুখি

গোপন প্রকোষ্ঠের আবিষ্কার এবং সেই নীল কণাগুলো দুজোর মনে সব অস্পষ্টতা দূর করে দিয়েছিল। তিনি এখন নিশ্চিত ছিলেন, চোর ম্যানশনেরই একজন, এবং চুরির পদ্ধতিও তার কাছে পরিষ্কার। এখন শুধু প্রয়োজন ছিল সেই 'মিথ্যা'কে উন্মোচন করা, যা 'সত্যের আড়ালে' লুকিয়ে আছে। দুজ আর সময় নষ্ট না করে বিশুকে নির্দেশ দিলেন ম্যানশনের সবাইকে, অর্থাৎ রণধীর সেনগুপ্ত, রীতা সেনগুপ্ত, ডাক্তার

অজিত রায় এবং বাটলার শম্ভুনাথকে অবিলম্বে ড্রইংরুমে একত্রিত হওয়ার জন্য।

সকাল গড়িয়ে দুপুর হয়েছে, কিন্তু শীতের কুয়াশা তখনও পুরোপুরি কাটেনি। ম্যানশনের বিশাল ড্রইংরুমটি আবছা আলোয় ঢাকা পড়েছিল, যা পরিবেশকে আরও রহস্যময় করে তুলছিল। রণধীরবাবু, রীতা, ডাক্তার রায় এবং শম্ভুনাথ একে একে ড্রইংরুমে প্রবেশ করলেন। তাদের মুখে ছিল এক ধরণের চাপা উত্তেজনা এবং উদ্বেগ। দুজ এবং বিশু তাদের মুখোমুখি বসলেন, তাদের মুখ ছিল গম্ভীর এবং দৃঢ়।

নীরবতা এতটাই গভীর ছিল যে, বাইরে থেকে ভেসে আসা কুয়াশার আবছা শব্দও যেন স্পষ্ট শোনা যাচ্ছিল। রণধীরবাবু অস্থিরভাবে তার ঘড়ি দেখছিলেন। রীতা তার হাত দুটি শক্ত করে ধরে বসেছিল, তার চোখে এক ধরণের ভয়। ডাক্তার রায় যথারীতি শান্ত এবং সংযত, কিন্তু তার চোখেও এক ধরণের সূক্ষ্ম কৌতূহল। শম্ভুনাথ কাঁপছিলেন, তার চোখ দুজ এবং বিশুর দিকে স্থির।

দুজ সবার দিকে একবার চোখ বুলিয়ে নিলেন। তার দৃষ্টি ছিল তীক্ষ্ণ এবং নিবদ্ধ। তিনি একটি দীর্ঘশ্বাস ফেললেন, যেন একটি কঠিন সত্য বলার জন্য নিজেকে প্রস্তুত করছেন।

"আপনারা সবাই এখানে উপস্থিত হয়েছেন, তার জন্য ধন্যবাদ," দুজ শান্ত কণ্ঠে শুরু করলেন। তার কণ্ঠস্বরে ছিল

এক ধরণের দৃঢ়তা, যা সবার মনোযোগ আকর্ষণ করল। "আমি জানি, গত চব্বিশ ঘণ্টা আপনাদের জন্য খুবই কঠিন কেটেছে। 'নীল অপ্সরা'র চুরি আপনাদের সবার মনে গভীর উদ্বেগ সৃষ্টি করেছে।"

রণধীরবাবু অস্থির হয়ে বললেন, "দুর্জয়বাবু, আপনি কি কোনো সূত্র খুঁজে পেয়েছেন? ছবিটা কি ফিরে আসবে?" তার কণ্ঠে ছিল এক ধরণের ব্যাকুলতা।

দুজ রণধীরবাবুর দিকে তাকালেন। তার চোখে ছিল এক ধরণের আত্মবিশ্বাস, যা রণধীরবাবুকে কিছুটা আশ্বস্ত করল। দুজ এরপর একটি গভীর শ্বাস নিলেন এবং তার কণ্ঠস্বর আরও দৃঢ় করলেন।

"হ্যাঁ, রণধীরবাবু," দুজ ঘোষণা করলেন, তার প্রতিটি শব্দ যেন ড্রইংরুমের নিস্তব্ধতাকে চিরে দিচ্ছিল। "আমি জানি কে 'নীল অপ্সরা' চুরি করেছে।"

দুজ-এর এই ঘোষণা যেন ড্রইংরুমে একটি বোমা ফাটাল। সবার মুখে মুখে বিস্ময়, অবিশ্বাস এবং আতঙ্ক ফুটে উঠল।

- রণধীরবাবু চেয়ার ছেড়ে প্রায় উঠে দাঁড়িয়েছিলেন। তার চোখ দুটি বড় বড় হয়ে গেল, মুখে এক ধরণের মিশ্র অনুভূতি—আশা এবং ভয়।
- রীতা সেনগুপ্তের মুখ ফ্যাকাশে হয়ে গেল। তার হাত দুটি আরও শক্ত করে ধরে রইল, যেন সে কোনো

খারাপ খবর শোনার জন্য প্রস্তুত হচ্ছে। তার চোখে ভয় স্পষ্ট।

- ডাক্তার অজিত রায়ের শান্ত মুখ সামান্য হলেও বদলে গেল। তার ভ্রু কুঁচকে উঠল, চোখে এক ধরণের সতর্কতা। তার সেই পরিচিত হাসিটা যেন মিলিয়ে গেল।
- শম্ভুনাথের শরীর আরও বেশি কাঁপতে শুরু করল। সে অস্ফুটে কিছু বলতে চাইল, কিন্তু কোনো শব্দ বের হলো না। তার চোখে ছিল চরম আতঙ্ক।

ড্রইংরুমের পরিবেশ মুহূর্তে উত্তপ্ত হয়ে উঠল। সবার চোখে মুখে একই প্রশ্ন: কে? কে সেই চোর? দুজ তাদের প্রতিক্রিয়া মনোযোগ দিয়ে লক্ষ্য করলেন। প্রত্যেকের প্রতিক্রিয়া ছিল ভিন্ন, কিন্তু সবার মধ্যেই এক ধরণের তীব্র উত্তেজনা কাজ করছিল। কুয়াশার আবছা আলোয় তাদের মুখগুলো যেন আরও রহস্যময় দেখাচ্ছিল। দুজ জানতেন, এবার সত্যের মুখোমুখি হওয়ার পালা।

পর্ব ১৫: উন্মোচন

ড্রইংরুমের নিস্তব্ধতা যেন আরও ঘন হয়ে উঠল। দুজ-এর ঘোষণা, "আমি জানি কে 'নীল অপ্সরা' চুরি করেছে," সবার মনে এক তীব্র উত্তেজনা সৃষ্টি করেছিল। প্রত্যেকের চোখ দুজোর দিকে স্থির, তাদের মুখে একই প্রশ্ন: কে সেই চোর?

কুয়াশার আবছা আলোয় তাদের মুখগুলো যেন আরও রহস্যময় দেখাচ্ছিল।

দুজ সবার দিকে একবার চোখ বুলিয়ে নিলেন। তার দৃষ্টি প্রথমে রীতার দিকে গেল, তারপর শম্ভুনাথ, এবং সবশেষে ডাক্তার অজিত রায়ের দিকে। তার কণ্ঠস্বর ছিল শান্ত, কিন্তু দৃঢ়।

"এই চুরির পেছনে কোনো বাইরের লোক নেই," দুজ শুরু করলেন। তার কথা শুনে রণধীরবাবু অস্থির হয়ে উঠলেন। "চোর ম্যানশনেরই একজন।"

সবার মধ্যে চাপা গুঞ্জন শুরু হলো। রণধীরবাবু বললেন, "কে সে, দুজবাবু? বলুন!"

দুজ তার হাতে থাকা কাগজের টুকরোটি তুলে ধরলেন। "এই চিরকুটটি ছবির ফ্রেমের নিচে পাওয়া গিয়েছিল। এতে লেখা ছিল: 'আলোর নিচে অন্ধকার, সত্যের আড়ালে মিথ্যা'। এই লাইনটিই আমাদের প্রথম সূত্র ছিল।"

তিনি রীতার দিকে তাকালেন। "রীতা দেবী, আপনার ডায়েরিতেও হুবহু এই একই লাইন পাওয়া গেছে। আপনি হয়তো ভাবছেন, চোর কীভাবে আপনার ডায়েরির কথা জানল, বা কেন এই লাইনটি ব্যবহার করল। এর উত্তর পরে দেব।"

রীতা ফ্যাকাশে মুখে মাথা নিচু করে রইলেন।

"এরপর," দুজ বললেন, "আমরা সুরক্ষিত কক্ষের মেঝের একটি প্রায় অদৃশ্য দাগ খুঁজে পেয়েছিলাম। সেই দাগটি ছিল একটি গোপন প্রকোষ্ঠের প্রবেশপথের নির্দেশক। ম্যানশনের পুরোনো নকশা ঘেঁটে আমরা সেই গোপন প্রকোষ্ঠটি আবিষ্কার করেছি। 'আলোর নিচে অন্ধকার' বলতে সেই গোপন প্রকোষ্ঠটিকেই বোঝানো হয়েছে, যা 'নীল অপ্সরা'র ঠিক নিচে লুকিয়ে ছিল।"

সবার মধ্যে বিস্ময় ছড়িয়ে পড়ল। রণধীরবাবু নিজেও জানতেন না তার ম্যানশনে এমন কোনো গোপন প্রকোষ্ঠ আছে।

"চোর এই গোপন প্রকোষ্ঠটি ব্যবহার করেই সুরক্ষিত কক্ষে প্রবেশ করেছে এবং ছবিটি চুরি করেছে," দুজ ব্যাখ্যা করলেন। "আর মেঝের সেই দাগটি তৈরি হয়েছে সেই প্রকোষ্ঠের প্রবেশপথ খোলার জন্য কোনো ভারী জিনিস সরানোর ফলে।"

দুজ এবার শম্ভুনাথের দিকে ফিরলেন। "শম্ভুনাথবাবু, আপনি বলেছিলেন আপনি সারা রাত জেগে ছিলেন এবং কোনো শব্দ শোনেননি। কিন্তু আপনার ঘরে আমরা একটি পুরোনো ঘড়ি পেয়েছি, যা রাত বারোটা এক মিনিটে থেমে গেছে। এর মানে

হলো, চুরির ঠিক আগ মুহূর্তে আপনি ঘুমিয়ে পড়েছিলেন, অথবা আপনাকে ঘুম পাড়িয়ে দেওয়া হয়েছিল।"

শম্ভুনাথের মুখ আরও ফ্যাকাশে হয়ে গেল। তিনি অস্ফুটে কিছু বলতে চাইলেন, কিন্তু কোনো শব্দ বের হলো না।

"আর এবার আসি 'সত্যের আড়ালে মিথ্যা' প্রসঙ্গে," দুজ বললেন, তার দৃষ্টি এবার সরাসরি ডাক্তার অজিত রায়ের দিকে। "চোর এমন একজন, যাকে আমরা সন্দেহ করছি না, বা যার উপর আমাদের পূর্ণ বিশ্বাস ছিল।"

ডাক্তার অজিত রায়ের মুখে সেই শান্ত হাসিটা তখনও লেগে ছিল, কিন্তু দুজোর তীক্ষ্ণ দৃষ্টি তার চোখের গভীরে এক ধরণের অস্থিরতা লক্ষ্য করল।

"ডাক্তার অজিত রায়," দুজ ঘোষণা করলেন, তার কণ্ঠস্বর দৃঢ় এবং স্পষ্ট, "নীল অপ্সরা'র চোর আপনি।"

দুজ-এর এই ঘোষণা যেন ড্রইংরুমে একটি বোমা ফাটাল। রণধীরবাবু, রীতা এবং শম্ভুনাথ সবাই হতবাক হয়ে ডাক্তার রায়ের দিকে তাকালেন। রীতা চিৎকার করে উঠলেন, "অজিত আঙ্কেল? অসম্ভব!"

ডাক্তার রায় প্রথমে হাসলেন। "গোয়েন্দা, আপনি কী বলছেন? আমি রণধীরবাবুর দীর্ঘদিনের বন্ধু। আমি কেন এমন কাজ

করব?" তার কণ্ঠস্বরে অবিশ্বাস এবং সামান্য বিরক্তি ছিল। তিনি নিজেকে নির্দোষ প্রমাণ করার চেষ্টা করছিলেন।

"আপনার সেই শান্ত আচরণ, ডাক্তার রায়, সেটাই আমার প্রথম সন্দেহ জাগিয়েছিল," দুজ বললেন। "এত বড় চুরির পর আপনার এই অবিচলিত ভাব স্বাভাবিক ছিল না। আপনার আলিবাই ছিল বড্ড বেশি নিখুঁত, যেন আগে থেকে সাজানো।"

দুজ বিশুর দিকে ইশারা করলেন। বিশু একটি ছোট প্লাস্টিকের ব্যাগ নিয়ে এগিয়ে এল। ব্যাগের ভেতরে ছিল কয়েকটি নীল রঙের কণা এবং কিছু ধুলো।

"সুরক্ষিত কক্ষের গোপন প্রকোষ্ঠের ভেতরে আমরা 'নীল অপ্সরা'র ফ্রেমের নীল রঙের কণা খুঁজে পেয়েছি," দুজ বললেন। "এবং আপনার হাতে, ডাক্তার রায়, আমি সামান্য নীল রঙের চিহ্ন লক্ষ্য করেছি, যা আপনি হয়তো পরিষ্কার করতে পারেননি।" দুজ ডাক্তার রায়ের ডান হাতের তালুর দিকে ইশারা করলেন, যেখানে সামান্য নীল রঙের ছোপ লেগে ছিল।

ডাক্তার রায় দ্রুত তার হাত লুকিয়ে ফেলার চেষ্টা করলেন, কিন্তু ততক্ষণে সবাই তা দেখে ফেলেছে।

"শুধু তাই নয়," দুজ যোগ করলেন, "সেই গোপন প্রকোষ্ঠের ভেতরে যে বিশেষ ধরণের ধুলো ছিল, তার কিছু কণা

আপনার জুতোর তলায় লেগে আছে, ডাক্তার রায়। যা এই ম্যানশনের অন্য কোথাও পাওয়া যায় না।"

ডাক্তার অজিত রায়ের মুখ রক্তশূন্য হয়ে গেল। তার শান্ত মুখোশ ভেঙে পড়ল। তার চোখ দুটি ভয়ে বড় বড় হয়ে উঠল, এবং তার শরীর কাঁপতে শুরু করল। তিনি আর অস্বীকার করতে পারলেন না।

"হ্যাঁ... হ্যাঁ, আমিই করেছি," ডাক্তার রায় অস্ফুটে স্বীকার করলেন, তার কণ্ঠস্বর কাঁপছিল। তার চোখ দিয়ে জল গড়িয়ে পড়ল। "আমি... আমি রণধীরের উপর ঈর্ষা করতাম। সব সময়! সে সব কিছু পেয়েছে, আর আমি... আমি শুধু তার ছায়ায় থেকে গেছি। 'নীল অপ্সরা' তার কাছে শুধু একটি ছবি ছিল না, ছিল তার জীবনের সাফল্য, যা আমি কখনো অর্জন করতে পারিনি। আমি ভেবেছিলাম, ছবিটি চুরি করে বিক্রি করে দেব, আর তাকে বুঝিয়ে দেব যে সে একা নয়, আমিও তার চেয়ে কম নই।"

ডাক্তার রায় এরপর বিস্তারিতভাবে তার পরিকল্পনার কথা বললেন। তিনি জানতেন ম্যানশনের পুরোনো নকশার কথা, এবং সেই গোপন প্রকোষ্ঠের অস্তিত্ব। তিনি শম্ভুনাথকে ঘুমের ওষুধ দিয়েছিলেন, যাতে সে রাতে কিছু শুনতে না পায়। রীতার ডায়েরি থেকে সেই কবিতার লাইনটি তিনি চুরি করে ছবির নিচে রেখেছিলেন, যাতে সন্দেহ রীতার উপর যায়।

অর্ণবকে নকল তৈরির জন্য ম্যানশনে এনেছিলেন, যাতে চুরির পর অর্ণবকে সন্দেহ করা যায়।

ডাক্তার রায়ের স্বীকারোক্তি শুনে রণধীরবাবু ভেঙে পড়লেন। তার দীর্ঘদিনের বন্ধুর এই বিশ্বাসঘাতকতা তাকে গভীরভাবে আঘাত করল।

বিশু দ্রুত ম্যানশনের গোপন প্রকোষ্ঠে প্রবেশ করল। সেখানে, একটি ছোট বাক্সের ভেতরে, 'নীল অপ্সরা' অক্ষত অবস্থায় রাখা ছিল। ছবিটি উদ্ধার করা হলো এবং রণধীরবাবুর কাছে ফিরিয়ে দেওয়া হলো। রণধীরবাবু ছবিটি বুকে জড়িয়ে ধরলেন, তার চোখে জল, কিন্তু এবার তা স্বস্তির। রীতাও স্বস্তির নিঃশ্বাস ফেলল, তার মায়ের মৃত্যুর রহস্যের সাথে এই চুরির কোনো সম্পর্ক নেই জেনে সে কিছুটা শান্তি পেল।

কুয়াশা কেটে যাচ্ছিল ধীরে ধীরে। দিনের আলোয় শীতের সকালটা ঝলমল করছে। দুজ সেই ঘর থেকে বের হয়ে এলেন। রহস্যের জট খুলে গেছে, কিন্তু দুজ জানতেন, এই পৃথিবীতে আরও কত রহস্য কুয়াশার আড়ালে লুকিয়ে আছে, যা একদিন সত্যের আলোয় উন্মোচিত হবে। এই কেসটি ছিল কেবল শুরু।

দ্বিতীয় অধ্যায়: পুরোনো পাপের ছায়া (পর্ব ১৬-৩০)

পর্ব ১৬: নতুন প্রশ্ন

'নীল অপ্সরা' ফিরে এসেছে তার আসল জায়গায়। ডাক্তার অজিত রায়কে পুলিশ হেফাজতে নেওয়া হয়েছে, এবং ম্যানশনের উপর থেকে চুরির কালো ছায়া যেন অনেকটাই কেটে গেছে। রণধীর সেনগুপ্ত স্বস্তির নিঃশ্বাস ফেলেছেন, রীতাও কিছুটা স্বস্তি পেয়েছে মায়ের মৃত্যুর রহস্যের সাথে এই চুরির সম্পর্ক না থাকায়। কিন্তু প্রাইভেট গোয়েন্দা দুর্জয় ভট্টাচার্য, ওরফে দুজ, তখনও পুরোপুরি স্বস্তিতে ছিলেন না। তার তীক্ষ্ণ মন জানত, প্রতিটি রহস্যের গভীরে আরও অনেক রহস্য লুকিয়ে থাকে।

ম্যানশনের ড্রইংরুমে বসে দুজ এক কাপ গরম চা খাচ্ছিলেন। বিশু তার পাশে নোটবুক নিয়ে বসেছিল, কেসের শেষ রিপোর্ট তৈরি করছিল। বাইরে কুয়াশা প্রায় কেটে গেছে, কিন্তু দুজোর মনের ভেতরে যেন নতুন এক কুয়াশা দানা বাঁধছিল।

"বিশু," দুজ বললেন, "ডাক্তার অজিত রায় তার স্বীকারোক্তিতে বলেছেন, তিনি রণধীরের প্রতি ঈর্ষার বশে এই চুরি করেছেন। কিন্তু আমার মনে হচ্ছে, তার ঈর্ষা কি শুধু শিল্পকর্মের প্রতি ছিল, নাকি এর পেছনে আরও কিছু ছিল?"

বিশু ভ্রু কুঁচকাল। "কিন্তু মামু, তিনি তো সব স্বীকার করেছেন। তার মোটিভও স্পষ্ট।"

"হ্যাঁ, মোটিভ স্পষ্ট, কিন্তু তার গভীরতা কতটা, সেটাই প্রশ্ন," দুজ বললেন। "দীর্ঘ চল্লিশ বছরের বন্ধুত্ব, তারপর এমন বিশ্বাসঘাতকতা... শুধু একটি ছবির জন্য? নাকি রণধীরের জীবনের অন্য কোনো দিক, যা অজিত রায়কে ভেতর থেকে কুরে কুরে খাচ্ছিল?"

দুজ মনে মনে ডাক্তার রায়ের শান্ত মুখ, তার গুপ্তধনের বইগুলো, এবং তার অতিরিক্ত সংযত আচরণের কথা ভাবলেন। একজন মানুষ এত বছর ধরে তার বন্ধুর প্রতি এমন গভীর ঈর্ষা পুষে রাখতে পারে, তা কেবল একটি শিল্পকর্মের জন্য? নাকি রণধীর সেনগুপ্তের জীবনের এমন কোনো দিক ছিল, যা অজিত রায়কে মনে করিয়ে দিত তার নিজের ব্যর্থতা বা অপ্রাপ্তি? দুজোর মনে হলো, অজিত রায়ের স্বীকারোক্তি যেন একটি হিমশৈলের চূড়া মাত্র, যার নিচে আরও অনেক কিছু লুকিয়ে আছে।

তার মনে রীতা সেনগুপ্তের কথা ভেসে উঠল। রীতার সেই কান্নার আড়ালে লুকানো বিষাদ, তার মায়ের মৃত্যুর বিষয়ে তার অস্বস্তি, এবং তার ডায়েরিতে সেই রহস্যময় কবিতার লাইনটি—এই সবকিছুই দুজোর মনে নতুন প্রশ্ন জাগাচ্ছিল।

"রীতা সেনগুপ্ত," দুজ বললেন, "তার ডায়েরিতে সেই একই লাইন পাওয়া গিয়েছিল, যা চোর ছবির নিচে রেখেছিল। ডাক্তার রায় বলেছেন, তিনি রীতার ডায়েরি থেকে সেই লাইনটি চুরি করেছিলেন যাতে সন্দেহ রীতার উপর যায়।

কিন্তু রীতার সেই ডায়েরিটা কেন খোলা ছিল? সে কি জানত যে কেউ তার ডায়েরি দেখবে? নাকি সে নিজেই কিছু ইঙ্গিত দিতে চেয়েছিল?"

বিশু ভাবল। "হতে পারে, সে হয়তো এমনিতেই ডায়েরিটা খোলা রেখেছিল।"

"হতে পারে," দুজ বললেন, "কিন্তু রীতার চোখ মুখে যে ভয় আমি দেখেছিলাম, সেটা কেবল চুরির জন্য ছিল না। তার মায়ের মৃত্যুর কথা জিজ্ঞেস করতেই সে চমকে উঠেছিল। তার বিষাদটা অনেক গভীর, বিশু। মনে হয়, এই ম্যানশনের পুরোনো দেয়ালগুলো আরও অনেক গোপন কথা লুকিয়ে রেখেছে, যা এখনও উন্মোচিত হয়নি।"

দুজ লাইব্রেরি কক্ষে রীতার সাথে তার কথোপকথনের কথা মনে করলেন। রীতার মায়ের রহস্যজনক মৃত্যু, রণধীরবাবুর সাথে তার সম্পর্কের জটিলতা—এই সবকিছুই দুজোর মনে একটি অসম্পূর্ণ গল্পের মতো ঘুরপাক খাচ্ছিল। 'নীল অপ্সরা'র চুরি হয়তো একটি বিচ্ছিন্ন ঘটনা ছিল না, বরং এটি ছিল একটি বৃহত্তর পারিবারিক রহস্যের একটি অংশ।

দুজ উঠে দাঁড়ালেন এবং জানালার দিকে গেলেন। বাইরে কুয়াশা প্রায় কেটে গেছে, কিন্তু তার মনের ভেতরে নতুন প্রশ্নগুলো কুয়াশার মতোই ঘন হয়ে আসছিল। ডাক্তার অজিত রায়ের ঈর্ষার আসল কারণ কী ছিল? রীতার লুকানো বিষাদের

পেছনে কি অন্য কোনো সত্য লুকিয়ে আছে? এই ম্যানশনের পুরোনো দেয়ালগুলো কি আরও কোনো গোপন কথা লুকিয়ে রেখেছে, যা এখনও দুজোর চোখ এড়িয়ে গেছে? দুজ জানতেন, এই কেসটি শেষ হয়নি। এটি কেবল একটি নতুন অধ্যায়ের সূচনা মাত্র।

পর্ব ১৭: অর্ণবের ফিরে আসা

'নীল অপ্সরা' চুরির ঘটনার পর যখন ম্যানশনের পরিবেশ কিছুটা শান্ত হয়েছে, ঠিক তখনই এক অপ্রত্যাশিত আগন্তুক এসে উপস্থিত হলো। সে আর কেউ নয়, সেই তরুণ চিত্রশিল্পী অর্ণব, যে কিনা 'নীল অপ্সরা'র নকল তৈরির জন্য ম্যানশনে এসেছিল এবং চুরির মাত্র তিনদিন আগে চলে গিয়েছিল। তার ফিরে আসাটা যেন দুজোর মনে নতুন করে প্রশ্ন জাগিয়ে তুলল।

অর্ণব ম্যানশনের গেট দিয়ে প্রবেশ করতেই শম্ভুনাথ তাকে দেখে কিছুটা অবাক হলেন। "অর্ণববাবু! আপনি? কী ব্যাপার?"

অর্ণব তার কাঁধের ব্যাগটা ঠিক করতে করতে বললেন, "আমার 'নীল অপ্সরা'র নকল তৈরির কাজ প্রায় শেষ। ফাইনাল কিছু বিষয় রণধীরবাবুর সাথে আলোচনা করার জন্য এসেছিলাম। কিন্তু ম্যানশনের পরিবেশটা এত থমথমে কেন?

কী হয়েছে?" অর্ণবের চোখে মুখে এক ধরণের কৌতূহল এবং উদ্বেগ ফুটে উঠল।

শম্ভুনাথ তাকে চুরির ঘটনাটি বিস্তারিতভাবে বললেন। 'নীল অপ্সরা' চুরি হয়েছিল, এবং তারপর কীভাবে দুজ সেই রহস্যের জট খুলেছেন, এবং ডাক্তার অজিত রায় ধরা পড়েছেন—সবটা শুনে অর্ণব হতবাক হয়ে গেলেন। "চুরি হয়ে গিয়েছিল? অসম্ভব! আমি তো ভাবতেও পারছি না!" তার কণ্ঠে ছিল স্পষ্ট অবিশ্বাস।

খবর পেয়ে দুজ এবং বিশু ড্রইংরুমে এলেন। অর্ণবকে দেখে দুজোর মনে সেই পুরোনো সন্দেহ আবার উঁকি দিল। তিনি তার তীক্ষ্ণ দৃষ্টি দিয়ে অর্ণবকে পর্যবেক্ষণ করতে লাগলেন। অর্ণবের চোখে মুখে যে বিস্ময় এবং উদ্বেগ ছিল, তা দেখে মনে হচ্ছিল সে সত্যিই এই ঘটনা সম্পর্কে অবগত ছিল না।

"আপনিই অর্ণব?" দুজ শান্ত কণ্ঠে প্রশ্ন করলেন। "আমি দুর্জয় ভট্টাচার্য, এই কেসের দায়িত্বে ছিলাম।"

অর্ণব মাথা নাড়লেন। "হ্যাঁ, আমি অর্ণব। বিশ্বাস করুন, দুজবাবু, আমি এই চুরির বিষয়ে কিছুই জানতাম না। আমি তো তিনদিন আগেই ম্যানশন ছেড়েছিলাম।" তার কণ্ঠে এক ধরণের অসহায়তা ছিল।

দুজ অর্ণবের সাথে বিস্তারিত কথা বললেন। অর্ণব 'নীল অপ্সরা'র নকল তৈরির প্রক্রিয়া, তার ম্যানশনে থাকার

সময়সূচী এবং চুরির রাতে তার অবস্থান সম্পর্কে সব তথ্য দিলেন। তিনি জানালেন, চুরির রাতে তিনি নিজের স্টুডিওতে ছিলেন এবং তার সাথে তার এক বন্ধুও ছিল, যে তার আলিবাই নিশ্চিত করতে পারে। অর্ণব তার স্টুডিওর ঠিকানা এবং বন্ধুর ফোন নম্বরও দিলেন।

দুজ অর্ণবের কথা মনোযোগ দিয়ে শুনলেন। তার প্রতিটি শব্দে ছিল এক ধরণের সরলতা এবং বিশ্বাসযোগ্যতা। দুজ তার অভিজ্ঞতার আলোকে বুঝতে পারলেন, অর্ণব সত্যিই এই চুরির সাথে জড়িত নন। তার চোখে মুখে কোনো অপরাধবোধের চিহ্ন ছিল না, কেবল শিল্পকর্ম হারানোর জন্য এক ধরণের হতাশা। দুজোর মনে অর্ণবকে নিয়ে যে প্রাথমিক সন্দেহ ছিল, তা ধীরে ধীরে কেটে গেল। অর্ণব নির্দোষ প্রমাণিত হলেন।

কথাবার্তা শেষ হওয়ার পর অর্ণব ম্যানশনের পরিবেশের দিকে তাকালেন। তার চোখ গিয়ে পড়ল রীতা সেনগুপ্তের উপর, যিনি এক কোণায় চুপচাপ বসে ছিলেন। রীতার মুখে তখনও সেই পুরোনো বিষাদের ছায়া। অর্ণব লক্ষ্য করলেন, রীতা যেন এক গভীর যন্ত্রণার মধ্যে দিয়ে যাচ্ছেন। তার শিল্পী মন রীতার বিষাদকে অনুভব করতে পারছিল।

অর্ণব রীতার দিকে এগিয়ে গেলেন। "রীতা দেবী, আমি দুঃখিত এই ঘটনার জন্য। আমি জানতাম না এমন কিছু ঘটেছে।"

রীতা মাথা তুলে অর্ণবের দিকে তাকালেন। তার চোখে এক ধরণের শূন্যতা ছিল। "সব ঠিক আছে, অর্ণব। এখন সব শেষ।"

অর্ণব রীতার পাশে বসলেন। "আমি জানি, আপনার জন্য এটা কতটা কঠিন। আপনার মায়ের কথা... রণধীরবাবু আমাকে বলেছিলেন।" অর্ণবের কণ্ঠে ছিল সহানুভূতি।

রীতা অর্ণবের দিকে তাকালেন। তার চোখে এক ধরণের নতুন অনুভূতি, যেন কেউ তার কষ্ট বুঝতে পারছে। অর্ণবের সহানুভূতি রীতার মনে এক ধরণের স্বস্তি এনে দিল। এই প্রথম রীতা তার ভেতরের কষ্টগুলো কারো সাথে ভাগ করে নেওয়ার একটি সুযোগ পেলেন।

অর্ণব রীতার প্রতি এক ধরণের আকর্ষণ অনুভব করতে লাগলেন। রীতার বিষাদ, তার নীরবতা, তার চোখের গভীরতা—সবকিছুই অর্ণবের শিল্পী মনকে নাড়া দিচ্ছিল। তিনি রীতার কষ্ট লাঘব করতে চাইলেন, তার পাশে থাকতে চাইলেন। এই চুরির ঘটনা হয়তো তাদের দুজনকে এক নতুন বন্ধনে আবদ্ধ করতে চলেছে। দুজ দূর থেকে তাদের দুজনকে পর্যবেক্ষণ করছিলেন। তিনি বুঝতে পারলেন, এই ম্যানশনে কেবল রহস্যের জট খুলছে না, নতুন সম্পর্কের বীজও রোপিত হচ্ছে।

পর্ব ১৮: রীতার অতীত

ডাক্তার অজিত রায় ধরা পড়ার পর এবং অর্ণবের নির্দোষ প্রমাণিত হওয়ার পর ম্যানশনের পরিবেশ কিছুটা স্বাভাবিক হলেও, দুজোর মনে রীতা সেনগুপ্তকে নিয়ে যে খটকা ছিল, তা কাটেনি। রীতার চোখে সেই বিষাদ, তার মায়ের মৃত্যুর কথা উঠতেই তার চমকে ওঠা, এবং ডায়েরিতে সেই রহস্যময় লাইন—এই সবকিছুই দুজকে ভাবাচ্ছিল। তিনি বুঝতে পারছিলেন, 'নীল অপ্সরা'র চুরির রহস্য হয়তো উন্মোচিত হয়েছে, কিন্তু রীতার জীবনের গভীরে লুকিয়ে থাকা অন্য কোনো রহস্য এখনও অধরা।

নিজের সাময়িক কার্যালয়ে বসে দুজ বিশুর সাথে আলোচনা করছিলেন। "বিশু," দুজ বললেন, "ডাক্তার রায় ধরা পড়েছেন, কিন্তু আমার মনে হচ্ছে এই কেসের আরও কিছু দিক আছে, যা এখনও স্পষ্ট নয়। বিশেষ করে রীতা সেনগুপ্তের বিষয়টি।"

বিশু নোটবুক বন্ধ করল। "রীতা দেবী? তিনি তো এখন বেশ শান্ত দেখাচ্ছে। তার মায়ের মৃত্যুর সাথে চুরির কোনো সম্পর্ক নেই জেনে তিনি স্বস্তি পেয়েছেন।"

"হ্যাঁ, স্বস্তি পেয়েছেন, কিন্তু তার বিষাদ কাটেনি," দুজ বললেন। "তার চোখে এক ধরণের গভীর যন্ত্রণা আমি লক্ষ্য করেছি, যা কেবল 'নীল অপ্সরা' হারানোর কষ্ট নয়। তার

মায়ের মৃত্যু নিয়ে তার অস্বস্তিটা আমার নজর এড়ায়নি। বিশু, আমি চাই তুমি রীতা সেনগুপ্তের অতীত সম্পর্কে খোঁজ নাও। বিশেষ করে তার মায়ের মৃত্যু সম্পর্কে।"

বিশু কিছুটা অবাক হলো। "তার মায়ের মৃত্যু? কিন্তু সেটা তো বহু বছর আগের ঘটনা, মামু। আর পুলিশ তো সেটাকে দুর্ঘটনা হিসেবেই চিহ্নিত করেছিল।"

"তবুও," দুজ বললেন, "অনেক সময় পুরোনো ঘটনাগুলো বর্তমানের সাথে অদ্ভুতভাবে জড়িয়ে থাকে। রীতার মায়ের নাম কী ছিল? কীভাবে তার মৃত্যু হয়েছিল? রণধীরবাবুর প্রথম স্ত্রী ছিলেন তিনি, তাই না?"

বিশু দুজোর নির্দেশ অনুযায়ী কাজ শুরু করল। সে ম্যানশনের পুরোনো কাগজপত্র, পারিবারিক নথি, এবং স্থানীয় সংবাদপত্রের পুরোনো ফাইল ঘেঁটে দেখতে শুরু করল। কয়েক ঘণ্টা অনুসন্ধানের পর, বিশু কিছু গুরুত্বপূর্ণ তথ্য নিয়ে ফিরে এল।

"মামু," বিশু বলল, "রীতা দেবীর মায়ের নাম ছিল মীরা সেনগুপ্ত। প্রায় পনেরো বছর আগে তার মৃত্যু হয়েছিল। কাগজে লেখা আছে, এটি একটি মর্মান্তিক দুর্ঘটনা ছিল। তিনি ম্যানশনের ছাদ থেকে পড়ে মারা গিয়েছিলেন।"

দুজ ভ্রু কুঁচকালেন। "ছাদ থেকে পড়ে? কোনো প্রত্যক্ষদর্শী ছিল?"

"না, মামু," বিশু বলল। "কাগজে লেখা আছে, তিনি একাই ছাদে গিয়েছিলেন রাতের বেলা, সম্ভবত তারা দেখতে। তারপর পা পিছলে পড়ে যান। পুলিশ তদন্ত করেছিল এবং এটিকে দুর্ঘটনা হিসেবেই রায় দিয়েছিল।"

"কিন্তু কোনো সন্দেহ বা প্রশ্ন ছিল না?" দুজ জানতে চাইলেন।

"কাগজে তো সেরকম কিছু লেখা নেই," বিশু বলল। "তবে, কিছু ছোট ছোট বিষয় উল্লেখ করা আছে, যেমন, মীরা দেবী নাকি মৃত্যুর আগের দিন বেশ চিন্তিত ছিলেন। তার ঘনিষ্ঠ এক বান্ধবী নাকি পুলিশকে বলেছিল যে, মীরা দেবী কিছু একটা নিয়ে খুব হতাশ ছিলেন, কিন্তু কী নিয়ে, তা স্পষ্ট নয়।"

এই তথ্য দুজোর মনে নতুন করে প্রশ্ন জাগাল। একজন মানুষ রাতের বেলা ছাদে তারা দেখতে গিয়ে পা পিছলে পড়ে মারা যাবে, এটা কি নিছকই দুর্ঘটনা? নাকি এর পেছনে অন্য কোনো কারণ ছিল? আর মীরা দেবীর সেই হতাশার কারণ কী ছিল?

"মীরা দেবীর সাথে 'নীল অপ্সরা'র কোনো সম্পর্ক ছিল?" দুজ প্রশ্ন করলেন।

বিশু পুরোনো পারিবারিক অ্যালবাম এবং কিছু পুরোনো চিঠি ঘাঁটতে শুরু করল। কিছুক্ষণের মধ্যেই সে একটি পুরোনো

পারিবারিক ছবি খুঁজে পেল, যেখানে মীরা সেনগুপ্ত 'নীল অপ্সরা'র পাশে দাঁড়িয়ে হাসছেন। ছবিটি দেখে মনে হচ্ছিল, মীরা দেবীর সাথে ছবিটির এক ধরণের গভীর আত্মিক সম্পর্ক ছিল।

"মামু, এই দেখুন," বিশু ছবিটি দেখিয়ে বলল। "মীরা দেবী এই ছবিটাকে খুব ভালোবাসতেন বলে মনে হচ্ছে। রণধীরবাবুও বলেছিলেন, তার স্ত্রীর খুব প্রিয় ছিল এই ছবিটা।"

দুজ ছবিটি হাতে নিলেন। তার মনে হলো, 'নীল অপ্সরা' কেবল একটি শিল্পকর্ম নয়, এটি যেন মীরা সেনগুপ্তের জীবনের একটি অংশ ছিল। মীরা দেবীর রহস্যজনক মৃত্যু, তার হতাশা, এবং 'নীল অপ্সরা'র প্রতি তার ভালোবাসা—এই সবকিছুই যেন এক অদৃশ্য সুতোয় বাঁধা।

দুজ অনুভব করলেন, রীতার বিষাদের আসল কারণ হয়তো তার মায়ের এই রহস্যজনক মৃত্যু। রীতা হয়তো তার মায়ের মৃত্যুর পেছনে কোনো অসঙ্গতি লক্ষ্য করেছিল, যা তাকে ভেতর থেকে কুরে কুরে খাচ্ছিল। 'নীল অপ্সরা'র চুরির ঘটনা হয়তো সেই পুরোনো ক্ষতকে আবার জাগিয়ে তুলেছে।

দুজ নিশ্চিত হলেন, এই কেসটি 'নীল অপ্সরা' চুরির চেয়েও বড় কিছু। মীরা সেনগুপ্তের মৃত্যু কি সত্যিই একটি দুর্ঘটনা ছিল? নাকি এর পেছনে অন্য কোনো ষড়যন্ত্র ছিল, যা 'নীল

অপ্সরা'র সাথে সম্পর্কিত? দুজোর মনে রীতাকে নিয়ে নতুন করে গভীর সন্দেহ দানা বাঁধল। রীতা কি তার মায়ের মৃত্যুর আসল সত্য জানে? আর এই সত্যের সাথে 'নীল অপ্সরা'র কি কোনো গভীর সম্পর্ক আছে? এই প্রশ্নগুলোই এখন দুজোর নতুন তদন্তের কেন্দ্রবিন্দু হয়ে উঠল।

পর্ব ১৯: লুকানো সত্য

মীরা সেনগুপ্তের রহস্যজনক মৃত্যু সম্পর্কে বিশুর কাছে থেকে প্রাথমিক তথ্য পাওয়ার পর দুজোর মনে রীতার প্রতি সন্দেহ আরও গভীর হলো। রীতার সেই বিষাদ, মায়ের মৃত্যুর কথা উঠতেই তার অস্বস্তি, এবং ডায়েরিতে সেই রহস্যময় লাইন—সবকিছুই যেন এক অদৃশ্য সুতোয় বাঁধা। দুজ বুঝতে পারছিলেন, রীতা হয়তো তার মায়ের মৃত্যুর বিষয়ে এমন কিছু জানে, যা সে প্রকাশ করতে ভয় পাচ্ছে।

দুজ আবার রীতার ঘরে গেলেন। রীতা তখন অর্ণবের সাথে কথা বলছিলেন। দুজকে দেখে রীতা কিছুটা অপ্রস্তুত হলেন। অর্ণব দুজকে দেখে মাথা নাড়লেন।

"রীতা দেবী," দুজ শান্ত কণ্ঠে বললেন, "আপনার ডায়েরিটি কি আমরা একটি বার আরও ভালোভাবে পরীক্ষা করতে পারি? হয়তো এর মধ্যে এমন কিছু আছে, যা আমাদের আপনার মায়ের মৃত্যু রহস্যের জট খুলতে সাহায্য করবে।

আমার মনে হয় আপনার মায়ের মৃত্যু এই চুরির রহস্যের সঙ্গে অন্তরঙ্গ ভাবে জড়িয়ে আছে।"

রীতা ইতস্তত করলেন। তার চোখে এক ধরণের দ্বিধা, যেন সে কিছু লুকাতে চাইছে, আবার একই সাথে সত্য প্রকাশ করতেও চাইছে। অর্ণব সেখানেই উপস্থিত ছিল। অর্ণব রীতার দিকে তাকিয়ে বললেন, "যদি দুজবাবু মনে করেন, তাহলে হয়তো এটা সাহায্য করবে, রীতা।"

রীতা একটি দীর্ঘশ্বাস ফেলে মাথা নাড়লেন। "ঠিক আছে, দুজবাবু। কিন্তু... এটা খুব ব্যক্তিগত।"

দুজ ডায়েরিটি হাতে নিলেন। বিশু তার পাশে দাঁড়িয়ে ছিল। তারা ডায়েরির পাতাগুলো উল্টাতে লাগলেন। প্রথমবার দুজ কেবল সেই নির্দিষ্ট লাইনটি দেখেছিলেন, কিন্তু এবার তারা প্রতিটি পাতা মনোযোগ দিয়ে দেখতে শুরু করলেন। কিছু পাতা ছিল সাধারণ কবিতা, কিছু ছিল রীতার ব্যক্তিগত অনুভূতি। কিন্তু দুজোর চোখ আটকে গেল ডায়েরির মাঝের কিছু ছেঁড়া পাতার দিকে। মনে হচ্ছিল, কেউ খুব দ্রুত হাতে পাতাগুলো ছিঁড়ে ফেলেছে, কিন্তু কিছু অংশ এখনও রয়ে গেছে।

দুজ সাবধানে ছেঁড়া অংশগুলো জোড়া লাগানোর চেষ্টা করলেন। বিশু তাকে সাহায্য করল। কয়েকটি ছেঁড়া অংশ জোড়া লাগানোর পর, তারা কিছু অস্পষ্ট লেখা পড়তে

পারলেন। লেখাগুলো ছিল রীতার মায়ের মৃত্যু এবং রণধীরবাবুর সাথে তার সম্পর্কের বিষয়ে।

একটি অংশে লেখা ছিল: "*মা খুব ভয় পাচ্ছিলেন। তিনি বাবাকে কিছু বলতে চেয়েছিলেন, কিন্তু পারেননি। তিনি বলেছিলেন, 'নীল অপ্সরা'র পেছনে কিছু একটা লুকিয়ে আছে, যা আমাদের জীবনকে ধ্বংস করে দেবে।*"

আরেকটি অংশে লেখা ছিল: "*বাবার আচরণ খুব অদ্ভুত লাগছিল। মা বলছিলেন, বাবা যেন কিছু লুকাচ্ছেন। মায়ের মনে হয়েছিল, বাবা তাকে ভালোবাসেন না, কেবল ছবিটাকেই ভালোবাসেন।*"

আরও একটি অংশে লেখা ছিল: "*মা সেদিন ছাদে গিয়েছিলেন। তিনি আমাকে বলেছিলেন, কিছু একটা খুঁজে বের করতে হবে, যা তিনি ছবিতে দেখেছিলেন। তারপর... তিনি আর ফিরে আসেননি। আমি জানি, এটা দুর্ঘটনা ছিল না। মা কখনো এভাবে মারা যেতে পারেন না।*"

এই লেখাগুলো পড়ে দুজোর চোখ বড় বড় হয়ে গেল। রীতা তার মায়ের মৃত্যুর বিষয়ে যে সন্দেহ প্রকাশ করেছিল, তা এই ডায়েরির ছেঁড়া পাতাগুলো দিয়ে আরও স্পষ্ট হলো। রীতা মনে করেন, তার মায়ের মৃত্যু স্বাভাবিক ছিল না, এবং এর সাথে 'নীল অপ্সরা'র একটি সম্পর্ক আছে।

দুজ রীতার দিকে তাকালেন। "রীতা দেবী, এই লেখাগুলো আপনার মায়ের মৃত্যুর বিষয়ে। আপনি কি মনে করেন আপনার মায়ের মৃত্যু দুর্ঘটনা ছিল না?"

রীতার চোখে জল এসে গেল। সে মাথা নাড়ল। "না, দুজবাবু। আমি ছোট ছিলাম, কিন্তু আমার মনে আছে। মা খুব ভয় পাচ্ছিলেন। তিনি কিছু একটা নিয়ে চিন্তিত ছিলেন। আর সেই রাতে তিনি ছাদে গিয়েছিলেন কিছু খুঁজতে। আমি জানি, তিনি আত্মহত্যা করেননি, আর পা পিছলেও পড়েননি। কেউ তাকে... কেউ তাকে ধাক্কা দিয়েছিল, অথবা এমন কিছু ঘটেছিল যা তাকে নিচে ফেলে দিয়েছিল।"

রীতার কণ্ঠে ছিল তীব্র বিশ্বাস এবং যন্ত্রণা। তার মায়ের মৃত্যু নিয়ে তার এই বিশ্বাসই তার বিষাদের আসল কারণ। রীতা তার বাবাকে সন্দেহ করত, কিন্তু প্রমাণ করতে পারত না। আর এই 'নীল অপ্সরা'র চুরি যেন সেই পুরোনো ক্ষতকে আবার জাগিয়ে তুলেছে।

"আর 'নীল অপ্সরা'র পেছনে কিছু লুকিয়ে আছে বলতে কী বোঝানো হয়েছে?" দুজ প্রশ্ন করলেন।

রীতা কাঁধ ঝাঁকালেন। "আমি জানি না। মা শুধু এই কথাটাই বলেছিলেন। তিনি ছবিটি নিয়ে খুব চিন্তিত ছিলেন।"

দুজ বুঝতে পারলেন, এই রহস্যের জট 'নীল অপ্সরা'র চুরির চেয়েও অনেক গভীরে প্রোথিত। মীরা সেনগুপ্তের মৃত্যু,

রণধীরবাবুর সাথে তার সম্পর্কের জটিলতা, এবং 'নীল অপ্সরা'র সাথে এই সবকিছুর সম্পর্ক—এই প্রতিটি বিষয়ই এখন নতুন করে তদন্তের দাবি রাখে। রীতার ডায়েরি থেকে পাওয়া এই লুকানো সত্যগুলো দুজকে এক নতুন পথের সন্ধান দিল। এই কেসটি এখন কেবল একটি চুরির কেস নয়, এটি একটি পুরোনো খুনের রহস্য, যা বহু বছর ধরে কুয়াশার আড়ালে লুকিয়ে ছিল।

পর্ব ২০: দ্বিতীয় রহস্য

মীরা সেনগুপ্তের ডায়েরি থেকে পাওয়া লুকানো সত্যগুলো দুজোর মনে এক নতুন ঝড় তুলেছিল। তিনি নিশ্চিত হয়েছিলেন, এই ম্যানশনের পুরোনো দেয়ালগুলো কেবল 'নীল অপ্সরা'র চুরির রহস্যই নয়, বরং বহু বছর আগের এক মর্মান্তিক মৃত্যুর গোপন কথাও লুকিয়ে রেখেছে। যখন দুজ এই নতুন রহস্যের গভীরে প্রবেশ করার প্রস্তুতি নিচ্ছিলেন, ঠিক তখনই শীতলছায়া ম্যানশনে আরেকটি অপ্রত্যাশিত এবং রহস্যজনক ঘটনা ঘটল।

সেদিন ছিল বিকেলের নিস্তব্ধতা। রণধীর সেনগুপ্ত তার ব্যক্তিগত কক্ষে বসেছিলেন, 'নীল অপ্সরা' ফিরে আসার পর তার মনে কিছুটা শান্তি এলেও, রীতার বিষাদ এবং দুজোর নতুন তদন্তের ইঙ্গিত তাকে কিছুটা চিন্তিত রেখেছিল। হঠাৎ করেই ম্যানশনের ভেতর থেকে শম্ভুনাথের তীক্ষ্ণ চিৎকার ভেসে এল। "স্যার! স্যার! সর্বনাশ হয়ে গেছে!"

দুজ এবং বিশু দ্রুত শম্ভুনাথের কণ্ঠস্বর অনুসরণ করে রণধীরবাবুর ব্যক্তিগত ভল্ট কক্ষের দিকে ছুটে গেলেন। সেখানে রণধীরবাবু, রীতা এবং শম্ভুনাথ আতঙ্কিত মুখে দাঁড়িয়ে ছিলেন। ভল্টের ভারী ইস্পাতের দরজা খোলা, এবং ভেতরের দৃশ্য দেখে সবার চোখ কপালে উঠল।

"কী হয়েছে, শম্ভুনাথবাবু?" দুজ প্রশ্ন করলেন, তার কণ্ঠে উদ্বেগ।

শম্ভুনাথ কাঁপতে কাঁপতে বললেন, "আমার... আমাদের পারিবারিক গয়না... 'চন্দ্রহার' চুরি হয়ে গেছে, স্যার!"

'চন্দ্রহার' ছিল সেনগুপ্ত পরিবারের এক অমূল্য উত্তরাধিকার, একটি প্রাচীন হীরার নেকলেস, যার মূল্য 'নীল অপ্সরা'র চেয়ে কোনো অংশে কম ছিল না। এটি ম্যানশনের সবচেয়ে সুরক্ষিত ভল্টে রাখা ছিল, যেখানে প্রবেশাধিকার ছিল কেবল রণধীরবাবুর। ভল্টটি এমনভাবে তৈরি করা হয়েছিল যে, তা ভাঙা বা তার কোড জানা বাইরের কারো পক্ষে অসম্ভব ছিল।

দুজ দ্রুত ভল্ট কক্ষটি পরীক্ষা করলেন। ভল্টের দরজা অক্ষত, কোনো জোর করে খোলার চিহ্ন নেই। কোড প্যানেলও ঠিকঠাক কাজ করছে। এটি যেন 'নীল অপ্সরা' চুরির ঘটনারই পুনরাবৃত্তি। কিন্তু এবার পরিস্থিতি আরও জটিল। কারণ, ডাক্তার অজিত রায় তখন পুলিশ হেফাজতে। তার পক্ষে এই চুরি করা অসম্ভব।

"ডাক্তার অজিত রায় তো পুলিশ হেফাজতে," বিশু বলল, তার কণ্ঠে বিস্ময়। "তাহলে এটা কে করল?"

দুজ ভল্টের ভেতরের দিকে মনোযোগ দিয়ে তাকালেন। 'চন্দ্রহার' যে শেলফে রাখা ছিল, সেই শেলফের নিচে একটি ছোট, প্রায় অদৃশ্য দাগ লক্ষ্য করলেন তিনি, যা 'নীল অপ্সরা'র কক্ষের মেঝের দাগটির মতোই ছিল। দেখে মনে হলো, কোনো ভারী জিনিস টেনে নিয়ে যাওয়া হয়েছে।

"রণধীরবাবু," দুজ প্রশ্ন করলেন, "এই ভল্টের কোড কে কে জানত?"

রণধীরবাবু হতাশ কণ্ঠে বললেন, "কেবল আমিই জানতাম, দুজবাবু। আর কেউ না। আমার বাবাও এই কোড কাউকে বলেননি। এই ভল্টটি আমার দাদু তৈরি করিয়েছিলেন, এবং এর কোড প্রজন্ম ধরে কেবল পরিবারের প্রধানের কাছেই থাকত।"

রীতা সেনগুপ্তের মুখ ফ্যাকাশে হয়ে গেল। "চন্দ্রহার? কিন্তু এটা তো মা-এর খুব প্রিয় ছিল... মা-এর শেষ স্মৃতি।" রীতার কণ্ঠে এক ধরণের চাপা আতঙ্ক, যেন পুরোনো কোনো ভয় আবার ফিরে এসেছে।

দুজ বুঝতে পারলেন, এই দ্বিতীয় চুরিটি প্রথম চুরির চেয়েও বেশি রহস্যময়। যদি ডাক্তার অজিত রায় এই চুরির পেছনে না থাকেন, তাহলে কে? এবং কেন? 'চন্দ্রহার' চুরি হওয়ার

পেছনে কি 'নীল অপ্সরা'র চুরির চেয়েও গভীর কোনো উদ্দেশ্য আছে?

দুজ তার মনে মনে সব সন্দেহভাজনদের তালিকা আবার পর্যালোচনা করতে লাগলেন। রণধীরবাবু নিজেই কি এই চুরির পেছনে আছেন? নাকি রীতা? শম্ভুনাথ? নাকি এমন কেউ, যাকে তারা এখনও চেনেন না, কিন্তু সে ম্যানশনের ভেতরের সব গোপন তথ্য সম্পর্কে অবগত?

প্রথম চুরির পর দুজ নিশ্চিত হয়েছিলেন যে চোর ম্যানশনেরই একজন। এই দ্বিতীয় চুরির ঘটনা সেই ধারণাকে আরও জোরালো করল। কিন্তু এইবার চোর কে? দুজ বুঝতে পারলেন, এই রহস্যটি যতটা সহজ মনে হচ্ছে, ততটা নয়। এটি অজিত রায়ের কাজ নয়, বরং এর পেছনে অন্য কোনো শক্তি বা ব্যক্তি কাজ করছে, যে ম্যানশনের প্রতিটি গোপন পথ এবং প্রতিটি মূল্যবান জিনিসের অবস্থান সম্পর্কে অবগত। কুয়াশার গভীরে লুকিয়ে থাকা এই নতুন রহস্য দুজকে এক নতুন চ্যালেঞ্জের মুখে ফেলে দিল।

পর্ব ২১: শম্ভুর গোপন কথা

'চন্দ্রহার' চুরির ঘটনা দুজকে নতুন এক ধাঁধার মুখে ফেলে দিল। ডাক্তার অজিত রায় পুলিশ হেফাজতে থাকায়, এই দ্বিতীয় চুরির পেছনে অন্য কারো হাত থাকাটা স্পষ্ট। দুজোর মনে শম্ভুনাথের প্রতি এক নতুন সন্দেহ দানা বাঁধল। প্রথম

চুরির সময় শম্ভুনাথের সেই অতিরিক্ত ভয়, তার 'ভূতের কাজ' তত্ত্ব, এবং ঘড়ি থেমে যাওয়ার ঘটনা—এই সবকিছুই যেন এখন নতুন করে অর্থ বহন করছিল। 'চন্দ্রহার' চুরির পর শম্ভুনাথের আচরণে এক ধরণের পরিবর্তন লক্ষ্য করলেন দুজ। সে যেন আরও বেশি ভীতু এবং অস্থির হয়ে পড়েছে, এবং তার চোখ মুখে এক ধরণের চাপা অপরাধবোধের ছাপ স্পষ্ট।

দুজ বিশুকে নিয়ে শম্ভুনাথের খোঁজে গেলেন। শম্ভুনাথ তখন ম্যানশনের এক কোণায় বসে বিড়বিড় করছিলেন, তার মুখ দেখে মনে হচ্ছিল তিনি কোনো গভীর চিন্তায় মগ্ন। দুজকে দেখে তিনি চমকে উঠলেন, যেন তিনি ধরা পড়ে গেছেন।

"শম্ভুনাথবাবু," দুজ শান্ত অথচ দৃঢ় কণ্ঠে বললেন, "আপনার সাথে আমার কিছু জরুরি কথা আছে। লাইব্রেরি কক্ষে আসুন।"

শম্ভুনাথ কাঁপতে কাঁপতে দুজোর পিছু পিছু লাইব্রেরি কক্ষে এলেন। তার মুখ ফ্যাকাশে, তার চোখ দুজ-এর দিকে স্থির। দুজ তাকে বসতে বললেন।

"শম্ভুনাথবাবু," দুজ শুরু করলেন, তার কণ্ঠস্বর ছিল নরম কিন্তু তীক্ষ্ণ, "প্রথম চুরির সময় আপনার ঘড়ি রাত বারোটা এক মিনিটে থেমে গিয়েছিল। আপনি বলেছিলেন আপনি সারা রাত জেগে ছিলেন, কিন্তু ঘড়িটা অন্য কথা বলছে। আর

এবার 'চন্দ্রহার' চুরি হয়ে গেল, যখন ডাক্তার রায় পুলিশ হেফাজতে। এইবার আপনি কী বলবেন? এটাও কি ভূতের কাজ?"

শম্ভুনাথের মুখ আরও ফ্যাকাশে হয়ে গেল। তিনি মাথা নিচু করে নিলেন, কোনো উত্তর দিলেন না। তার শরীর কাঁপছিল।

"শম্ভুনাথবাবু," দুজ বললেন, "আপনি এই ম্যানশনের দীর্ঘদিনের কর্মচারী। এই পরিবারের প্রতিটি খুঁটিনাটি আপনি জানেন। আপনি রণধীরবাবুর বাবার আমল থেকে এখানে আছেন। আপনার পক্ষে এই ম্যানশনের প্রতিটি গোপন পথ, প্রতিটি ভল্টের অবস্থান জানা সম্ভব। আপনি কিছু লুকাচ্ছেন, শম্ভুনাথবাবু। আপনার ভয়টা কেবল চুরির জন্য নয়, এর পেছনে অন্য কোনো কারণ আছে।"

শম্ভুনাথের চোখ দিয়ে জল গড়িয়ে পড়ল। তিনি অস্ফুটে কিছু বলতে চাইলেন, কিন্তু কোনো শব্দ বের হলো না। তার ভেতরের কষ্ট যেন তাকে গ্রাস করছিল।

"যদি আপনি সত্যিটা না বলেন, শম্ভুনাথবাবু, তাহলে আপনাকেও সন্দেহের তালিকায় রাখা হবে," দুজ বললেন। "আপনি কি চান, আপনার এতদিনের বিশ্বস্ততা এভাবে প্রশ্নের মুখে পড়ুক?"

দুজোর কথা শুনে শম্ভুনাথের মধ্যে এক ধরণের পরিবর্তন এল। তিনি মাথা তুললেন, তার চোখে এক ধরণের দৃঢ়তা। তিনি যেন একটি কঠিন সিদ্ধান্ত নিলেন।

"আমি... আমি জানি, স্যার," শম্ভুনাথ কাঁপা কণ্ঠে বললেন। "আমি কিছু লুকাচ্ছিলাম। এটা এই পরিবারের এক পুরোনো গোপন কথা। আমি রণধীরবাবুকে কথা দিয়েছিলাম, আমি কাউকে বলব না। কিন্তু এখন... এখন আর লুকানোর উপায় নেই।"

শম্ভুনাথ একটি দীর্ঘশ্বাস ফেললেন। "এটা রীতা দেবীর মায়ের মৃত্যু নিয়ে, স্যার। মীরা দেবীর মৃত্যু... সেটা দুর্ঘটনা ছিল না।"

দুজ এবং বিশু চমকে উঠলেন। রীতার ডায়েরিতে যা লেখা ছিল, শম্ভুনাথের কথা যেন তারই সত্যতা প্রমাণ করছিল।

"কী বলতে চাইছেন আপনি, শম্ভুনাথবাবু?" দুজ প্রশ্ন করলেন, তার কণ্ঠস্বরে উত্তেজনা।

শম্ভুনাথ বলতে শুরু করলেন। তার কণ্ঠস্বর প্রথমে ক্ষীণ ছিল, কিন্তু ধীরে ধীরে তা স্পষ্ট হতে লাগল। "মীরা দেবী... তিনি খুব ভালো মানুষ ছিলেন। কিন্তু রণধীরবাবু... তিনি তার শিল্পকর্মকে মীরা দেবীর চেয়েও বেশি ভালোবাসতেন। মীরা দেবী এটা বুঝতে পারতেন। তিনি খুব একা অনুভব করতেন।"

"মৃত্যুর আগের দিন," শম্ভুনাথ বললেন, "মীরা দেবী খুব উত্তেজিত ছিলেন। তিনি রণধীরবাবুকে কিছু একটা বলতে চেয়েছিলেন, কিন্তু রণধীরবাবু তার কথা শুনতে চাননি। মীরা দেবী আমাকে বলেছিলেন, 'নীল অপ্সরা'র পেছনে কিছু একটা লুকিয়ে আছে, যা এই পরিবারের জন্য অমঙ্গল ডেকে আনবে।"

"সেই রাতে," শম্ভুনাথের চোখ দুটি ভয়ে বড় বড় হয়ে উঠল, "আমি ম্যানশনের নিচে ছিলাম। আমি ছাদে একটা শব্দ শুনেছিলাম। আমি উপরে ছুটে গিয়েছিলাম। আমি দেখেছিলাম... রণধীরবাবু ছাদে ছিলেন। আর মীরা দেবী... তিনি ছাদের কিনারায় দাঁড়িয়ে ছিলেন।"

শম্ভুনাথের শরীর কাঁপছিল। "আমি... আমি তখন স্পষ্ট দেখতে পাইনি কী হয়েছিল। কিন্তু আমি শুনেছিলাম তাদের মধ্যে তীব্র বাদানুবাদ হচ্ছে। মীরা দেবী চিৎকার করছিলেন। তারপর... তারপর তিনি নিচে পড়ে গেলেন।"

"রণধীরবাবু কি তাকে ধাক্কা দিয়েছিলেন?" দুজ প্রশ্ন করলেন, তার কণ্ঠস্বর চাপা।

শম্ভুনাথ মাথা নাড়লেন, তার চোখে জল। "আমি জানি না, স্যার। আমি স্পষ্ট দেখতে পাইনি। কিন্তু রণধীরবাবু যখন নিচে নেমে এলেন, তার মুখ ছিল ফ্যাকাশে, তার চোখ দুটি

ভয়ে বড় বড়। তিনি আমাকে বলেছিলেন, 'শম্ভু, এটা একটা দুর্ঘটনা ছিল। তুমি কাউকে কিছু বলবে না।'"

"রণধীরবাবু আমাকে ভয় দেখিয়েছিলেন, স্যার," শম্ভুনাথ বললেন। "তিনি বলেছিলেন, যদি আমি কাউকে কিছু বলি, তাহলে আমার পরিবারকে তিনি শেষ করে দেবেন। আমি ভয়ে কাউকে কিছু বলতে পারিনি। আমি জানতাম, রীতা দেবী তার মায়ের মৃত্যু নিয়ে সন্দেহ করেন, কিন্তু আমি তাকেও বলতে পারিনি।"

এই গোপন কথাটি দুজোর কাছে এক নতুন দিগন্ত উন্মোচন করল। মীরা সেনগুপ্তের মৃত্যু নিছকই দুর্ঘটনা ছিল না, এর পেছনে রণধীর সেনগুপ্তের হাত থাকার সম্ভাবনা ছিল। আর 'নীল অপ্সরা'র সাথে এই মৃত্যুর সম্পর্ক আরও গভীর হলো। শম্ভুনাথের এই স্বীকারোক্তি দুজকে এক নতুন এবং ভয়ঙ্কর সত্যের মুখোমুখি দাঁড় করাল। এই ম্যানশনের দেয়ালগুলো কেবল চুরির রহস্যই নয়, বরং বহু বছর আগের এক খুনের রহস্যও লুকিয়ে রেখেছিল।

পর্ব ২২: রণধীরবাবুর ভয়

শম্ভুনাথের কাছ থেকে মীরা সেনগুপ্তের মৃত্যুর বিষয়ে সেই ভয়ঙ্কর গোপন কথাটি জানার পর দুজ এবং বিশু দুজনেই স্তম্ভিত হয়ে গিয়েছিলেন। এই তথ্যটি যেন পুরো কেসের গতিপথই বদলে দিল। 'নীল অপ্সরা'র চুরির রহস্যের আড়ালে

লুকিয়ে ছিল এক পুরোনো খুনের রহস্য, যা বহু বছর ধরে চাপা পড়েছিল। যখন দুজ এই নতুন সত্যের গভীরতা বোঝার চেষ্টা করছিলেন, ঠিক তখনই 'চন্দ্রহার' চুরির ঘটনা রণধীর সেনগুপ্তকে আরও বেশি আতঙ্কিত করে তুলল।

ড্রইংরুমে রণধীরবাবু অস্থিরভাবে পায়চারি করছিলেন। তার মুখ ফ্যাকাশে, চোখে মুখে এক ধরণের চরম অসহায়ত্ব। 'নীল অপ্সরা' চুরির সময় তিনি যতটা বিচলিত হয়েছিলেন, 'চন্দ্রহার' হারানোর পর তার আতঙ্ক যেন তার চেয়েও কয়েকগুণ বেশি। তার এই অতিরিক্ত ভয় দুজোর চোখ এড়ালো না।

"দুজবাবু," রণধীরবাবু কাঁপতে কাঁপতে বললেন, "আমার সব শেষ হয়ে গেল! 'নীল অপ্সরা' ফিরে এসেছে, কিন্তু 'চন্দ্রহার'... এটা তো আমার স্ত্রীর শেষ স্মৃতি ছিল! মীরা এই গয়নাটাকে খুব ভালোবাসত। আমি এটা তার জন্য বানিয়েছিলাম।" তার কণ্ঠস্বর রুদ্ধ হয়ে এল, চোখে জল দেখা দিল।

রণধীরবাবুর কথা শুনে দুজ মনোযোগ দিয়ে তাকে পর্যবেক্ষণ করলেন। 'নীল অপ্সরা' রণধীরবাবুর কাছে অমূল্য শিল্পকর্ম ছিল, তার জীবনের অংশ। কিন্তু 'চন্দ্রহার' যেন তার কাছে তার মৃত স্ত্রীর এক জীবন্ত স্মৃতি। এই গয়না হারানোর কষ্ট তার কাছে কেবল আর্থিক ক্ষতি ছিল না, ছিল এক গভীর ব্যক্তিগত আঘাত।

"এই গয়নাটি কি আপনার স্ত্রীর খুব প্রিয় ছিল, রণধীরবাবু?" দুজ প্রশ্ন করলেন, তার কণ্ঠস্বর শান্ত কিন্তু অনুসন্ধিৎসু।

"হ্যাঁ, দুজবাবু," রণধীরবাবু বললেন, "মীরা এই গয়নাটাকে নিজের চেয়েও বেশি ভালোবাসত। সে বলত, এটা আমাদের ভালোবাসার প্রতীক। তার মৃত্যুর পর আমি এটাকে সবচেয়ে সুরক্ষিত ভল্টে রেখেছিলাম, যাতে কোনোদিন এটা হারিয়ে না যায়। কিন্তু এখন..." তিনি আর কথা বলতে পারলেন না, হতাশায় ভেঙে পড়লেন।

দুজ রণধীরবাবুর আচরণে এক ধরণের গভীর ভয় লক্ষ্য করলেন। এই ভয় কেবল গয়না হারানোর ভয় ছিল না, এর পেছনে অন্য কিছু ছিল। শম্ভুনাথের দেওয়া তথ্যের পর দুজোর মনে রণধীরবাবুর প্রতি এক নতুন সন্দেহ দানা বেঁধেছিল। মীরা সেনগুপ্তের মৃত্যুর রাতে রণধীরবাবু ছাদে ছিলেন, এবং শম্ভুনাথ তাদের মধ্যে বাদানুবাদ শুনেছিলেন। রণধীরবাবু শম্ভুনাথকে ভয় দেখিয়ে চুপ করিয়ে দিয়েছিলেন। এই সবকিছুর পর, 'চন্দ্রহার' চুরির পর রণধীরবাবুর এই অতিরিক্ত আতঙ্ক দুজোর কাছে স্বাভাবিক মনে হলো না।

দুজ মনে মনে ভাবলেন, রণধীরবাবু কি ভয় পাচ্ছেন যে, 'চন্দ্রহার' চুরির মাধ্যমে তার পুরোনো কোনো গোপন সত্য উন্মোচিত হতে পারে? এই গয়নাটি কি কেবল মীরার স্মৃতি ছিল, নাকি এর সাথে মীরার মৃত্যুর কোনো যোগসূত্র ছিল, যা

রণধীরবাবু লুকিয়ে রাখতে চাইছিলেন? এই ভয় কি তার নিজের অপরাধবোধ থেকে আসছে?

রণধীরবাবুর চোখ দুটি বারবার শম্ভুনাথের দিকে যাচ্ছিল, যেন তিনি ভয় পাচ্ছেন যে শম্ভুনাথ তার গোপন কথা ফাঁস করে দেবে। দুজ এই নীরব ইঙ্গিতটি লক্ষ্য করলেন। রণধীরবাবুর এই আচরণ দুজোর মনকে নিশ্চিত করল যে, এই ম্যানশনের রহস্য কেবল চুরির মধ্যে সীমাবদ্ধ নয়, বরং এটি রণধীর সেনগুপ্তের পারিবারিক জীবনের এক অন্ধকার অধ্যায়ের সাথে গভীরভাবে জড়িত।

দুজ জানতেন, এই দ্বিতীয় চুরিটি প্রথম চুরির চেয়েও বেশি গুরুত্বপূর্ণ। এটি হয়তো সেই পুরোনো পাপের ছায়া, যা বহু বছর ধরে ম্যানশনের গভীরে লুকিয়ে ছিল এবং এখন নতুন করে মাথাচাড়া দিচ্ছে। রণধীরবাবুর এই ভয়ই হয়তো সেই সত্যের দিকে ইঙ্গিত করছে, যা তিনি এত বছর ধরে লুকিয়ে রেখেছিলেন। দুজ বুঝতে পারলেন, তাকে এবার রণধীর সেনগুপ্তের অতীত এবং মীরা সেনগুপ্তের মৃত্যুর রহস্যের গভীরে প্রবেশ করতে হবে।

পর্ব ২৩: অর্ণবের সন্দেহ

'চন্দ্রহার' চুরির ঘটনা এবং শম্ভুনাথের স্বীকারোক্তি দুজোর মনে নতুন এক তদন্তের পথ খুলে দিলেও, ম্যানশনের ভেতরে রীতা সেনগুপ্তের মন তখনও অস্থির ছিল। তার

মায়ের মৃত্যুর পুরোনো ক্ষত আবার নতুন করে দগদগে হয়ে উঠেছিল। এই কঠিন সময়ে তার পাশে এসে দাঁড়ালেন তরুণ চিত্রশিল্পী অর্ণব। 'নীল অপ্সরা'র চুরির পর থেকে অর্ণব রীতার প্রতি এক ধরণের সহানুভূতি অনুভব করছিলেন, যা এখন ধীরে ধীরে এক গভীর আকর্ষণে পরিণত হচ্ছিল।

অর্ণব রীতার পাশে এসে বসলেন, যখন রীতা ম্যানশনের এক নির্জন বারান্দায় চুপচাপ বসে বাইরের কুয়াশাচ্ছন্ন দৃশ্যের দিকে তাকিয়ে ছিলেন। তার চোখে ছিল সেই পুরোনো বিষাদ, যা দুজ বারবার লক্ষ্য করেছেন।

"রীতা দেবী," অর্ণব নরম কণ্ঠে বললেন, "আপনি কি এখনও মন খারাপ করে আছেন? 'নীল অপ্সরা' ফিরে এসেছে, আর 'চন্দ্রহার'ও নিশ্চয়ই ফিরে আসবে।"

রীতা একটি দীর্ঘশ্বাস ফেললেন। "ছবিটা ফিরে এলেও আমার মনের শান্তি ফিরে আসেনি, অর্ণব। এই ম্যানশন... এই সবকিছুই যেন এক অভিশাপের মতো মনে হচ্ছে। 'চন্দ্রহার'টা মায়ের শেষ স্মৃতি ছিল।"

অর্ণব রীতার দিকে মনোযোগ দিয়ে তাকালেন। "আমি জানি, রীতা দেবী। আপনার মায়ের কথা রণধীরবাবু আমাকে বলেছিলেন। তার মৃত্যু... সেটা কি সত্যিই দুর্ঘটনা ছিল?"

অর্ণবের এই সরাসরি প্রশ্ন রীতাকে চমকে দিল। সে অর্ণবের দিকে তাকাল, তার চোখে এক ধরণের বিস্ময়। এই প্রথম কেউ তার মনের ভেতরের সন্দেহকে সরাসরি প্রশ্ন করল।

"আপনিও কি তাই মনে করেন, অর্ণব?" রীতা প্রশ্ন করলেন, তার কণ্ঠে চাপা উত্তেজনা।

অর্ণব মাথা নাড়লেন। "আমি জানি না। কিন্তু আপনার বিষাদ দেখে আমার মনে হয়, এর পেছনে অন্য কোনো কারণ আছে। একজন মানুষ হঠাৎ করে ছাদ থেকে পড়ে মারা যাবে... আর তার আগে সে খুব চিন্তিত ছিল... এটা কি নিছকই কাকতালীয়?" অর্ণবের শিল্পী মন ঘটনার পেছনের অসামঞ্জস্যগুলো ধরতে পারছিল।

রীতার চোখ দিয়ে জল গড়িয়ে পড়ল। "আমিও তাই মনে করি, অর্ণব। আমি ছোট ছিলাম, কিন্তু আমার মনে আছে। মা খুব ভয় পাচ্ছিলেন। তিনি বাবাকে কিছু বলতে চেয়েছিলেন, কিন্তু পারেননি। তিনি বলেছিলেন, 'নীল অপ্সরা'র পেছনে কিছু একটা লুকিয়ে আছে, যা আমাদের জীবনকে ধ্বংস করে দেবে।" রীতা তার ডায়েরির ছেঁড়া পাতাগুলোর কথা অর্ণবকে বললেন, এবং কীভাবে তার মনে সন্দেহ দানা বেঁধেছিল, সেই কথাও জানালেন।

অর্ণব মনোযোগ দিয়ে রীতার কথা শুনলেন। তার মনে হলো, এই ম্যানশন কেবল শিল্পকর্মের সংগ্রহশালা নয়, এটি বহু

পুরোনো গোপন রহস্যেরও আধার। রীতার মায়ের মৃত্যু এবং 'নীল অপ্সরা'র সাথে তার সম্পর্ক—এই সবকিছুই অর্ণবের কাছে এক নতুন ধাঁধা মনে হলো।

"আপনার মা কি 'নীল অপ্সরা' নিয়ে কিছু বিশেষ কথা বলেছিলেন?" অর্ণব জানতে চাইলেন। "ছবিটা কি তার কাছে অন্য কোনো অর্থ বহন করত?"

"মা ছবিটাকে খুব ভালোবাসতেন," রীতা বললেন। "কিন্তু মৃত্যুর আগের দিন তিনি বলেছিলেন, ছবিটা নাকি তাকে কিছু একটা দেখাচ্ছে, যা তিনি বুঝতে পারছেন না। তিনি ছাদে গিয়েছিলেন কিছু খুঁজতে, যা তিনি ছবিতে দেখেছিলেন।"

অর্ণব কিছুক্ষণ নীরব রইলেন, তারপর বললেন, "রীতা দেবী, আমি আপনার কষ্ট বুঝতে পারছি। আর এই রহস্য... এই রহস্যের সমাধান হওয়া দরকার। যদি আপনি চান, আমি আপনাকে সাহায্য করতে পারি। আমি একজন শিল্পী, আমি খুঁটিনাটি বিষয়গুলো দেখতে পারি। হয়তো আমার চোখ দিয়ে আমরা এমন কিছু দেখতে পাব, যা অন্যদের চোখে পড়েনি।"

রীতা অর্ণবের দিকে তাকালেন। তার চোখে এক ধরণের আশা ফুটে উঠল। এই প্রথম কেউ তার পাশে এসে দাঁড়াল, তার সন্দেহকে গুরুত্ব দিল। দুজবাবু তদন্ত করছেন ঠিকই, কিন্তু অর্ণবের মতো একজন বন্ধু পাশে থাকাটা রীতার জন্য এক নতুন শক্তি ছিল।

"আপনি সত্যিই আমাকে সাহায্য করবেন, অর্ণব?" রীতা প্রশ্ন করলেন, তার কণ্ঠে কৃতজ্ঞতা।

"হ্যাঁ, রীতা দেবী," অর্ণব দৃঢ় কণ্ঠে বললেন। "আমরা একসাথে এই রহস্যের সমাধান করব। আপনার মায়ের মৃত্যুর আসল সত্য উন্মোচন করব। আর 'চন্দ্রহার'ও ফিরে আসবে।"

অর্ণব এবং রীতা একসাথে ম্যানশনের পুরোনো কাগজপত্র, পারিবারিক ছবি, এবং 'নীল অপ্সরা'র প্রতিটি খুঁটিনাটি আবার পরীক্ষা করার সিদ্ধান্ত নিলেন। তাদের এই নতুন জোট দুজকে কিছুটা অবাক করলেও, তিনি বুঝতে পারলেন, এই তরুণদের আবেগ এবং নতুন দৃষ্টিকোণ হয়তো এমন কিছু সূত্র খুঁজে বের করবে, যা তার পেশাদারী চোখ এড়িয়ে গেছে। কুয়াশার গভীরে লুকিয়ে থাকা এই পুরোনো রহস্যের জট খুলতে চলেছে নতুন এক অধ্যায়, যেখানে আবেগ আর বুদ্ধিমত্তা একসাথে কাজ করবে।

পর্ব ২৪: নতুন সন্দেহভাজন

শম্ভুনাথের স্বীকারোক্তি এবং রীতার ডায়েরি থেকে পাওয়া সূত্রগুলো দুজোর তদন্তের মোড় ঘুরিয়ে দিয়েছিল। মীরা সেনগুপ্তের মৃত্যু নিছকই দুর্ঘটনা ছিল না, বরং এর পেছনে রণধীর সেনগুপ্তের হাত থাকার সম্ভাবনা ছিল। 'চন্দ্রহার' চুরির ঘটনা এই পুরোনো রহস্যকে আবার জাগিয়ে তুলেছে। দুজ বুঝতে পারছিলেন, এই কেসটি কেবল একটি চুরির কেস নয়,

এটি একটি পারিবারিক ট্র্যাজেডির গল্প, যা বহু বছর ধরে চাপা পড়েরয়েছে।

নিজের সাময়িক কার্যালয়ে বসে দুজ বিশুর সাথে রণধীরবাবুর অতীত জীবন নিয়ে আলোচনা করছিলেন। "বিশু," দুজ বললেন, "রণধীর সেনগুপ্তের ব্যক্তিগত জীবন এবং তার ব্যবসায়িক সম্পর্কগুলো আমাদের আরও ভালোভাবে খতিয়ে দেখতে হবে। মীরা দেবীর মৃত্যুর পেছনে যদি রণধীরবাবুর হাত থাকে, তাহলে তার মোটিভ কী ছিল? আর 'নীল অপ্সরা' এবং 'চন্দ্রহার' চুরির সাথে এর সম্পর্ক কী?"

বিশু রণধীরবাবুর পুরোনো ব্যবসায়িক নথি এবং পারিবারিক কাগজপত্র ঘাঁটতে শুরু করল। কিছুক্ষণের মধ্যেই সে একটি পুরোনো অংশীদারীত্বের চুক্তিপত্র খুঁজে পেল। "মামু, এই দেখুন! রণধীরবাবুর একজন পুরোনো ব্যবসায়িক অংশীদার ছিল। নাম অরুণাভ চৌধুরী।"

দুজ কাগজটি হাতে নিলেন। "অরুণাভ চৌধুরী? এই নামটা তো আগে শুনিনি।"

"হ্যাঁ মামু," বিশু বলল। "চুক্তিপত্র অনুযায়ী, তারা দুজনে মিলে একটি বড় শিল্প ব্যবসা শুরু করেছিলেন বহু বছর আগে। কিন্তু পাঁচ বছর পর তাদের অংশীদারীত্ব ভেঙে যায়। কাগজপত্রে দেখা যাচ্ছে, তাদের মধ্যে নাকি তীব্র মতবিরোধ হয়েছিল।"

"মতবিরোধ?" দুজ ভ্রু কুঁচকালেন। "কী নিয়ে মতবিরোধ হয়েছিল?"

"কাগজে তো স্পষ্ট কিছু লেখা নেই," বিশু বলল। "তবে, মনে হচ্ছে ব্যবসায়িক লেনদেন নিয়ে বড় ধরণের ঝামেলা হয়েছিল। অরুণাভ চৌধুরী নাকি রণধীরবাবুর বিরুদ্ধে প্রতারণার অভিযোগও এনেছিলেন, যদিও পরে তা ধামাচাপা পড়ে যায়।"

দুজ গভীর চিন্তায় ডুবে গেলেন। একজন পুরোনো ব্যবসায়িক অংশীদার, যার সাথে রণধীরবাবুর তীব্র শত্রুতা ছিল, এবং যিনি বহু বছর ধরে ম্যানশনের আশেপাশে ছিলেন না—এই তথ্যটি দুজোর মনে নতুন এক সন্দেহভাজনকে নিয়ে এল। অরুণাভ চৌধুরী কি এই চুরির ঘটনার পেছনে থাকতে পারেন? প্রতিশোধের জন্য?

"অরুণাভ চৌধুরী এখন কোথায় থাকেন?" দুজ প্রশ্ন করলেন।

বিশু তার ফাইল ঘাঁটতে লাগল। "কাগজপত্র অনুযায়ী, তিনি বহু বছর আগে কলকাতা ছেড়ে চলে গিয়েছিলেন। তার বর্তমান ঠিকানা বা অবস্থান সম্পর্কে কোনো তথ্য নেই।"

"বহু বছর ধরে ম্যানশনের আশেপাশে ছিলেন না," দুজ বিড়বিড় করলেন। "কিন্তু যদি তিনি রণধীরবাবুর উপর প্রতিশোধ নিতে চান, তাহলে তিনি কি এত বছর ধরে

অপেক্ষা করছিলেন? আর কীভাবে তিনি ম্যানশনের গোপন প্রকোষ্ঠ বা ভল্টের কোড সম্পর্কে জানলেন?"

দুজ মনে মনে কয়েকটি তত্ত্ব সাজাতে লাগলেন।

- **প্রথম তত্ত্ব:** অরুণাভ চৌধুরী হয়তো ম্যানশনের পুরোনো কাঠামো সম্পর্কে অবগত ছিলেন, এবং তিনি কোনোভাবে গোপন প্রকোষ্ঠের কথা জেনেছিলেন।
- **দ্বিতীয় তত্ত্ব:** তিনি হয়তো ম্যানশনের ভেতরের কারো সাহায্যে এই কাজ করেছেন। শম্ভুনাথ? নাকি অন্য কেউ?
- **তৃতীয় তত্ত্ব:** 'নীল অপ্সরা' এবং 'চন্দ্রহার' চুরির মাধ্যমে তিনি রণধীরবাবুকে আর্থিকভাবে ক্ষতিগ্রস্ত করতে চাইছেন, এবং একই সাথে তার পারিবারিক সম্মান নষ্ট করতে চাইছেন।

দুজ অনুভব করলেন, এই নতুন চরিত্রটি কেসের জটিলতা আরও বাড়িয়ে দিয়েছে। অরুণাভ চৌধুরীর সাথে রণধীরবাবুর পুরোনো শত্রুতা, এবং তার দীর্ঘদিনের অনুপস্থিতি—এই সবকিছুই তাকে এক রহস্যময় চরিত্রে পরিণত করেছে। তিনি কি কেবল একজন পুরোনো শত্রু, নাকি এই চুরির পেছনের আসল মাস্টারমাইন্ড?

"বিশু," দুজ বললেন, "অরুণাভ চৌধুরীর সম্পর্কে আরও বিস্তারিত খোঁজ নাও। তার বর্তমান অবস্থান, তার অতীত কার্যকলাপ, এবং তার সাথে রণধীরবাবুর সম্পর্কের গভীরতা—সবকিছুই আমাদের জানতে হবে। এই ম্যানশনের রহস্য কেবল পারিবারিক কলহের মধ্যে সীমাবদ্ধ নয়, এর পেছনে হয়তো আরও বড় কোনো ষড়যন্ত্র লুকিয়ে আছে।"

দুজ জানতেন, এই নতুন সন্দেহভাজনকে খুঁজে বের করা এবং তার মোটিভ উন্মোচন করা এই কেসের জন্য অত্যন্ত গুরুত্বপূর্ণ। কুয়াশার গভীরে লুকিয়ে থাকা এই রহস্যের জট খুলতে হলে তাকে প্রতিটি চরিত্রের লুকানো দিক এবং তাদের অতীতের সম্পর্কগুলো উন্মোচন করতে হবে।

পর্ব ২৫: একটি পুরোনো চিঠি

অরুণাভ চৌধুরী নামক নতুন সন্দেহভাজনের আবির্ভাব দুজোর তদন্তে নতুন মাত্রা যোগ করল। রণধীরবাবুর পুরোনো ব্যবসায়িক শত্রুতা এবং মীরা সেনগুপ্তের রহস্যজনক মৃত্যু—এই দুটি বিষয়ই যেন এক অদৃশ্য সুতোয় বাঁধা পড়ছিল। দুজ বুঝতে পারছিলেন, এই ম্যানশনের গভীরে লুকিয়ে আছে এমন এক পুরোনো ইতিহাস, যা বর্তমানের প্রতিটি ঘটনার সাথে ওতপ্রোতভাবে জড়িত। এই সত্য উন্মোচন করতে হলে রণধীরবাবুর অতীতকে আরও গভীরভাবে খতিয়ে দেখা প্রয়োজন।

নিজের সাময়িক কার্যালয়ে বসে দুজ বিশুকে নিয়ে রণধীরবাবুর পুরোনো কাগজপত্র ঘাঁটছিলেন। ফাইলগুলো ছিল অগোছালো, বহু বছরের ধুলো জমেছিল সেগুলোতে। পারিবারিক দলিল, ব্যবসায়িক চুক্তি, পুরোনো চিঠি—সবকিছুই ছিল সেখানে। দুজ প্রতিটি কাগজ মনোযোগ দিয়ে দেখছিলেন, কোনো ছোট সূত্রও যেন তার চোখ এড়িয়ে না যায়।

"মামু," বিশু বলল, "রণধীরবাবুর এই পুরোনো কাগজপত্রগুলো ঘাঁটতে গিয়ে মনে হচ্ছে, তিনি যেন বহু বছর ধরে অনেক কিছু লুকিয়ে রেখেছেন।"

"হ্যাঁ বিশু," দুজ বললেন, "অনেক সময় মানুষ তার অতীতকে ধুলোর আড়ালে লুকিয়ে রাখতে চায়। কিন্তু সত্যের নিজস্ব পথ আছে, তা একদিন না একদিন বেরিয়ে আসবেই।"

অনেক খোঁজাখুঁজির পর, দুজোর হাতে একটি পুরোনো খাম এল। খামটি ছিল হলুদ হয়ে যাওয়া, তার উপর কোনো নাম বা ঠিকানা লেখা ছিল না। খামটি দেখে মনে হলো, এটি বহু বছর ধরে কোনো গোপন জায়গায় লুকিয়ে রাখা হয়েছিল, অথবা কেউ এটিকে ইচ্ছাকৃতভাবে ফেলে রেখেছিল। দুজ সাবধানে খামটি খুললেন। ভেতরে ছিল একটি ভাঁজ করা চিঠি। চিঠিটি ছিল হাতে লেখা, অক্ষরগুলো কিছুটা অস্পষ্ট, কিন্তু তার মধ্যে এক ধরণের অস্থিরতা স্পষ্ট।

দুজ চিঠিটি হাতে নিলেন এবং পড়তে শুরু করলেন। চিঠিটি ছিল রীতার মা, মীরা সেনগুপ্তের লেখা। তার মৃত্যুর মাত্র কয়েকদিন আগে এটি লেখা হয়েছিল। চিঠির ভাষা ছিল আবেগপ্রবণ এবং উদ্বেগপূর্ণ।

চিঠির কিছু অংশ এমন ছিল:

"আমার প্রিয় ডায়েরি, আজ আমার মনটা খুব অস্থির। আমি জানি না কী করব। রণধীর... সে বদলে গেছে। সে যেন আমাকে আর ভালোবাসে না, কেবল তার শিল্পকর্ম নিয়েই ব্যস্ত থাকে। বিশেষ করে 'নীল অপ্সরা'... এই ছবিটা যেন আমাদের জীবনকে গ্রাস করে ফেলছে।"

"আমি কিছু একটা দেখেছি, যা আমাকে খুব ভয় পাইয়ে দিয়েছে। 'নীল অপ্সরা'র পেছনে কিছু একটা লুকিয়ে আছে, যা খুবই ভয়ঙ্কর। আমি রণধীরকে বলতে চেয়েছিলাম, কিন্তু সে আমার কথা শুনছে না। সে যেন কিছু লুকাচ্ছে। আমি জানি না এটা কী, কিন্তু আমার মনে হচ্ছে, এটা আমাদের জন্য অমঙ্গল ডেকে আনবে।"

"আমার মনে হচ্ছে, আমি আর নিরাপদ নই। রণধীর যেন আমাকে বিশ্বাস করছে না। আমি একা অনুভব করছি। আমি জানি না কাল কী হবে। যদি আমার কিছু হয়ে যায়, তাহলে জেনো, এটা দুর্ঘটনা নয়। 'নীল অপ্সরা'র পেছনেই লুকিয়ে আছে আসল সত্য।"

চিঠিটি পড়ে দুজোর চোখ বড় বড় হয়ে গেল। এই চিঠিটি মীরা সেনগুপ্তের মৃত্যুর আগে তার মানসিক অবস্থার এক স্পষ্ট চিত্র তুলে ধরছিল। তার ভয়, তার হতাশা, এবং রণধীরবাবুর সাথে তার সম্পর্কের অবনতি—সবকিছুই এই চিঠিতে স্পষ্ট ছিল। সবচেয়ে গুরুত্বপূর্ণ বিষয় ছিল, চিঠিতে 'নীল অপ্সরা'র সরাসরি উল্লেখ, এবং এর পেছনে লুকিয়ে থাকা 'ভয়ঙ্কর সত্যের' ইঙ্গিত।

"বিশু, এই চিঠিটা দেখ!" দুজ উত্তেজিত কণ্ঠে বললেন। "এটা মীরা সেনগুপ্তের লেখা। তার মৃত্যুর ঠিক আগে!"

বিশু চিঠিটি হাতে নিয়ে পড়ল। তার মুখও ফ্যাকাশে হয়ে গেল। "মামু, এর মানে তো মীরা দেবীর মৃত্যু দুর্ঘটনা ছিল না! আর 'নীল অপ্সরা'র সাথে এর সরাসরি সম্পর্ক আছে!"

"ঠিক ধরেছিস বিশু," দুজ বললেন। "শম্ভুনাথের কথা, রীতার ডায়েরির ছেঁড়া পাতা, এবং এখন এই চিঠি—সবকিছুই প্রমাণ করছে যে, মীরা সেনগুপ্তের মৃত্যু একটি পরিকল্পিত ঘটনা ছিল। আর রণধীর সেনগুপ্ত এর সাথে জড়িত।"

দুজ মনে মনে বিশ্লেষণ করতে লাগলেন। মীরা সেনগুপ্ত 'নীল অপ্সরা'র পেছনে কী দেখেছিলেন, যা তাকে এত ভয় পাইয়ে দিয়েছিল? এই 'ভয়ঙ্কর সত্য' কী ছিল? এটি কি কোনো গোপন তথ্য, কোনো অবৈধ লেনদেন, নাকি অন্য কোনো

অপরাধ? আর রণধীরবাবু কেন তার স্ত্রীকে বিশ্বাস করেননি, এবং কেন তিনি এই সত্য লুকাতে চাইছিলেন?

এই চিঠিটি কেবল মীরা সেনগুপ্তের মৃত্যুর রহস্যই উন্মোচন করছিল না, বরং 'নীল অপ্সরা'র চুরির পেছনেও এক নতুন মোটিভের ইঙ্গিত দিচ্ছিল। যদি 'নীল অপ্সরা'র পেছনে কোনো গোপন সত্য লুকিয়ে থাকে, তাহলে চোর কি সেই সত্যের সন্ধানেই ছবিটি চুরি করেছিল? নাকি চোর সেই সত্যকে আড়াল করতে চেয়েছিল?

দুজ জানতেন, এই চিঠিটি রণধীর সেনগুপ্তের মুখোশ খুলে দেবে। তার পুরোনো শত্রু অরুণাভ চৌধুরী, রীতার বিষাদ, এবং 'চন্দ্রহার' চুরির ঘটনা—সবকিছুই যেন এই চিঠির মাধ্যমে এক নতুন সূত্রে বাঁধা পড়ল। কুয়াশার গভীরে লুকিয়ে থাকা এই সত্য এখন আর বেশিদিন চাপা থাকবে না।

পর্ব ২৬: পারিবারিক কলহ

মীরা সেনগুপ্তের লেখা সেই পুরোনো চিঠিটি দুজোর হাতে আসার পর রণধীর সেনগুপ্তের মুখোশ যেন খুলে গেল। চিঠিটি কেবল মীরা দেবীর মৃত্যুর রহস্যই নয়, বরং 'নীল অপ্সরা'র সাথে জড়িত এক গভীর পারিবারিক কলহ এবং গোপন সত্যের ইঙ্গিত দিচ্ছিল। দুজ বুঝতে পারছিলেন, এবার রণধীরবাবুকে সরাসরি মুখোমুখি করার সময় এসেছে।

দুজ রণধীর সেনগুপ্তকে লাইব্রেরি কক্ষে ডাকলেন। বিশু তার পাশে নোটবুক নিয়ে প্রস্তুত ছিল। রণধীরবাবু কক্ষে প্রবেশ করলে তার মুখে এক ধরণের উদ্বেগ ছিল, যেন তিনি বুঝতে পারছিলেন কিছু একটা গুরুতর বিষয় নিয়ে আলোচনা হবে।

"রণধীরবাবু," দুজ তার হাতে থাকা মীরা সেনগুপ্তের লেখা চিঠিটি রণধীরবাবুর দিকে এগিয়ে দিলেন। "এই চিঠিটি আপনার স্ত্রীর লেখা। তার মৃত্যুর ঠিক আগে।"

রণধীরবাবু চিঠিটি হাতে নিলেন। তার চোখ দুটি বড় বড় হয়ে গেল, মুখে রক্তশূন্যতা দেখা দিল। তিনি চিঠিটি পড়তে শুরু করলেন, এবং তার মুখ ধীরে ধীরে ফ্যাকাশে হয়ে গেল। তার হাত কাঁপছিল, যেন তিনি তার অতীতের এক ভয়ঙ্কর সত্যের মুখোমুখি হয়েছেন।

"এটা... এটা কোথায় পেলেন আপনি?" রণধীরবাবু অস্ফুটে বললেন, তার কণ্ঠস্বর কাঁপছিল। "এটা তো... এটা তো আমি বহু বছর আগে পুড়িয়ে ফেলেছিলাম!"

"আপনি হয়তো পুড়িয়ে ফেলেছিলেন ভেবেছিলেন, রণধীরবাবু," দুজ বললেন, "কিন্তু সত্যের নিজস্ব পথ আছে। এই চিঠি প্রমাণ করছে যে, মীরা দেবীর মৃত্যু দুর্ঘটনা ছিল না। আর 'নীল অপ্সরা'র পেছনে এমন কিছু লুকিয়ে ছিল, যা তাকে ভয় পাইয়ে দিয়েছিল।"

রণধীরবাবু চেয়ারে বসে পড়লেন, তার শরীর কাঁপছিল। তিনি মাথা নিচু করে রইলেন, কোনো উত্তর দিলেন না। তার চোখে মুখে এক ধরণের অপরাধবোধ স্পষ্ট।

ঠিক তখনই ম্যানশনের গেটে একটি গাড়ি এসে থামার শব্দ হলো। শম্ভুনাথ দ্রুত এসে খবর দিলেন, "স্যার, অরুণাভ চৌধুরী এসেছেন!"

দুজ এবং বিশু দুজনেই চমকে উঠলেন। অরুণাভ চৌধুরী, রণধীরবাবুর পুরোনো ব্যবসায়িক অংশীদার, যার কথা বিশু সম্প্রতি খুঁজে পেয়েছিল। তার এই অপ্রত্যাশিত আগমন যেন পরিস্থিতিকে আরও জটিল করে তুলল।

অরুণাভ চৌধুরী ড্রইংরুমে প্রবেশ করলেন। তার বয়স রণধীরবাবুর কাছাকাছি, কিন্তু তার চোখে মুখে এক ধরণের তিক্ততা এবং প্রতিশোধের আগুন জ্বলছিল। তিনি দুজকে দেখে সামান্য অবাক হলেও, তার দৃষ্টি সরাসরি রণধীরবাবুর দিকে গেল।

"রণধীর!" অরুণাভ চৌধুরী তীক্ষ্ণ কণ্ঠে ডাকলেন। তার কণ্ঠে ছিল এক ধরণের তীব্র ঘৃণা। "শেষ পর্যন্ত তোমার পাপের ফল ভোগ করছ? 'নীল অপ্সরা' আর 'চন্দ্রহার' চুরি হয়ে গেছে শুনে খুব আনন্দ হচ্ছে আমার!"

রণধীরবাবু মুখ তুলে তাকালেন। তার চোখেও এক ধরণের ক্রোধ ফুটে উঠল। "অরুণাভ! তুমি এখানে কেন এসেছ? তুমিই কি এর পেছনে আছো?"

"আমি?" অরুণাভ চৌধুরী বিদ্রূপের হাসি হাসলেন। "আমি কেন হব? আমি তো শুধু তোমার ধ্বংস দেখতে এসেছি, রণধীর। বহু বছর ধরে এই দিনের অপেক্ষা করছিলাম।"

দুজ তাদের বাদানুবাদ মনোযোগ দিয়ে শুনছিলেন। বিশু দ্রুত নোট নিচ্ছিল।

"তোমার মনে আছে, রণধীর?" অরুণাভ চৌধুরী বললেন, "আমরা যখন একসাথে ব্যবসা শুরু করেছিলাম? 'নীল অপ্সরা'র মতো আরও অনেক শিল্পকর্ম আমরা একসাথে সংগ্রহ করেছিলাম। কিন্তু তুমি... তুমি আমার সাথে প্রতারণা করেছিলে! তুমি আমাদের যৌথ তহবিল থেকে টাকা সরিয়েছিলে, এবং আমাকে ব্যবসা থেকে বের করে দিয়েছিলে! আমার সব স্বপ্ন ভেঙে দিয়েছিলে!"

রণধীরবাবু চিৎকার করে উঠলেন, "মিথ্যে কথা! তুমিই তো লোভী ছিলে! তুমিই তো আমাদের ব্যবসা ধ্বংস করতে চেয়েছিলে! তুমিই আমার কাছ থেকে 'নীল অপ্সরা' কেড়ে নিতে চেয়েছিলে!"

"আমি কেড়ে নিতে চেয়েছিলাম, কারণ ওটা আমারও প্রাপ্য ছিল!" অরুণাভ চৌধুরী গর্জে উঠলেন। "আমরা একসাথে

পরিশ্রম করেছিলাম! কিন্তু তুমি সব নিজের করে নিলে। আর মীরা... মীরা সব জানত! সে তোমার এই প্রতারণার কথা ফাঁস করে দিতে চেয়েছিল, তাই না? তুমিই তাকে সরিয়ে দিয়েছ!"

অরুণাভ চৌধুরীর এই কথা শুনে রণধীরবাবু এবং শম্ভুনাথ দুজনেই চমকে উঠলেন। রণধীরবাবুর মুখ ফ্যাকাশে হয়ে গেল, তার চোখ দুটি ভয়ে বড় বড় হয়ে উঠল।

দুজ বুঝতে পারলেন, তাদের পুরোনো বিবাদের কারণ ছিল কেবল ব্যবসায়িক প্রতারণা নয়, এর সাথে 'নীল অপ্সরা' এবং মীরা সেনগুপ্তের মৃত্যুরও গভীর যোগসূত্র ছিল। অরুণাভ চৌধুরী মীরা সেনগুপ্তের মৃত্যুর পেছনে রণধীরবাবুর হাত থাকার বিষয়ে সন্দেহ করছেন, এবং তিনি বিশ্বাস করেন 'নীল অপ্সরা' এই সবকিছুর কেন্দ্রবিন্দুতে ছিল।

"তুমিই কি 'নীল অপ্সরা' আর 'চন্দ্রহার' চুরি করেছ, অরুণাভ?" রণধীরবাবু প্রশ্ন করলেন, তার কণ্ঠে এক ধরণের ভয়।

অরুণাভ চৌধুরী হাসলেন। "আমি চুরি করিনি, রণধীর। কিন্তু আমি জানি, তোমার পাপের ফল তোমাকে ভোগ করতেই হবে। 'নীল অপ্সরা'র পেছনে যে সত্য লুকিয়ে আছে, তা একদিন উন্মোচিত হবেই। আর 'চন্দ্রহার'... ওটা মীরার স্মৃতি। ওটা তোমার কাছে থাকা উচিত নয়।"

দুজ বুঝতে পারলেন, অরুণাভ চৌধুরী এই চুরির পেছনে সরাসরি জড়িত না থাকলেও, তার উপস্থিতি এবং তার পুরোনো শত্রুতা এই কেসের জটিলতা আরও বাড়িয়ে দিয়েছে। তিনি হয়তো এই চুরির বিষয়ে কিছু জানেন, অথবা তিনি এই ঘটনার সুযোগ নিয়ে রণধীরবাবুকে আরও বিপদে ফেলতে চাইছেন। এই পারিবারিক কলহ এবং পুরোনো শত্রুতা যেন 'নীল অপ্সরা' এবং 'চন্দ্রহার' চুরির নতুন এক মোটিভের ইঙ্গিত দিচ্ছিল। দুজ জানতেন, এই রহস্যের জট খুলতে হলে তাকে রণধীরবাবু এবং অরুণাভ চৌধুরীর পুরোনো সম্পর্কের গভীরে প্রবেশ করতে হবে।

পর্ব ২৭: রীতার মায়ের মৃত্যু রহস্য

রণধীরবাবু এবং অরুণাভ চৌধুরীর মধ্যেকার তীব্র বাদানুবাদ দুজোর কাছে স্পষ্ট করে দিয়েছিল যে, মীরা সেনগুপ্তের মৃত্যু এই পারিবারিক কলহ এবং বর্তমান চুরির ঘটনার কেন্দ্রবিন্দুতে রয়েছে। শম্ভুনাথের স্বীকারোক্তি, রীতার ডায়েরির ছেঁড়া পাতা, এবং মীরার লেখা পুরোনো চিঠি—সবকিছুই ইঙ্গিত দিচ্ছিল যে, মীরা দেবীর মৃত্যু নিছকই দুর্ঘটনা ছিল না। দুজ বুঝতে পারছিলেন, এইবার তাকে সরাসরি মীরা সেনগুপ্তের মৃত্যুর আসল কারণ খুঁজে বের করতে হবে।

নিজের সাময়িক কার্যালয়ে বসে দুজ বিশুর সাথে রণধীরবাবুর পারিবারিক নথিগুলো আবার পর্যালোচনা করছিলেন। "বিশু," দুজ বললেন, "মীরা সেনগুপ্তের মৃত্যুর মেডিকেল রিপোর্টগুলো

আমাদের দেখতে হবে। ডাক্তার অজিত রায় ছিলেন তাদের পারিবারিক চিকিৎসক। তার কাছেই নিশ্চয়ই সব রেকর্ড থাকবে।"

"কিন্তু মামু," বিশু বলল, "ডাক্তার রায় তো এখন পুলিশ হেফাজতে। তার রেকর্ডগুলো কি আমরা পাব?"

"আমাদের চেষ্টা করতে হবে," দুজ বললেন। "পুলিশের সাথে যোগাযোগ করে তার ব্যক্তিগত ক্লিনিক বা ম্যানশনের পুরোনো মেডিকেল ফাইলগুলো খুঁজে বের করতে হবে। অজিত রায় যদি এই মৃত্যুর সাথে কোনোভাবে জড়িত থাকেন, তাহলে তার রিপোর্টে নিশ্চয়ই কিছু অসঙ্গতি থাকবে।"

বিশু দ্রুত পুলিশের সাথে যোগাযোগ করল এবং ডাক্তার অজিত রায়ের ক্লিনিক ও ম্যানশনের পুরোনো মেডিকেল ফাইলগুলো পরীক্ষা করার অনুমতি চাইল। কয়েক ঘণ্টার মধ্যেই বিশু মীরা সেনগুপ্তের মৃত্যুর সময়কার কিছু মেডিকেল রিপোর্ট এবং ডাক্তার রায়ের হাতে লেখা কিছু নোট নিয়ে ফিরে এল।

দুজ রিপোর্টগুলো হাতে নিলেন। পাতাগুলো হলুদ হয়ে গেছে, কিছু জায়গায় কালিও অস্পষ্ট। দুজ তার তীক্ষ্ণ দৃষ্টি দিয়ে প্রতিটি শব্দ, প্রতিটি তারিখ এবং প্রতিটি মেডিকেল টার্ম পরীক্ষা করতে লাগলেন। বিশুও তার পাশে বসে মনোযোগ দিয়ে দেখছিল।

রিপোর্টে মৃত্যুর কারণ হিসেবে 'ছাদ থেকে পড়ে গিয়ে মাথায় গুরুতর আঘাত' উল্লেখ করা হয়েছিল, যা পুলিশের প্রাথমিক তদন্তের সাথে মিলে যায়। কিন্তু দুজ কিছু অসঙ্গতি লক্ষ্য করলেন:

- **অস্পষ্ট সময়:** রিপোর্টে মৃত্যুর সঠিক সময় উল্লেখ করা ছিল না, কেবল 'গভীর রাত' বলে উল্লেখ করা হয়েছিল। দুজ মনে মনে শম্ভুনাথের কথা ভাবলেন, যিনি রাত বারোটার পর বাদানুবাদ শুনেছিলেন।
- **আঘাতের ধরণ:** মাথায় আঘাতের বর্ণনা ছিল, কিন্তু শরীরের অন্যান্য অংশে, যেমন হাত বা পায়ে, কোনো প্রতিরোধমূলক আঘাতের (defensive wounds) উল্লেখ ছিল না। যদি কেউ পা পিছলে পড়ে যায়, তবে সে নিজেকে বাঁচানোর জন্য হাত বা পা দিয়ে প্রতিরোধ করার চেষ্টা করে, যার ফলে সেইসব স্থানে আঘাত লাগার কথা।
- **মানসিক অবস্থার অনুপস্থিতি:** মীরা দেবী যে মৃত্যুর আগের দিন খুব চিন্তিত ছিলেন, এবং তার ঘনিষ্ঠ বান্ধবীর কাছে হতাশা প্রকাশ করেছিলেন, সেই বিষয়ে রিপোর্টে কোনো উল্লেখ ছিল না। একজন রোগীর মানসিক অবস্থা সম্পর্কে ডাক্তারের রিপোর্টে উল্লেখ থাকাটা স্বাভাবিক।
- **অতিরিক্ত ঘুমের ওষুধের ইঙ্গিত:** দুজোর চোখ একটি নির্দিষ্ট মেডিকেল টার্মের উপর আটকে গেল—'mild sedative effect'। রিপোর্টে উল্লেখ করা হয়েছিল

> যে, মীরা দেবীর শরীরে 'হালকা ঘুমের ওষুধের প্রভাব' ছিল, যা তার পতনের কারণ হতে পারে। কিন্তু এই বিষয়টি পুলিশ রিপোর্টে বা জনসমক্ষে কখনো আসেনি।

"বিশু, এই অংশটা দেখ!" দুজ উত্তেজিত কণ্ঠে বললেন, একটি নির্দিষ্ট লাইন দেখিয়ে। "'Mild sedative effect'? এর মানে কী?"

বিশু ঝুঁকে দেখল। "মামু, এর মানে হলো মীরা দেবীর শরীরে ঘুমের ওষুধের প্রভাব ছিল। কিন্তু পুলিশ রিপোর্টে তো এমন কিছু ছিল না!"

"ঠিক ধরেছিস," দুজ বললেন। "যদি তার শরীরে ঘুমের ওষুধের প্রভাব থাকে, তাহলে তিনি ছাদের কিনারায় গিয়ে ভারসাম্য হারাতে পারেন, অথবা তাকে সহজেই ধাক্কা দেওয়া যেতে পারে। আর এই বিষয়টিই পুলিশ রিপোর্ট থেকে কেন গোপন করা হলো?"

দুজ মনে মনে সব সূত্রগুলো একত্রিত করতে লাগলেন। শম্ভুনাথের কথা—রণধীরবাবু এবং মীরা দেবীর মধ্যে বাদানুবাদ। রীতার ডায়েরি—মীরা দেবীর ভয় এবং 'নীল অপ্সরা'র পেছনে লুকানো সত্য। মীরার লেখা চিঠি—তার মনে হয়েছিল তিনি নিরাপদ নন, এবং তার মৃত্যু দুর্ঘটনা হবে না। এবং এখন, মেডিকেল রিপোর্টে ঘুমের ওষুধের ইঙ্গিত।

"ডাক্তার অজিত রায়," দুজ বিড়বিড় করলেন। "তিনিই এই রিপোর্ট তৈরি করেছিলেন। তিনি কি জানতেন মীরা দেবীর শরীরে ঘুমের ওষুধের প্রভাব ছিল? তিনি কি এই তথ্য গোপন করেছিলেন? যদি তাই হয়, তাহলে তিনি রণধীরবাবুর এই অপরাধের সহযোগী ছিলেন!"

দুজ বুঝতে পারলেন, ডাক্তার অজিত রায়ের ঈর্ষা কেবল 'নীল অপ্সরা'র প্রতি ছিল না, এর পেছনে আরও গভীর কোনো কারণ ছিল। হয়তো তিনি রণধীরবাবুর এই গোপন অপরাধের কথা জানতেন, এবং এই তথ্যকে ব্যবহার করে তিনি রণধীরবাবুর উপর প্রভাব বিস্তার করতে চেয়েছিলেন, অথবা তাকে ব্ল্যাকমেল করতে চেয়েছিলেন। 'নীল অপ্সরা' চুরির ঘটনা হয়তো সেই পুরোনো পাপের ছায়াকে আবার জাগিয়ে তুলেছে।

এই অসঙ্গতিগুলো দুজোর মনে নিশ্চিত করল যে, মীরা সেনগুপ্তের মৃত্যু নিছকই দুর্ঘটনা ছিল না, এটি ছিল একটি পরিকল্পিত হত্যাকাণ্ড। আর এই হত্যাকাণ্ডের সাথে রণধীর সেনগুপ্ত এবং ডাক্তার অজিত রায় উভয়েই জড়িত থাকার সম্ভাবনা রয়েছে। রহস্যের জট যেন আরও গভীরে প্রবেশ করছিল, এবং দুজ জানতেন, তাকে এবার এই পুরোনো পাপের আসল কারণ উন্মোচন করতে হবে।

পর্ব ২৮: অর্ণবের আবিষ্কার

ডাক্তার অজিত রায়ের মেডিকেল রিপোর্টে পাওয়া অসঙ্গতিগুলো দুজোর মনে মীরা সেনগুপ্তের মৃত্যুর রহস্যকে আরও জোরালো করেছিল। তিনি নিশ্চিত হয়েছিলেন, মীরা দেবীর মৃত্যু নিছকই দুর্ঘটনা ছিল না, বরং এর পেছনে রয়েছে এক গভীর ষড়যন্ত্র। যখন দুজ এই পুরোনো খুনের রহস্যের গভীরে প্রবেশ করার প্রস্তুতি নিচ্ছিলেন, ঠিক তখনই ম্যানশনের বাইরে, অর্ণবের স্টুডিওতে, এক নতুন এবং অত্যন্ত গুরুত্বপূর্ণ সূত্র উন্মোচিত হলো।

অর্ণব, 'নীল অপ্সরা'র নকল তৈরির কাজ প্রায় শেষ করে এনেছিলেন। ম্যানশন থেকে ফিরে আসার পর তিনি তার স্টুডিওতে দিনরাত পরিশ্রম করছিলেন, ছবিটির প্রতিটি খুঁটিনাটি নিখুঁতভাবে ফুটিয়ে তোলার জন্য। 'নীল অপ্সরা'র মূল ছবিটি রণধীরবাবুর কাছে ফিরে এলেও, অর্ণবের কাছে তার নেওয়া অসংখ্য ছবি এবং স্কেচ ছিল, যা দিয়ে তিনি নকল ছবিটি তৈরি করছিলেন। রীতার সাথে তার মায়ের মৃত্যুর রহস্য নিয়ে আলোচনার পর, অর্ণবের শিল্পী মন যেন আরও বেশি সংবেদনশীল হয়ে উঠেছিল।

একদিন গভীর রাতে, অর্ণব যখন নকল ছবিটির শেষ তুলির টান দিচ্ছিলেন, তখন তার মনে হলো, মূল ছবিটির পেছনের অংশে যেন কিছু একটা অসামঞ্জস্য ছিল। তিনি ম্যানশনে থাকার সময় মূল ছবিটির পেছনের অংশেরও বিস্তারিত ছবি

তুলে রেখেছিলেন, কারণ একজন শিল্পী হিসেবে তিনি ছবির প্রতিটি দিক পুঙ্খানুপুঙ্খভাবে জানতে চেয়েছিলেন। তিনি তার ল্যাপটপ খুলে মূল ছবিটির পেছনের অংশের হাই-রেজোলিউশন ছবিগুলো দেখতে শুরু করলেন।

ছবিগুলো জুম করতেই অর্ণবের চোখ একটি নির্দিষ্ট অংশের উপর আটকে গেল। ছবির ফ্রেমের ঠিক পেছনের দিকে, যেখানে ক্যানভাস কাঠের ফ্রেমের সাথে যুক্ত, সেখানে একটি ছোট, প্রায় অদৃশ্য চিহ্ন ছিল। চিহ্নটি এতটাই সূক্ষ্ম ছিল যে, সাধারণ চোখে বা অন্ধকারে তা ধরা পড়তো না। এটি ছিল একটি খোদাই করা প্রতীক, অনেকটা একটি ছোট, ভাঙা তারার মতো।

অর্ণব ভ্রু কুঁচকালেন। তিনি নিশ্চিত ছিলেন, এই চিহ্নটি কোনো সাধারণ শিল্পীর স্বাক্ষর নয়, বা ছবির কোনো স্বাভাবিক অংশ নয়। এটি যেন ইচ্ছাকৃতভাবে সেখানে খোদাই করা হয়েছিল। তিনি তার নোটবুক খুলে দেখলেন, ম্যানশনে থাকার সময় তিনি এই চিহ্নটি লক্ষ্য করেননি, বা তার ছবিতেও এটি এত স্পষ্ট ছিল না। হয়তো এটি পরে যুক্ত করা হয়েছে, অথবা কোনো বিশেষ আলোয় এটি দৃশ্যমান হয়।

অর্ণবের মনে রীতার মায়ের সেই কথাগুলো ভেসে উঠল: "মা বলেছিলেন, 'নীল অপ্সরা'র পেছনে কিছু একটা লুকিয়ে আছে, যা আমাদের জীবনকে ধ্বংস করে দেবে।" এবং "মা ছাদে গিয়েছিলেন কিছু খুঁজতে, যা তিনি ছবিতে দেখেছিলেন।"

অর্ণব দ্রুত তার স্মৃতি হাতড়াতে লাগলেন। এই চিহ্নটি কি মীরা সেনগুপ্তের মৃত্যুর সাথে সম্পর্কিত? তিনি কি এই চিহ্নটিই ছবিতে দেখেছিলেন, যা তাকে এত ভয় পাইয়ে দিয়েছিল? এই ভাঙা তারার প্রতীক কি কোনো গোপন বার্তা, নাকি কোনো গোপন সংস্থার চিহ্ন?

অর্ণব আরও গভীরভাবে চিন্তা করলেন। এই চিহ্নটি কি সেই 'ভয়ঙ্কর সত্যের' ইঙ্গিত, যা মীরা সেনগুপ্তের জীবন কেড়ে নিয়েছিল? যদি মীরা দেবী এই চিহ্নটি ছবিতে দেখে থাকেন, এবং এর অর্থ বুঝতে পেরে থাকেন, তাহলে কি তাকে সরিয়ে দেওয়া হয়েছিল যাতে তিনি এই সত্য ফাঁস করতে না পারেন?

অর্ণব বুঝতে পারলেন, তিনি একটি অত্যন্ত গুরুত্বপূর্ণ সূত্র খুঁজে পেয়েছেন। এই চিহ্নটি কেবল একটি প্রতীক নয়, এটি মীরা সেনগুপ্তের মৃত্যুর রহস্যের এক অবিচ্ছেদ্য অংশ। এটি হয়তো সেই 'নীল অপ্সরা'র অভিশাপ, যা বহু বছর ধরে ম্যানশনের গভীরে লুকিয়ে ছিল।

অর্ণব আর এক মুহূর্তও দেরি করলেন না। তিনি দ্রুত দুজকে ফোন করলেন। তার কণ্ঠে ছিল উত্তেজনা এবং এক ধরণের দৃঢ়তা। "দুজবাবু! আমি একটা খুব গুরুত্বপূর্ণ জিনিস খুঁজে পেয়েছি! 'নীল অপ্সরা'র পেছনে একটা গোপন চিহ্ন আছে! আমার মনে হয়, এটা রীতা দেবীর মায়ের মৃত্যুর সাথে সম্পর্কিত!"

অর্ণবের এই আবিষ্কার দুজোর তদন্তে এক নতুন মোড় এনে দিল। কুয়াশার গভীরে লুকিয়ে থাকা সত্য এবার যেন আরও স্পষ্ট হতে শুরু করল।

পর্ব ২৯: দ্বিতীয় উন্মোচন

মীরা সেনগুপ্তের মেডিকেল রিপোর্টে পাওয়া অসঙ্গতি এবং অর্ণবের 'নীল অপ্সরা'র পেছনে আবিষ্কৃত গোপন চিহ্ন—এই দুটি সূত্র দুজোর কাছে সব রহস্যের জট খুলে দিয়েছিল। তিনি এখন নিশ্চিত ছিলেন, মীরা দেবীর মৃত্যু নিছকই দুর্ঘটনা ছিল না, বরং এটি ছিল এক সুপরিকল্পিত হত্যাকাণ্ড, যার সাথে রণধীর সেনগুপ্ত এবং ডাক্তার অজিত রায় উভয়েই জড়িত। আর এই পুরোনো পাপের ছায়া বর্তমানের 'চন্দ্রহার' চুরির ঘটনাকেও প্রভাবিত করেছে। দুজ আর সময় নষ্ট না করে ম্যানশনের সবাইকে, অর্থাৎ রণধীর সেনগুপ্ত, রীতা সেনগুপ্ত, অর্ণব এবং অরুণাভ চৌধুরীকে ড্রইংরুমে ডেকে পাঠালেন।

ড্রইংরুমের পরিবেশ ছিল থমথমে। কুয়াশা পুরোপুরি কেটে গেলেও, ম্যানশনের ভেতরে এক ধরণের চাপা উত্তেজনা বিরাজ করছিল। রণধীরবাবু অস্থিরভাবে বসেছিলেন, তার মুখে এক ধরণের ভয়। রীতা অর্ণবের পাশে বসেছিল, তার চোখে এক ধরণের দৃঢ়তা। অরুণাভ চৌধুরী এক কোণায় বসে রণধীরবাবুর দিকে তীক্ষ্ণ দৃষ্টিতে তাকিয়ে ছিলেন, তার

মুখে এক ধরণের তিক্ত হাসি। শম্ভুনাথও একপাশে দাঁড়িয়ে ছিলেন, তার চোখে মুখে উদ্বেগ।

দুজ সবার দিকে একবার চোখ বুলিয়ে নিলেন। তার দৃষ্টি ছিল দৃঢ় এবং আত্মবিশ্বাসী। বিশু তার পাশে নোটবুক নিয়ে প্রস্তুত ছিল।

"আপনারা সবাই এখানে উপস্থিত হয়েছেন, তার জন্য ধন্যবাদ," দুজ শান্ত কণ্ঠে শুরু করলেন। "আমরা 'নীল অপ্সরা' চুরির রহস্য উন্মোচন করেছি, এবং ডাক্তার অজিত রায়কে গ্রেফতার করা হয়েছে। কিন্তু এই ম্যানশনের রহস্য কেবল একটি ছবির চুরির মধ্যে সীমাবদ্ধ ছিল না। এর গভীরে লুকিয়ে ছিল এক পুরোনো পাপ, এক লুকানো সত্য, যা আজ উন্মোচিত হবে।"

রণধীরবাবু অস্থির হয়ে উঠলেন। "কী বলতে চাইছেন, দুজবাবু?"

"আমি বলতে চাইছি, রণধীরবাবু," দুজ সরাসরি রণধীরবাবুর দিকে তাকিয়ে বললেন, "আপনার স্ত্রী, মীরা সেনগুপ্তের মৃত্যু দুর্ঘটনা ছিল না। এটি ছিল একটি হত্যাকাণ্ড।"

দুজোর এই ঘোষণা যেন ড্রইংরুমে একটি বোমা ফাটাল। রণধীরবাবুর মুখ ফ্যাকাশে হয়ে গেল, তিনি চেয়ারে প্রায় লুটিয়ে পড়লেন। রীতা এবং অর্ণব দুজনেই চমকে উঠলেন, তাদের চোখে বিস্ময়। অরুণাভ চৌধুরীর মুখে এক ধরণের

তৃপ্তির হাসি ফুটে উঠল, যেন তার পুরোনো সন্দেহ আজ প্রমাণিত হলো। শম্ভুনাথ কাঁপতে শুরু করলেন।

"মিথ্যে কথা!" রণধীরবাবু অস্ফুটে বললেন, তার কণ্ঠস্বর কাঁপছিল। "এটা দুর্ঘটনা ছিল! পুলিশও তাই বলেছিল!"

"পুলিশকে ভুল তথ্য দেওয়া হয়েছিল, রণধীরবাবু," দুজ বললেন। "আমরা মীরা সেনগুপ্তের পুরোনো মেডিকেল রিপোর্ট পর্যালোচনা করেছি। সেই রিপোর্টে উল্লেখ আছে যে, মীরা দেবীর শরীরে 'হালকা ঘুমের ওষুধের প্রভাব' ছিল, যা পুলিশ রিপোর্ট থেকে গোপন করা হয়েছিল। ডাক্তার অজিত রায়, আপনার বন্ধু এবং পারিবারিক চিকিৎসক, এই তথ্য গোপন করেছিলেন। তিনি আপনার এই অপরাধের সহযোগী ছিলেন।"

ডাক্তার অজিত রায়ের সেই শান্ত মুখ এবং তার গুপ্তধনের বইগুলো দুজোর মনে পড়ল। তার ঈর্ষা কেবল শিল্পকর্মের প্রতি ছিল না, বরং রণধীরবাবুর এই গোপন অপরাধের কথা জানার পর তিনি হয়তো রণধীরবাবুকে ব্ল্যাকমেল করতে চেয়েছিলেন, অথবা এই তথ্যকে ব্যবহার করে নিজের স্বার্থ হাসিল করতে চেয়েছিলেন।

"মীরা দেবী ছাদে গিয়েছিলেন তারা দেখতে নয়," দুজ বললেন, "তিনি ছাদে গিয়েছিলেন কিছু খুঁজতে, যা তিনি 'নীল অপ্সরা' ছবিতে দেখেছিলেন। আর তিনি ভয় পাচ্ছিলেন,

কারণ তিনি আপনার প্রতারণার কথা জেনে গিয়েছিলেন, রণধীরবাবু।"

দুজ অর্ণবের দিকে ইশারা করলেন। "অর্ণব, তুমি তোমার আবিষ্কারের কথা বলো।"

অর্ণব এগিয়ে এলেন। "আমি 'নীল অপ্সরা'র নকল তৈরির সময় ছবিটির পেছনের অংশে একটি গোপন চিহ্ন আবিষ্কার করেছি। এটি একটি খোদাই করা ভাঙা তারার প্রতীক।" অর্ণব তার ল্যাপটপে সেই চিহ্নের ছবি দেখালেন।

"এই চিহ্নটি একটি গুপ্ত সংস্থার প্রতীক, রণধীরবাবু," দুজ ব্যাখ্যা করলেন। "একটি আন্তর্জাতিক শিল্প চোরাচালান চক্রের গোপন চিহ্ন। মীরা দেবী এই চক্রের সাথে আপনার জড়িত থাকার প্রমাণ এই ছবিতে দেখেছিলেন। তিনি জানতে পেরেছিলেন যে, আপনি 'নীল অপ্সরা'র আড়ালে অবৈধভাবে শিল্পকর্ম পাচার করছিলেন, এবং এই ছবির ফ্রেমের ভেতরে কিছু গোপন নথি লুকিয়ে রেখেছিলেন, যা এই চক্রের সাথে আপনার জড়িত থাকার প্রমাণ।"

রণধীরবাবুর মুখ রক্তশূন্য হয়ে গেল। তিনি মাথা নিচু করে রইলেন, কোনো উত্তর দিলেন না। অরুণাভ চৌধুরী হাসলেন। "আমি জানতাম, রণধীর! আমি জানতাম তুমি একজন প্রতারক! তুমিই আমার সাথে প্রতারণা করেছিলে, আর মীরা সব জানত!"

"মীরা দেবী এই সত্য ফাঁস করে দিতে চেয়েছিলেন," দুজ বললেন। "তাই আপনি তাকে ছাদ থেকে ধাক্কা দিয়ে নিচে ফেলে দিয়েছিলেন। শম্ভুনাথ তার বাদানুবাদ শুনেছিলেন, এবং আপনি তাকে ভয় দেখিয়ে চুপ করিয়ে দিয়েছিলেন।"

শম্ভুনাথের চোখ দিয়ে জল গড়িয়ে পড়ল। "আমি... আমি ভয়ে কাউকে কিছু বলতে পারিনি, স্যার।"

রীতা সেনগুপ্তের চোখ দিয়ে জল গড়িয়ে পড়ল, কিন্তু এবার তা কষ্টের নয়, বরং সত্য জানার যন্ত্রণার। তার মায়ের মৃত্যু নিছকই দুর্ঘটনা ছিল না, বরং তার বাবা নিজেই তার মায়ের হত্যাকারী! অর্ণব রীতাকে সান্ত্বনা দিলেন।

"আর 'চন্দ্রহার' চুরির ঘটনা," দুজ এবার দ্বিতীয় রহস্যের দিকে এলেন। "এই চুরিটি ডাক্তার অজিত রায় করেননি। এই চুরিটি করেছেন অরুণাভ চৌধুরী।"

সবাই চমকে উঠলেন, এমনকি অরুণাভ চৌধুরী নিজেও।

"আপনি 'চন্দ্রহার' চুরি করেছেন, অরুণাভবাবু," দুজ বললেন, "কারণ আপনি জানতেন, এই গয়নাটি মীরা দেবীর খুব প্রিয় ছিল। আপনি রণধীরবাবুকে আর্থিকভাবে ক্ষতিগ্রস্ত করতে চেয়েছিলেন, এবং একই সাথে তাকে মানসিকভাবে আঘাত করতে চেয়েছিলেন। আপনি চেয়েছিলেন, রণধীরবাবু তার পাপের ফল ভোগ করুক।"

অরুণাভ চৌধুরী প্রথমে অস্বীকার করলেন, কিন্তু দুজ যখন তার হাতে 'চন্দ্রহার' চুরির সময় ভল্টের ভেতরে লেগে থাকা কিছু সূক্ষ্ম তন্তুর প্রমাণ এবং তার জুতোর তলায় লেগে থাকা ভল্ট কক্ষের বিশেষ ধুলো দেখালেন, তখন তিনি ভেঙে পড়লেন। "হ্যাঁ, আমিই করেছি," অরুণাভ চৌধুরী স্বীকার করলেন। "রণধীর আমার জীবন নষ্ট করেছে! আমি চেয়েছিলাম তাকে কষ্ট দিতে!"

রহস্যের জট পুরোপুরি খুলে গেল। মীরা সেনগুপ্তের মৃত্যুর আসল কারণ, রণধীরবাবুর প্রতারণা, ডাক্তার অজিত রায়ের সহযোগিতা, এবং অরুণাভ চৌধুরীর প্রতিশোধ—সবকিছুই একে অপরের সাথে নিবিড়ভাবে জড়িত ছিল। 'নীল অপ্সরা' কেবল একটি ছবি ছিল না, এটি ছিল এক গভীর ষড়যন্ত্রের কেন্দ্রবিন্দু।

রণধীর সেনগুপ্তকে পুলিশ হেফাজতে নেওয়া হলো। তার মুখ ছিল ফ্যাকাশে, তার চোখ দুটি শূন্য। রীতা তার মায়ের মৃত্যুর আসল সত্য জেনে মানসিকভাবে ভেঙে পড়লেও, এক ধরণের শান্তি পেল। অর্ণব রীতার পাশে দাঁড়ালেন, তাদের সম্পর্ক আরও গভীর হলো।

কুয়াশা পুরোপুরি কেটে গেছে। দিনের আলোয় শীতলছায়া ম্যানশন ঝলমল করছে। কিন্তু এই ম্যানশনের দেয়ালগুলো যে গোপন কথা লুকিয়ে রেখেছিল, তা এই পরিবারের জীবনে এক গভীর ক্ষত রেখে গেল। দুজ জানতেন, এই কেসটি

কেবল একটি চুরির কেস ছিল না, এটি ছিল মানব মনের অন্ধকার দিক এবং লুকানো পাপের এক করুণ গল্প।

পর্ব ৩০: সত্যের আঘাত

সত্য উন্মোচিত হওয়ার পর শীতলছায়া ম্যানশনের পরিবেশ যেন এক গভীর নীরবতায় ডুবে গেল। রণধীর সেনগুপ্তকে পুলিশ হেফাজতে নেওয়া হয়েছে। তার মুখ ছিল ফ্যাকাশে, চোখ দুটি শূন্য। তার অহংকার, তার ক্ষমতা, তার শিল্পকর্মের প্রতি আসক্তি—সবকিছু যেন এক মুহূর্তে ভেঙে চুরমার হয়ে গেছে। তিনি কেবল একজন চোর নন, একজন হত্যাকারী, একজন প্রতারক হিসেবে উন্মোচিত হলেন। তার মানসিক অবস্থা ছিল বিধ্বস্ত। দীর্ঘদিনের বন্ধু অজিত রায়ের বিশ্বাসঘাতকতা, এবং তার নিজের পাপের ফল তাকে গ্রাস করছিল। ম্যানশনের বিশাল কক্ষগুলো এখন তার কাছে কেবল একাকীত্ব আর অনুশোচনার প্রতীক।

রীতা সেনগুপ্তের উপর এই সত্যের আঘাত ছিল সবচেয়ে তীব্র। তার বাবা, যাকে সে এতদিন ভালোবাসত এবং শ্রদ্ধা করত, সেই মানুষটিই তার মায়ের হত্যাকারী—এই সত্যটি রীতার হৃদয়কে ছিন্নভিন্ন করে দিল। তার চোখে জল ছিল, কিন্তু এই জল কেবল কষ্টের নয়, বরং এক ধরণের যন্ত্রণাদায়ক মুক্তির। বহু বছর ধরে তার মায়ের মৃত্যুর পেছনে যে রহস্য এবং সন্দেহ লুকিয়ে ছিল, তা আজ স্পষ্ট হলো। এই সত্য তাকে মানসিকভাবে ভেঙে দিলেও, একই সাথে

এক ধরণের মুক্তি এনে দিল। সে আর অন্ধকারে নেই, সে জানে তার মায়ের সাথে কী ঘটেছিল। তার দীর্ঘদিনের বিষাদ যেন কিছুটা হলেও কাটতে শুরু করল, কারণ সত্যের আলোয় সবকিছু স্পষ্ট। অর্ণব রীতার পাশে দৃঢ়ভাবে দাঁড়িয়েছিলেন, তার সহানুভূতি রীতাকে এই কঠিন সময়ে শক্তি জোগাচ্ছিল। তাদের সম্পর্ক এই সত্যের আঘাতের মধ্যেও আরও গভীর হলো, একে অপরের প্রতি তাদের বিশ্বাস আরও দৃঢ় হলো।

শম্ভুনাথ, যিনি বহু বছর ধরে এই ভয়ঙ্কর গোপন কথাটি বুকে চেপে রেখেছিলেন, তিনি এক ধরণের স্বস্তি অনুভব করলেন। রণধীরবাবুর ভয় থেকে তিনি মুক্ত হলেন। তার চোখে জল ছিল, কিন্তু তা ছিল মুক্তির জল। তার দীর্ঘদিনের বিশ্বস্ততা হয়তো প্রশ্নের মুখে পড়েছিল, কিন্তু শেষ পর্যন্ত তিনি সত্যকে প্রকাশ করতে পেরেছিলেন। তার মনে এক ধরণের মিশ্র অনুভূতি—গোপন কথা ফাঁস করার জন্য অপরাধবোধ এবং একই সাথে সত্য উন্মোচিত হওয়ার স্বস্তি।

অরুণাভ চৌধুরী, যিনি প্রতিশোধের আগুনে জ্বলছিলেন, তিনি তার উদ্দেশ্য সফল হতে দেখে এক ধরণের তৃপ্তি অনুভব করলেন। রণধীরবাবুর ধ্বংস তার কাছে এক ধরণের ন্যায়বিচার মনে হলো। তবে, 'চন্দ্রহার' চুরির জন্য তাকেও আইনি প্রক্রিয়ার মুখোমুখি হতে হবে, যা তার এই তৃপ্তিকে কিছুটা ম্লান করে দিল। প্রতিশোধের আগুন হয়তো নিভেছে, কিন্তু তার জীবনেও নতুন এক অধ্যায় শুরু হলো, যেখানে তাকে তার নিজের কাজের ফল ভোগ করতে হবে।

দুজ, এই পুরো ঘটনার নীরব সাক্ষী এবং উন্মোচনকারী, ম্যানশনের বাইরে এসে দাঁড়ালেন। কুয়াশা পুরোপুরি কেটে গেছে, দিনের আলোয় সবকিছু স্পষ্ট। তার মনে নতুন এক উপলব্ধি জন্ম নিল। এই কেসটি কেবল 'নীল অপ্সরা' বা 'চন্দ্রহার' চুরির কেস ছিল না, এটি ছিল মানব মনের গভীরতা, লোভ, ঈর্ষা, বিশ্বাসঘাতকতা এবং ভালোবাসার এক জটিল গল্প। তিনি বুঝতে পারলেন, সত্য সবসময় সহজ বা সুন্দর হয় না, অনেক সময় তা অত্যন্ত বেদনাদায়ক হয়। কিন্তু সত্যের উন্মোচন অপরিহার্য, কারণ এটিই মানুষকে মুক্তি দেয়, এবং ন্যায়বিচার প্রতিষ্ঠা করে।

এই কেসটি দুজোর গোয়েন্দা জীবনে এক নতুন অভিজ্ঞতা যোগ করল। তিনি বুঝতে পারলেন, প্রতিটি অপরাধের পেছনে থাকে এক গভীর মানবিক গল্প, যেখানে আবেগ, সম্পর্ক এবং ব্যক্তিগত ইতিহাস ওতপ্রোতভাবে জড়িত। তার মনে হলো, এই পৃথিবীতে আরও কত রহস্য কুয়াশার আড়ালে লুকিয়ে আছে, যা একদিন সত্যের আলোয় উন্মোচিত হবে। এই কেসটি তাকে আরও বেশি বিচক্ষণ এবং সংবেদনশীল করে তুলল, ভবিষ্যতের আরও জটিল রহস্যের মুখোমুখি হওয়ার জন্য।

তৃতীয় অধ্যায়: গভীরে প্রোথিত ষড়যন্ত্র (পর্ব ৩১-৪৫)

পর্ব ৩১: নতুন হুমকি

ডাক্তার অজিত রায় এবং রণধীর সেনগুপ্তের অপরাধ উন্মোচিত হওয়ার পর শীতলছায়া ম্যানশনের উপর থেকে যেন এক ভারী বোঝা নেমে গিয়েছিল। রণধীরবাবু পুলিশ হেফাজতে, রীতা তার মায়ের মৃত্যুর সত্য জেনে মানসিকভাবে বিপর্যস্ত হলেও, এক ধরণের মুক্তি অনুভব করছিল। অর্ণব তার পাশে দৃঢ়ভাবে দাঁড়িয়েছিল, তাদের সম্পর্ক আরও গভীর হচ্ছিল। দুজ এই জটিল কেসটির সফল সমাধানে স্বস্তি পেয়েছিলেন, কিন্তু তার তীক্ষ্ণ মন তখনও পুরোপুরি শান্ত ছিল না। তার মনে হচ্ছিল, এই গল্পের আরও কিছু অধ্যায় বাকি আছে।

কয়েকদিন পরের ঘটনা। দুজ তার কলকাতার ছোট, নিরিবিলি কার্যালয়ে বসেছিলেন। বিশু তখন কেসের শেষ কাগজপত্র গোছাতে ব্যস্ত। বাইরে শীতের সকালের নরম রোদ জানালার কাঁচ ভেদ করে আসছিল, কিন্তু দুজোর মন ছিল এক নতুন চিন্তায় মগ্ন। 'নীল অপ্সরা' এবং 'চন্দ্রহার' চুরির ঘটনা, মীরা সেনগুপ্তের মৃত্যু, রণধীরবাবুর প্রতারণা—সবকিছুই যেন একটি বৃহত্তর ষড়যন্ত্রের অংশ বলে মনে হচ্ছিল তার।

ঠিক তখনই, তার ডেস্কের উপর একটি ছোট, খাকি রঙের খাম চোখে পড়ল। খামটি ছিল সাধারণ, তাতে কোনো প্রেরকের নাম বা ঠিকানা ছিল না। দুজ ভ্রু কুঁচকালেন। এটি কে পাঠাল?

তিনি সাবধানে খামটি খুললেন। ভেতরে ছিল একটি ভাঁজ করা কাগজ। কাগজটি হাতে লেখা ছিল, অক্ষরগুলো ছিল অস্পষ্ট, যেন কেউ ইচ্ছাকৃতভাবে তার হাতের লেখা লুকানোর চেষ্টা করেছে। দুজ চিঠিটি পড়তে শুরু করলেন।

চিঠিতে লেখা ছিল:

"গোয়েন্দা দুজ, আপনি হয়তো মনে করছেন, শীতলছায়া ম্যানশনের রহস্যের জট খুলে গেছে। কিন্তু আপনি ভুল করছেন। 'নীল অপ্সরা' এবং 'চন্দ্রহার' চুরি নিছকই বিচ্ছিন্ন ঘটনা ছিল না। এর পেছনে রয়েছে এক বৃহত্তর ষড়যন্ত্র, যা আপনার কল্পনারও বাইরে। রণধীর সেনগুপ্ত কেবল একটি ছোট পুতুল মাত্র। আসল খেলা এখনও শুরু হয়নি। আপনি সত্যের গভীরে প্রবেশ করেছেন, কিন্তু এর মূল্য আপনাকে চোকাতে হবে। সতর্ক থাকুন। এই পথে বিপদ লুকিয়ে আছে। আমরা আপনাকে পর্যবেক্ষণ করছি। বিশেষ করে, 'ছায়া সংঘ' থেকে দূরে থাকুন। তাদের ক্ষমতা আপনার ধারণার বাইরে।"

চিঠিটি পড়ে দুজোর চোখ বড় বড় হয়ে গেল। 'ছায়া সংঘ'? এই নামটা তিনি আগে কখনো শোনেননি। তার মনে এক ধরণের তীব্র কৌতূহল এবং উদ্বেগ দানা বাঁধল। এটি কি নিছকই কোনো হুমকি, নাকি সত্যিই কোনো গোপন সংস্থার অস্তিত্ব রয়েছে, যারা এই চুরির ঘটনার পেছনে ছিল?

"বিশু, এদিকে আয়!" দুজ উত্তেজিত কণ্ঠে বিশুকে ডাকলেন।

বিশু দ্রুত দুজোর পাশে এসে দাঁড়াল। দুজ চিঠিটি তার হাতে দিলেন। বিশু চিঠিটি পড়ে তার মুখ ফ্যাকাশে হয়ে গেল। "মামু, 'ছায়া সংঘ'? এটা আবার কী?"

"আমি জানি না, বিশু," দুজ বললেন, তার চোখ দুটি চিন্তায় কুঁচকে গেছে। "কিন্তু এই চিঠিটা খুবই গুরুত্বপূর্ণ। এটা প্রমাণ করছে যে, 'নীল অপ্সরা' এবং 'চন্দ্রহার' চুরির পেছনে আরও বড় কোনো চক্র কাজ করছে। রণধীর সেনগুপ্ত হয়তো তাদেরই একজন ছোট সদস্য ছিল, অথবা তাদের দ্বারা প্রভাবিত হয়েছিল।"

দুজ মনে মনে সব সূত্রগুলো একত্রিত করতে লাগলেন। মীরা সেনগুপ্তের চিঠিতে 'নীল অপ্সরা'র পেছনে লুকিয়ে থাকা 'ভয়ঙ্কর সত্যের' কথা উল্লেখ ছিল, এবং অর্ণব ছবিতে একটি গোপন চিহ্ন আবিষ্কার করেছিল, যা একটি গুপ্ত সংস্থার প্রতীক হতে পারে। এই 'ছায়া সংঘ' কি সেই গুপ্ত সংস্থা?

"এই চিঠিটা আমাদের সতর্ক করছে, বিশু," দুজ বললেন। "এর মানে হলো, আমরা এমন এক শক্তিশালী চক্রের মুখোমুখি হতে চলেছি, যারা নিজেদের আড়ালে রাখতে পছন্দ করে। তাদের উদ্দেশ্য কী? কেন তারা রণধীর সেনগুপ্তকে ব্যবহার করেছিল? আর কেন তারা এখন আমাকে হুমকি দিচ্ছে?"

দুজ জানতেন, এই নতুন হুমকিকে হালকাভাবে নেওয়া যাবে না। এটি কেবল একটি বেনামী চিঠি নয়, এটি এক বৃহত্তর ষড়যন্ত্রের ইঙ্গিত। 'ছায়া সংঘ'—এই নামটা তার মনে এক ধরণের ভীতির সঞ্চার করল, কিন্তু একই সাথে তার গোয়েন্দা সত্তাকে আরও বেশি উত্তেজিত করে তুলল। কুয়াশার গভীরে লুকিয়ে থাকা এই নতুন রহস্য দুজকে এক নতুন চ্যালেঞ্জের মুখে ফেলে দিল। তিনি বুঝতে পারলেন, তার জীবনের সবচেয়ে কঠিন কেসটি হয়তো কেবল শুরু হলো।

পর্ব ৩২: আন্তর্জাতিক যোগসূত্র

'ছায়া সংঘ'-এর বেনামী চিঠি দুজোর মনে গভীর ছাপ ফেলেছিল। রণধীর সেনগুপ্তের প্রতারণা এবং মীরা সেনগুপ্তের মৃত্যুর পেছনে যে আন্তর্জাতিক শিল্প চোরাচালান চক্রের হাত থাকতে পারে, এই ধারণা দুজকে নতুন করে ভাবিয়ে তুলল। অর্ণবের আবিষ্কৃত 'নীল অপ্সরা'র পেছনের সেই ভাঙা তারার প্রতীকটি এখন কেবল একটি চিহ্ন নয়, বরং এক বৃহত্তর অপরাধী চক্রের গোপন সংকেত হিসেবে দুজোর কাছে স্পষ্ট হয়ে উঠল।

নিজের কার্যালয়ে বসে দুজ বিশুর সাথে এই নতুন হুমকির বিষয়ে আলোচনা করছিলেন। "বিশু," দুজ বললেন, "এই 'ছায়া সংঘ' নিছকই কোনো স্থানীয় গ্যাং নয়। 'নীল অপ্সরা'র মতো একটি অমূল্য চিত্রকর্ম, যার মূল্য আন্তর্জাতিক বাজারে কোটি কোটি টাকা, তা কেবল পারিবারিক ঈর্ষা বা

প্রতিশোধের জন্য চুরি করা হয়নি। এর পেছনে নিশ্চয়ই আরও বড় কোনো উদ্দেশ্য আছে।"

বিশু চিঠিটি আবার পড়ল। "'ছায়া সংঘ'... এই নামটা সত্যিই রহস্যময়, মামু। কিন্তু আমরা এদের সম্পর্কে জানব কীভাবে?"

"অর্ণবের আবিষ্কৃত সেই চিহ্নটিই আমাদের প্রথম সূত্র," দুজ বললেন। "এই চিহ্নটি একটি আন্তর্জাতিক শিল্প চোরাচালান চক্রের প্রতীক হতে পারে। রণধীর সেনগুপ্ত হয়তো এই চক্রের একজন সদস্য ছিলেন, অথবা তাদের দ্বারা প্রভাবিত হয়েছিলেন। মীরা দেবী হয়তো এই চক্রের অবৈধ কার্যকলাপ সম্পর্কে জেনে গিয়েছিলেন, তাই তাকে সরিয়ে দেওয়া হয়েছিল।"

দুজ বুঝতে পারছিলেন, এই চক্রের শিকড় কলকাতার বাইরে, এমনকি দেশের বাইরেও বিস্তৃত হতে পারে। স্থানীয় তদন্ত দিয়ে এই বিশাল চক্রকে ধরা সম্ভব নয়। তাদের এই কেসের তদন্তের পরিধি বাড়াতে হবে।

"বিশু," দুজ দৃঢ় কণ্ঠে বললেন, "আমাদের কলকাতার বাইরে যেতে হবে। এই চক্রের সন্ধান করতে হবে। আমি নিশ্চিত, এই চক্রের কার্যকলাপ শুধু শিল্পকর্ম চুরি বা পাচারের মধ্যে সীমাবদ্ধ নয়, এর পেছনে আরও অনেক অন্ধকার দিক লুকিয়ে আছে।"

বিশু উত্তেজিত হয়ে উঠল। "কোথায় যাব, মামু? কীভাবে শুরু করব?"

"প্রথমেই আমাদের দেশের বড় বড় শিল্প গ্যালারি, নিলাম ঘর এবং শিল্প সংগ্রাহকদের উপর নজর রাখতে হবে," দুজ বললেন। "এই চক্র নিশ্চয়ই তাদের চোরাচালান করা শিল্পকর্মগুলো এই মাধ্যমেই বিক্রি করে। আমাদের এমন কিছু ইনফর্মারদের সাথে যোগাযোগ করতে হবে, যারা আন্তর্জাতিক শিল্প জগতের অন্ধকার দিক সম্পর্কে জানে।"

বিশু দ্রুত প্রস্তুতি নিতে শুরু করল। সে বিভিন্ন শহরের শিল্প গ্যালারির তালিকা তৈরি করল, পুরোনো নিলামের রেকর্ড ঘেঁটে দেখতে লাগল। দুজ তার কিছু পুরোনো পরিচিত গোয়েন্দা এবং ইনফর্মারদের সাথে যোগাযোগ করলেন, যারা শিল্প চোরাচালান চক্র সম্পর্কে তথ্য দিতে পারে।

পরের দিন সকালে, দুজ এবং বিশু কলকাতার বাইরে যাত্রা শুরু করলেন। তাদের প্রথম গন্তব্য ছিল মুম্বাই, যেখানে দেশের সবচেয়ে বড় শিল্প নিলাম ঘরগুলো অবস্থিত। ট্রেনের কামরায় বসে দুজ জানালার বাইরে তাকিয়ে ছিলেন। কুয়াশা কেটে গেলেও, তার মনে নতুন এক কুয়াশা দানা বাঁধছিল। এই 'ছায়া সংঘ' কারা? তাদের উদ্দেশ্য কী? এবং এই বিশাল চক্রের সাথে রণধীর সেনগুপ্তের সম্পর্ক কতটা গভীর ছিল?

মুম্বাই পৌঁছে দুজ এবং বিশু প্রথমে সেখানকার কিছু পরিচিত শিল্প সংগ্রাহক এবং গ্যালারি মালিকের সাথে দেখা করলেন। তারা খুব সতর্কতার সাথে তাদের প্রশ্ন করতে লাগলেন, যাতে তাদের উদ্দেশ্য সম্পর্কে কেউ সন্দেহ করতে না পারে। দুজ বুঝতে পারছিলেন, এই চক্র অত্যন্ত শক্তিশালী এবং সুসংগঠিত। তাদের প্রতিটি পদক্ষেপ খুব সতর্কতার সাথে ফেলতে হবে।

এক পরিচিত ইনফর্মারের সাথে দেখা করে দুজ কিছু গুরুত্বপূর্ণ তথ্য পেলেন। ইনফর্মার জানালেন, সম্প্রতি আন্তর্জাতিক বাজারে কিছু পুরোনো ভারতীয় শিল্পকর্ম খুব দ্রুত বিক্রি হয়ে যাচ্ছে, যার উৎস সম্পর্কে কোনো স্পষ্ট তথ্য নেই। এই শিল্পকর্মগুলোর মধ্যে কিছু 'নীল অপ্সরা'র মতো একই ধরণের শিল্পশৈলীও ছিল। ইনফর্মার 'ছায়া সংঘ' নামটি শুনে চমকে উঠলেন, এবং বললেন, এই নামটি তিনি আগে কখনো শোনেননি, তবে এটি হয়তো কোনো নতুন বা অত্যন্ত গোপন চক্রের নাম হতে পারে।

দুজ বুঝতে পারলেন, তারা এক বিশাল এবং বিপজ্জনক চক্রের মুখোমুখি হতে চলেছেন। এই যাত্রা কেবল 'নীল অপ্সরা'র রহস্য উন্মোচন নয়, বরং এক আন্তর্জাতিক অপরাধী চক্রের মুখোশ উন্মোচনের যাত্রা। কুয়াশার গভীরে লুকিয়ে থাকা এই নতুন হুমকি দুজকে এক নতুন চ্যালেঞ্জের মুখে ফেলে দিল।

পর্ব ৩৩: অর্ণবের বিপদ

দুজ এবং বিশু যখন আন্তর্জাতিক শিল্প চোরাচালান চক্রের সন্ধানে কলকাতার বাইরে ব্যাস্ত বলে সবাই জানে, ঠিক তখনই শীতলছায়া ম্যানশনে এক নতুন বিপদ ঘনীভূত হল। অর্ণব, যিনি 'নীল অপ্সরা'র নকল তৈরির কাজ প্রায় শেষ করে এনেছিলেন, তিনি অজান্তেই সেই অদৃশ্য চক্রের নজরে পড়ে গিয়েছিলেন। তার শিল্পী মন তখনো রীতার মায়ের মৃত্যুর রহস্য এবং 'নীল অপ্সরা'র পেছনের গোপন চিহ্ন নিয়ে গভীরভাবে চিন্তিত ছিল।

অর্ণব তার স্টুডিওতে দিনরাত কাজ করছিলেন। 'নীল অপ্সরা'র প্রতিটি রেখা, প্রতিটি রঙ তার কাছে এখন কেবল শিল্পকর্ম ছিল না, বরং এক গভীর রহস্যের অংশ ছিল। তিনি ছবির পেছনের সেই ভাঙা তারার প্রতীকটি নিয়ে গবেষণা করছিলেন, এর অর্থ বোঝার চেষ্টা করছিলেন। তার মনে হচ্ছিল, এই চিহ্নটি হয়তো কোনো গোপন বার্তা বহন করছে, যা মীরা সেনগুপ্তের মৃত্যুর সাথে সম্পর্কিত।

একদিন গভীর রাতে, অর্ণব যখন তার স্টুডিওতে একাকী কাজ করছিলেন, তখন হঠাৎ করেই তার দরজায় তীব্র করাঘাত হলো। অর্ণব চমকে উঠলেন। এত রাতে কে হতে পারে? তিনি সতর্ক হয়ে দরজার কাছে গেলেন।

"কে?" অর্ণব প্রশ্ন করলেন।

বাইরে থেকে কোনো উত্তর এল না, কেবল আরও তীব্র করাঘাত। অর্ণব বুঝতে পারলেন, এটা কোনো সাধারণ আগন্তুক নয়। তার মনে এক ধরণের ভয় দানা বাঁধল। তিনি দ্রুত তার স্টুডিওর পেছনের দরজা দিয়ে পালানোর চেষ্টা করলেন, কিন্তু ততক্ষণে দরজা ভেঙে দুজন মুখোশধারী লোক ভেতরে প্রবেশ করল।

লোকগুলো ছিল সুঠামদেহী এবং তাদের চোখে মুখে ছিল এক ধরণের হিংস্রতা। "অর্ণব," একজন মুখোশধারী মোটা গলায় বলল, "আমরা জানি তুমি 'নীল অপ্সরা'র নকল তৈরি করছ। তুমি কি জানো, এর পেছনে কী আছে?"

অর্ণব বুঝতে পারলেন, এরা সেই 'ছায়া সংঘ'-এর লোক, যে কথা দুজ তাকে শুনিয়েছিলেন। তার হাতে থাকা তুলিটা শক্ত করে ধরলেন। "আমি জানি না আপনারা কী বলছেন!"

"মিথ্যে কথা!" অন্য মুখোশধারী গর্জে উঠল। "তুমি ছবিটার পেছনের চিহ্নটা দেখেছ, তাই না? তুমি কি জানো, এর অর্থ কী?"

অর্ণব কিছু বলার আগেই লোকগুলো তার উপর ঝাঁপিয়ে পড়ল। অর্ণব একজন শিল্পী হলেও, তার মধ্যে সাহসের অভাব ছিল না। তিনি প্রাণপণে প্রতিরোধ করার চেষ্টা করলেন, কিন্তু দুজন শক্তিশালী লোকের সাথে একা পেরে ওঠা তার পক্ষে সম্ভব ছিল না। তারা তাকে মারধর করতে

শুরু করল, এবং তার স্টুডিওতে ভাঙচুর চালালো। তাদের উদ্দেশ্য ছিল অর্ণবকে ভয় দেখানো এবং তার কাছ থেকে 'নীল অপ্সরা'র নকল এবং সেই গোপন চিহ্নের বিষয়ে তথ্য আদায় করা।

ঠিক তখনই, স্টুডিওর প্রধান দরজা দিয়ে দুজ এবং বিশু ভেতরে প্রবেশ করলেন। দুজ তার হাতে একটি রিভলভার ধরেছিলেন, আর বিশুর হাতে ছিল একটি লোহার রড। তাদের চোখে মুখে ছিল দৃঢ়তা।

"হাত উপরে তোলো!" দুজ গর্জে উঠলেন।

মুখোশধারী লোকগুলো দুজকে দেখে চমকে উঠল। তারা আশা করেনি যে কেউ এত দ্রুত সেখানে এসে পৌঁছাবে। একজন লোক অর্ণবকে ছেড়ে দুজোর দিকে তেড়ে এল, কিন্তু দুজ দ্রুত তার উপর ঝাঁপিয়ে পড়লেন। বিশু অন্য লোকটিকে তার লোহার রড দিয়ে আঘাত করল। মুহূর্তের মধ্যে স্টুডিওর ভেতরে এক তীব্র লড়াই শুরু হলো।

দুজ তার পেশাদারী দক্ষতা দিয়ে লোকটিকে কাবু করলেন। বিশুও তার বলিষ্ঠ শক্তি দিয়ে অন্য লোকটিকে মাটিতে ফেলে দিল। মুখোশধারী লোকগুলো বুঝতে পারল যে তারা ধরা পড়ে গেছে। তারা দ্রুত পালানোর চেষ্টা করল, কিন্তু দুজ এবং বিশু তাদের ধরে ফেললেন।

অর্ণব মেঝেতে পড়ে ছিলেন, তার শরীর ব্যথা করছিল, কিন্তু তিনি দুজকে দেখে এক ধরণের স্বস্তি অনুভব করলেন। "দুজবাবু! আপনারা... আপনারা কীভাবে জানলেন?"

"আমরা তোমার উপর নজর রাখছিলাম, অর্ণব," দুজ বললেন, তার কণ্ঠে উদ্বেগ। "তোমার মতো একজন প্রতিভাবান শিল্পী, যে কিনা 'নীল অপ্সরা'র মতো একটি ছবির নকল তৈরি করছিল, সে নিশ্চয়ই এই চক্রের নজরে পড়বে, এটা আমরা আন্দাজ করেছিলাম। আর তোমার ফোন ট্র্যাক করে আমরা তোমার অবস্থান জানতে পেরেছিলাম।"

দুজ এবং বিশু মুখোশধারী লোকগুলোকে বেঁধে ফেললেন এবং পুলিশে খবর দিলেন। পুলিশ এসে তাদের হেফাজতে নিল। অর্ণবকে প্রাথমিক চিকিৎসা দেওয়া হলো। তার শরীরে আঘাত লাগলেও, তার মনোবল ভাঙেনি।

"এই চক্র কতটা শক্তিশালী, দুজবাবু?" অর্ণব প্রশ্ন করলেন, তার চোখে এক ধরণের দৃঢ়তা। "তারা আমার উপর হামলা করেছে, কারণ আমি ছবির পেছনের চিহ্নটা দেখেছিলাম। এর মানে হলো, এই চিহ্নটা খুবই গুরুত্বপূর্ণ।"

"হ্যাঁ, অর্ণব," দুজ বললেন, "এই চিহ্নটিই আমাদের এই চক্রের গভীরে প্রবেশ করতে সাহায্য করবে। আর তুমি... তুমি এখন এই রহস্যে আরও গভীরভাবে জড়িয়ে পড়েছ।

তোমার জীবন এখন বিপদের মুখে। কিন্তু ভয় পেও না, আমরা তোমার পাশে আছি।"

অর্ণব বুঝতে পারলেন, তার শিল্পী জীবন এখন এক নতুন মোড় নিয়েছে। তিনি কেবল একজন চিত্রশিল্পী নন, তিনি এখন এক বৃহত্তর রহস্যের অংশ। 'নীল অপ্সরা'র নকল তৈরি করতে গিয়ে তিনি এমন এক অন্ধকার জগতের মুখোমুখি হয়েছেন, যা তার কল্পনারও বাইরে ছিল। অর্ণব দৃঢ় সংকল্প নিলেন, তিনি দুজকে এই চক্রের মুখোশ উন্মোচন করতে সাহায্য করবেন, এবং মীরা সেনগুপ্তের মৃত্যুর আসল সত্য খুঁজে বের করবেন। কুয়াশার গভীরে লুকিয়ে থাকা এই নতুন বিপদ অর্ণবকে আরও শক্তিশালী করে তুলল।

পর্ব ৩৪: রীতার ভূমিকা

মীরা সেনগুপ্তের মৃত্যুর আসল সত্য উন্মোচিত হওয়ার পর রীতা সেনগুপ্তের জীবনে এক গভীর পরিবর্তন এসেছিল। তার বাবা, রণধীর সেনগুপ্তের অপরাধ তাকে মানসিকভাবে বিপর্যস্ত করলেও, বহু বছর ধরে তার মনে চেপে থাকা বিষাদ এবং সন্দেহের বোঝা যেন অনেকটাই হালকা হয়ে গিয়েছিল। সত্যের আলোয় সবকিছু স্পষ্ট হওয়ার পর রীতা যেন নতুন করে শ্বাস নিতে পারছিল। অর্ণবের সমর্থন এবং সহানুভূতি তাকে এই কঠিন সময়ে শক্তি জুগিয়েছিল। রীতা এখন আর সেই অসহায়, বিষণ্ণ মেয়েটি ছিল না; তার চোখে মুখে এক ধরণের দৃঢ়তা এবং সংকল্প ফুটে উঠেছিল।

অর্ণবের উপর 'ছায়া সংঘ'-এর হামলার খবর রীতাকে আরও বেশি বিচলিত করে তুলল। সে বুঝতে পারছিল, এই রহস্য কেবল তার পারিবারিক ট্র্যাজেডির মধ্যে সীমাবদ্ধ নয়, এর শিকড় আরও গভীরে প্রোথিত। অর্ণবকে হাসপাতালে দেখতে গিয়ে রীতা, দুজ এবং বিশুর সাথে কথা বললেন।

"দুজবাবু," রীতা দৃঢ় কণ্ঠে বললেন, "আমি জানি, আমার বাবার অপরাধ আমাকে মানসিকভাবে আঘাত করেছে। কিন্তু আমার মায়ের মৃত্যুর পেছনে যে বৃহত্তর ষড়যন্ত্র লুকিয়ে আছে, তার সমাধান হওয়া প্রয়োজন। আমি আপনাকে এই তদন্তে সাহায্য করতে চাই।"

দুজ রীতার দিকে তাকালেন। তার চোখে এক ধরণের নতুন শক্তি দেখতে পেলেন তিনি। "রীতা দেবী, এই তদন্ত খুবই বিপজ্জনক। 'ছায়া সংঘ' একটি শক্তিশালী এবং নির্মম চক্র।"

"আমি জানি," রীতা বললেন, "কিন্তু আমি ভয় পাই না। আমার মায়ের মৃত্যুর আসল কারণ উন্মোচন হয়েছে, কিন্তু এই চক্রের মুখোশ উন্মোচন না হলে আমার মায়ের আত্মা শান্তি পাবে না। আর অর্ণব... অর্ণবও এই রহস্যে জড়িয়ে পড়েছে। আমি তাকেও বিপদের মুখে দেখতে চাই না।"

রীতার এই দৃঢ়তা দুজকে মুগ্ধ করল। তিনি বুঝতে পারলেন, রীতার পারিবারিক যোগাযোগ এবং ম্যানশনের ভেতরের

খুঁটিনাটি সম্পর্কে তার জ্ঞান এই তদন্তে অত্যন্ত সহায়ক হতে পারে।

"আপনি কীভাবে সাহায্য করতে পারেন, রীতা দেবী?" দুজ প্রশ্ন করলেন।

"আমার বাবার শিল্প সংগ্রাহকদের একটি বিশাল নেটওয়ার্ক আছে," রীতা বললেন। "তিনি কেবল একজন সংগ্রাহক ছিলেন না, তার সাথে দেশের এবং বিদেশের অনেক প্রভাবশালী শিল্প ব্যবসায়ী, গ্যালারি মালিক এবং নিলাম ঘরের যোগাযোগ ছিল। আমি এই যোগাযোগগুলো ব্যবহার করতে পারি। হয়তো তাদের মধ্যে কেউ 'ছায়া সংঘ' সম্পর্কে কিছু জানে, অথবা তাদের অবৈধ কার্যকলাপ সম্পর্কে কোনো ইঙ্গিত দিতে পারে।"

দুজ ভাবলেন। রণধীর সেনগুপ্তের এই যোগাযোগগুলো সত্যিই মূল্যবান হতে পারে। 'ছায়া সংঘ' যদি আন্তর্জাতিক শিল্প চোরাচালান চক্র হয়, তাহলে তাদের কার্যকলাপ এই নেটওয়ার্কের মাধ্যমে ছড়িয়ে থাকতে পারে।

"ঠিক আছে, রীতা দেবী," দুজ বললেন। "আপনার সাহায্য আমাদের জন্য খুবই গুরুত্বপূর্ণ হবে। কিন্তু আপনাকে খুব সতর্ক থাকতে হবে। এই চক্র অত্যন্ত বিপজ্জনক।"

রীতা মাথা নাড়লেন। "আমি প্রস্তুত, দুজবাবু।"

রীতা তার বাবার পুরোনো ডায়েরি এবং ফোনবুক ঘেঁটে তার পরিচিতি তালিকা তৈরি করতে শুরু করলেন। তিনি রণধীরবাবুর পুরোনো ব্যবসায়িক সহযোগীদের সাথে যোগাযোগ করলেন, তাদের সাথে দেখা করলেন। প্রথম দিকে অনেকেই রীতাকে এড়িয়ে যেতে চাইল, কারণ রণধীরবাবুর অপরাধের পর তার পরিবারের সাথে কেউ যোগাযোগ রাখতে চাইছিল না। কিন্তু রীতার দৃঢ়তা এবং তার মায়ের মৃত্যুর রহস্য উন্মোচনের সংকল্প দেখে কয়েকজন তাকে সাহায্য করতে রাজি হলো।

রীতা জানতে পারলেন, রণধীরবাবুর কিছু পুরোনো ডিল ছিল, যা সাধারণ শিল্প ব্যবসার চেয়েও বেশি রহস্যময় ছিল। কিছু লেনদেন ছিল অস্বাভাবিক দ্রুত, এবং কিছু শিল্পকর্মের উৎস ছিল অস্পষ্ট। রীতা এই তথ্যগুলো দুজকে দিলেন।

এক প্রভাবশালী গ্যালারি মালিকের সাথে কথা বলতে গিয়ে রীতা একটি নতুন তথ্য পেলেন। সেই মালিক জানালেন, রণধীরবাবু সম্প্রতি একটি নির্দিষ্ট ধরণের শিল্পকর্মের প্রতি খুব আগ্রহী হয়ে উঠেছিলেন, যা 'নীল অপ্সরা'র মতো একই ধরণের শিল্পশৈলীর ছিল। এই শিল্পকর্মগুলো নাকি একটি গোপন নিলামে বিক্রি হতো, যার আয়োজকরা নিজেদের পরিচয় গোপন রাখত।

এই তথ্য দুজোর মনে নতুন প্রশ্ন জাগাল। 'ছায়া সংঘ' কি এই গোপন নিলামের আয়োজক? 'নীল অপ্সরা'র মতো আরও

অনেক শিল্পকর্ম কি এই চক্রের মাধ্যমে পাচার করা হয়েছে? রীতার এই ভূমিকা দুজোর তদন্তকে আরও এক ধাপ এগিয়ে দিল। কুয়াশার গভীরে লুকিয়ে থাকা আন্তর্জাতিক ষড়যন্ত্রের জাল যেন ধীরে ধীরে উন্মোচিত হতে শুরু করল, এবং রীতা এই উন্মোচনের এক গুরুত্বপূর্ণ অংশ হয়ে উঠলেন।

পর্ব ৩৫: গুপ্তচর

রীতার সক্রিয় ভূমিকা এবং তার পারিবারিক যোগাযোগ থেকে পাওয়া নতুন সূত্রগুলো দুজোর তদন্তকে আন্তর্জাতিক চোরাচালান চক্রের দিকে আরও এক ধাপ এগিয়ে দিলেও, তার মনে একটি খটকা তখনও রয়ে গিয়েছিল। 'নীল অপ্সরা' এবং 'চন্দ্রহার' চুরির ঘটনা, দুটোই ম্যানশনের ভেতরে ঘটেছে, এবং দুটি ক্ষেত্রেই ভল্ট বা সুরক্ষিত কক্ষ অক্ষত ছিল। এর মানে হলো, চোর ম্যানশনের ভেতরের খুঁটিনাটি সম্পর্কে অবগত ছিল, এমনকি গোপন প্রকোষ্ঠ এবং ভল্টের কোড সম্পর্কেও। ডাক্তার অজিত রায় এবং রণধীর সেনগুপ্তের অপরাধ উন্মোচিত হলেও, দুজোর মনে হচ্ছিল, এই চক্রের আরও একজন সহযোগী ম্যানশনের ভেতরেই লুকিয়ে আছে, যে কিনা 'ছায়া সংঘ'-এর জন্য গুপ্তচরের কাজ করছে।

দুজ তার কার্যালয়ে বসে বিশুর সাথে আলোচনা করছিলেন। "বিশু," দুজ বললেন, "ডাক্তার অজিত রায় এবং রণধীর সেনগুপ্ত ধরা পড়েছেন ঠিকই, কিন্তু 'ছায়া সংঘ' এত সহজে

ম্যানশনের গোপন তথ্য পেল কীভাবে? ম্যানশনের নিরাপত্তা ব্যবস্থা এতটাই শক্তিশালী যে, বাইরের কারো পক্ষে এত নিখুঁতভাবে চুরি করা সম্ভব নয়। আমার মনে হচ্ছে, ম্যানশনের ভেতরেই তাদের একজন গুপ্তচর আছে।"

বিশু ভাবল। "কিন্তু কে হতে পারে, মামু? শম্ভুনাথ? সে তো রণধীরবাবুর ভয়ে চুপ ছিল।"

"শম্ভুনাথের ভয় ছিল রণধীরবাবুকে নিয়ে, বিশু," দুজ বললেন। "কিন্তু 'ছায়া সংঘ' একটি আন্তর্জাতিক চক্র। তাদের ক্ষমতা অনেক বেশি। শম্ভুনাথ তাদের জন্য কাজ করবে, এটা আমার মনে হচ্ছে না। তার আনুগত্য এই পরিবারের প্রতি, যদিও সে ভয়ে কিছু লুকাচ্ছিল।"

দুজ শম্ভুনাথের উপর নজর রেখেছিলেন, কিন্তু তার আচরণে কোনো অস্বাভাবিকতা লক্ষ্য করেননি, যা তাকে 'ছায়া সংঘ'-এর গুপ্তচর হিসেবে চিহ্নিত করতে পারে। তার ভয় ছিল রণধীরবাবুকে ঘিরে, এবং সেই ভয় কেটে যাওয়ার পর সে যেন অনেকটাই স্বস্তি পেয়েছে।

দুজ ম্যানশনের অন্যান্য কর্মচারীদের দিকে মনোযোগ দিলেন। রণধীরবাবুর গ্রেফতারের পর ম্যানশনের দৈনন্দিন কাজকর্মে কিছু পরিবর্তন এসেছিল। কিছু পুরোনো কর্মচারী চলে গিয়েছিল, এবং কিছু নতুন কর্মচারী নিয়োগ করা হয়েছিল। দুজোর নজর গেল ম্যানশনের নতুন ম্যানেজার, নাম সুবীর

সেনের দিকে। সুবীরকে রণধীরবাবুর এক পুরোনো পরিচিত ব্যক্তি নিয়োগ করেছিলেন, রণধীরবাবুর গ্রেফতারের ঠিক পরেই। সুবীর ছিল একজন শান্ত স্বভাবের মানুষ, কিন্তু তার চোখে মুখে এক ধরণের অতিরিক্ত সতর্কতা দুজোর নজর এড়ায়নি।

সুবীর ম্যানশনের প্রতিটি কাজ খুব নিখুঁতভাবে করত, এবং সে যেন ম্যানশনের প্রতিটি কোণা সম্পর্কে খুব দ্রুত অবগত হয়ে গিয়েছিল। তার গতিবিধি ছিল স্বাভাবিক, কিন্তু দুজোর মনে খটকা লাগছিল। এত দ্রুত একজন নতুন ম্যানেজার কীভাবে ম্যানশনের প্রতিটি খুঁটিনাটি জেনে গেল? তার এই অতিরিক্ত দক্ষতা কি কেবল পেশাদারী মনোভাব, নাকি এর পেছনে অন্য কোনো উদ্দেশ্য আছে?

দুজ বিশুকে নির্দেশ দিলেন সুবীর সেনের অতীত সম্পর্কে খোঁজ নিতে। "বিশু, সুবীর সেনের অতীত সম্পর্কে বিস্তারিত খোঁজ নাও। সে আগে কোথায় কাজ করত? তার পারিবারিক পরিচয় কী? এবং তার সাথে রণধীরবাবুর পুরোনো পরিচিতের সম্পর্ক কতটা গভীর ছিল?"

বিশু সুবীরের অতীত সম্পর্কে অনুসন্ধান শুরু করল। তার পুরোনো কর্মস্থল, তার পরিচিতি—সবকিছুই বিশু খতিয়ে দেখতে লাগল। প্রথম দিকে কোনো অস্বাভাবিক কিছু পাওয়া গেল না। সুবীর একজন অভিজ্ঞ ম্যানেজার হিসেবেই পরিচিত ছিল।

কিন্তু কয়েকদিন পর, বিশু একটি গুরুত্বপূর্ণ তথ্য নিয়ে ফিরে এল। "মামু, সুবীর সেনের পুরোনো কর্মস্থলের রেকর্ড ঘেঁটে একটা অদ্ভুত জিনিস পেয়েছি। সে নাকি একসময় একটি আন্তর্জাতিক আর্ট গ্যালারিতে কাজ করত, যেটা সম্প্রতি বন্ধ হয়ে গেছে। আর সেই গ্যালারির মালিকের সাথে নাকি কিছু আন্তর্জাতিক চোরাচালান চক্রের যোগসূত্র ছিল বলে গুজব ছিল।"

দুজ ভ্রু কুঁচকালেন। "আন্তর্জাতিক আর্ট গ্যালারি? আর চোরাচালান চক্রের যোগসূত্র?"

"হ্যাঁ মামু," বিশু বলল। "আর মজার ব্যাপার হলো, সেই গ্যালারিটি বন্ধ হওয়ার পর সুবীর নাকি কিছুদিন বেকার ছিল, তারপর হঠাৎ করেই রণধীরবাবুর পরিচিতের মাধ্যমে এই ম্যানশনে চাকরি পায়।"

এই তথ্য দুজোর মনে সুবীরের প্রতি গভীর সন্দেহ জাগাল। সুবীরের অতীত এবং তার বর্তমান ম্যানশনে আগমন— সবকিছুই যেন একটি পরিকল্পিত চক্রান্তের অংশ বলে মনে হচ্ছিল। 'ছায়া সংঘ' যদি আন্তর্জাতিক শিল্প চোরাচালান চক্র হয়, তাহলে তাদের পক্ষে ম্যানশনের ভেতরে একজন গুপ্তচর রাখাটা অস্বাভাবিক নয়। সুবীর সেন হয়তো সেই গুপ্তচর, যে ম্যানশনের ভেতরের সব তথ্য 'ছায়া সংঘ'-এর কাছে পাচার করছিল।

দুজ বুঝতে পারলেন, এই নতুন সন্দেহভাজনকে খুব সতর্কতার সাথে পর্যবেক্ষণ করতে হবে। তার প্রতিটি গতিবিধি, তার প্রতিটি কথা—সবকিছুই এখন দুজোর নজরদারিতে থাকবে। কুয়াশার গভীরে লুকিয়ে থাকা এই গুপ্তচরকে উন্মোচন করা এখন দুজোর প্রধান লক্ষ্য হয়ে দাঁড়াল।

পর্ব ৩৬: পুরোনো শত্রু

সুবীর সেনের সন্দেহজনক অতীত এবং তার ম্যানশনে আগমন দুজোর মনে 'ছায়া সংঘ'-এর গুপ্তচরবৃত্তির বিষয়টি আরও জোরালো করে তুলেছিল। দুজ বুঝতে পারছিলেন, এই চক্রের শিকড় ম্যানশনের গভীরে প্রোথিত। বিশুকে সুবীরের উপর নজর রাখতে বলে দুজ তার কার্যালয়ে ফিরে এলেন। তার মনে তখন কেবল এই কেসের জটিলতা নয়, বরং তার পুরোনো কিছু স্মৃতিও ভিড় করছিল।

দুজ তার ডেস্কের উপর রাখা একটি পুরোনো খাতা খুললেন। খাতার পাতাগুলো হলুদ হয়ে গেছে, তাতে তার হাতে লেখা কিছু অস্পষ্ট নোট। এই খাতাটি ছিল তার পুরোনো কিছু অমীমাংসিত বা অত্যন্ত জটিল কেসের ব্যক্তিগত রেকর্ড। প্রতিটি কেস যেন তার জীবনে এক একটি অধ্যায়। তিনি জানতেন, একজন গোয়েন্দার জীবনে পুরোনো শত্রুরা মাঝে মাঝে ফিরে আসে, ঠিক যেন অতীতের ছায়া।

তিনি একটি নির্দিষ্ট পৃষ্ঠায় এসে থামলেন। সেখানে একটি নাম লেখা ছিল: 'নির্মল সেন'। নির্মল সেন ছিল দুজোর এক পুরোনো কেসের প্রধান আসামী, একজন কুখ্যাত শিল্প চোরাচালানকারী, যাকে দুজ বহু বছর আগে ধরেছিলেন। কিন্তু নির্মল সেনের বিরুদ্ধে পর্যাপ্ত প্রমাণ না থাকায় সে ছাড়া পেয়ে গিয়েছিল, এবং তারপর থেকে সে গা ঢাকা দিয়েছিল। দুজোর মনে হয়েছিল, নির্মল সেন হয়তো আর কখনো ফিরে আসবে না। কিন্তু এখন, 'ছায়া সংঘ'-এর আবির্ভাব এবং আন্তর্জাতিক শিল্প চোরাচালানের যোগসূত্র দুজোর মনে নতুন করে নির্মল সেনকে নিয়ে এল।

ঠিক তখনই, দুজোর পুরোনো ল্যান্ডলাইন ফোনটি বেজে উঠল। ফোনটি তিনি কেবল তার সবচেয়ে বিশ্বস্ত ইনফর্মারদের জন্য ব্যবহার করতেন। দুজ ফোন ধরলেন।

"দুজ," ফোনের ওপাশ থেকে একটি ভাঙা ভাঙা কণ্ঠস্বর ভেসে এল। কণ্ঠস্বরটি ছিল তার এক পুরোনো ইনফর্মারের, যার নাম ছিল শঙ্কর। শঙ্কর বহু বছর ধরে শিল্প জগতের অন্ধকার দিক সম্পর্কে দুজকে তথ্য দিত।

"শঙ্কর? কেমন আছ?" দুজ প্রশ্ন করলেন।

"ভালো নেই, দুজ। একটা খবর আছে। তোমার জন্য," শঙ্কর বলল। তার কণ্ঠে এক ধরণের চাপা ভয়। "নির্মল সেন... সে ফিরে এসেছে।"

দুজ চমকে উঠলেন। তার হাতে থাকা খাতাটি যেন জীবন্ত হয়ে উঠল। "নির্মল সেন? তুমি নিশ্চিত?"

"হ্যাঁ, দুজ। সে সম্প্রতি কলকাতার বাইরে কিছু বড় শিল্প লেনদেনের সাথে জড়িত। আর তার সাথে কিছু নতুন লোক দেখা যাচ্ছে, যারা খুব ক্ষমতাশালী। তাদের মধ্যে একজন নাকি একটি ভাঙা তারার প্রতীক ব্যবহার করে।"

'ভাঙা তারার প্রতীক'—অর্ণবের আবিষ্কৃত সেই চিহ্ন! দুজোর মনে সব সূত্র যেন একত্রিত হতে শুরু করল। 'ছায়া সংঘ', আন্তর্জাতিক শিল্প চোরাচালান, এবং নির্মল সেনের ফিরে আসা—সবকিছুই যেন এক অদৃশ্য সুতোয় বাঁধা।

"শঙ্কর, এই লোকগুলো কারা? 'ছায়া সংঘ'?" দুজ প্রশ্ন করলেন।

"আমি জানি না, দুজ। তাদের ক্ষমতা অনেক বেশি। তারা খুব গোপনভাবে কাজ করে। কিন্তু নির্মল সেন তাদের একজন গুরুত্বপূর্ণ সদস্য।" শঙ্কর বলল। "আর দুজ, তুমি সতর্ক থেকো। নির্মল সেন তোমাকে ঘৃণা করে। সে তোমাকে ক্ষমা করেনি।"

শঙ্করের কথা শেষ হওয়ার আগেই ফোন কেটে গেল। দুজ ফোনটি হাতে নিয়ে কিছুক্ষণ নীরব রইলেন। নির্মল সেনের ফিরে আসা তার ব্যক্তিগত জীবনে এক নতুন ছায়া ফেলল। নির্মল সেনের কেসটি ছিল দুজোর জীবনের অন্যতম কঠিন

কেস। সেই কেসে তিনি অল্পের জন্য নির্মল সেনকে ধরতে পারেননি, এবং নির্মল সেনের হাতে তার একজন ঘনিষ্ঠ সহযোগী গুরুতর আহত হয়েছিল। সেই ঘটনা দুজোর মনে এক গভীর ক্ষত তৈরি করেছিল।

দুজ তার বাম হাতের কব্জির দিকে তাকালেন। সেখানে একটি পুরোনো দাগ ছিল, নির্মল সেনের সাথে এক পুরোনো সংঘর্ষের স্মৃতি। সেই দাগটি যেন আজ আবার দগদগে হয়ে উঠল। নির্মল সেনের ফিরে আসা কেবল একটি নতুন হুমকি নয়, এটি দুজোর ব্যক্তিগত প্রতিশোধের এক নতুন অধ্যায়।

দুজ বুঝতে পারলেন, এইবার লড়াইটা কেবল পেশাদারী নয়, ব্যক্তিগতও। 'ছায়া সংঘ' যত শক্তিশালীই হোক না কেন, নির্মল সেনকে তার ধরতে হবে। এই পুরোনো শত্রুর ফিরে আসা এই ষড়যন্ত্রকে আরও জটিল এবং বিপজ্জনক করে তুলল। কুয়াশার গভীরে লুকিয়ে থাকা এই পুরোনো শত্রু দুজকে এক নতুন চ্যালেঞ্জের মুখে ফেলে দিল।

পর্ব ৩৭: গোপন বৈঠক

নির্মল সেনের ফিরে আসা এবং 'ছায়া সংঘ'-এর অস্তিত্ব দুজোর মনে এক নতুন সংকল্প জাগিয়ে তুলেছিল। এই চক্র কেবল শিল্প চোরাচালানকারী নয়, তারা মীরা সেনগুপ্তের মৃত্যুর জন্যও দায়ী। দুজ জানতেন, তাদের ধরতে হলে চক্রের গভীরে প্রবেশ করতে হবে, তাদের গোপন কার্যকলাপ

সম্পর্কে জানতে হবে। শঙ্কর, তার পুরোনো ইনফর্মার, নির্মল সেনের ফিরে আসার খবর দেওয়ার পর থেকে দুজ তার উপর আরও বেশি নির্ভর করতে শুরু করলেন।

শঙ্করের কাছ থেকে দুজ একটি গুরুত্বপূর্ণ খবর পেলেন। 'ছায়া সংঘ'-এর একটি গোপন বৈঠক হতে চলেছে কলকাতার এক অভিজাত ক্লাবে। বৈঠকটি ছিল অত্যন্ত গোপন, এবং সেখানে কেবল চক্রের উচ্চপদস্থ সদস্যরা উপস্থিত থাকবে। এটি ছিল চক্রের কার্যকলাপ সম্পর্কে তথ্য সংগ্রহের এক সুবর্ণ সুযোগ।

"বিশু," দুজ বললেন, "আমাদের এই বৈঠকে প্রবেশ করতে হবে। ছদ্মবেশে।"

বিশু কিছুটা চিন্তিত হলো। "কিন্তু মামু, এটা খুব বিপজ্জনক হতে পারে। যদি তারা আপনাকে চিনে ফেলে?"

"ঝুঁকি নিতেই হবে, বিশু," দুজ বললেন। "নির্মল সেন সেখানে থাকবে, আমি নিশ্চিত। আর এই বৈঠকই হয়তো আমাদের 'ছায়া সংঘ'-এর আসল মাস্টারমাইন্ডের কাছে নিয়ে যাবে।"

দুজ এবং বিশু বৈঠকের জন্য প্রস্তুতি নিতে শুরু করলেন। দুজ একজন ধনী শিল্প সংগ্রাহকের ছদ্মবেশ নিলেন, যিনি পুরোনো শিল্পকর্মের প্রতি আগ্রহী। তার পোশাক, তার কথা বলার ধরণ, তার আচরণ—সবকিছুই তিনি নিখুঁতভাবে সাজালেন।

বিশু তার সহকারী হিসেবে কাজ করবে, যে কিনা দুজোর প্রতিটি নির্দেশ পালন করবে এবং পরিস্থিতি পর্যবেক্ষণ করবে।

বৈঠকের দিন সন্ধ্যায় দুজ এবং বিশু অভিজাত ক্লাবে পৌঁছালেন। ক্লাবটি ছিল অত্যন্ত সুরক্ষিত, প্রবেশপথে কঠোর নিরাপত্তা ব্যবস্থা। দুজ তার নকল পরিচয়পত্র এবং আমন্ত্রণপত্র দেখিয়ে ভেতরে প্রবেশ করলেন। বিশু বাইরে পাহারায় রইল, এবং প্রয়োজনে দুজকে সাহায্য করার জন্য প্রস্তুত ছিল।

ক্লাবের ভেতরে একটি বিশাল হলরুমে বৈঠকটি চলছিল। হলরুমটি ছিল বিলাসবহুল, নরম আলোয় ঢাকা। সেখানে অনেক প্রভাবশালী এবং ধনী ব্যক্তি উপস্থিত ছিলেন, যারা শিল্প সংগ্রাহক বা ব্যবসায়ী হিসেবে পরিচিত। দুজ তাদের মধ্যে নির্মল সেনকে খুঁজে পেলেন। নির্মল সেন একটি কোণায় বসেছিলেন, তার মুখে এক ধরণের চতুর হাসি।

দুজ হলরুমের এক কোণায় গিয়ে বসলেন, এবং খুব সতর্কতার সাথে সবার গতিবিধি পর্যবেক্ষণ করতে লাগলেন। তিনি লক্ষ্য করলেন, সবাই খুব নিচু স্বরে কথা বলছে, এবং তাদের আলোচনা ছিল অত্যন্ত গোপন। তারা কেবল শিল্পকর্মের লেনদেন নিয়ে কথা বলছিল না, বরং কিছু গোপন কোড এবং সাংকেতিক ভাষা ব্যবহার করছিল।

দুজ তার পকেট থেকে একটি ছোট রেকর্ডিং ডিভাইস বের করে নিলেন, যা তিনি খুব সতর্কতার সাথে চালু করলেন। তার উদ্দেশ্য ছিল, তাদের কথোপকথন রেকর্ড করা এবং পরে তা বিশ্লেষণ করা।

বৈঠকের মাঝপথে, একজন নতুন ব্যক্তি হলরুমে প্রবেশ করলেন। তার প্রবেশে সবার মধ্যে এক ধরণের নীরবতা নেমে এল। লোকটি ছিল মধ্যবয়সী, অত্যন্ত প্রভাবশালী এবং তার চোখে মুখে ছিল এক ধরণের কর্তৃত্ব। তার পোশাক ছিল অভিজাত, এবং তার প্রতিটি পদক্ষেপে ছিল এক ধরণের আত্মবিশ্বাস। দুজ তাকে আগে কখনো দেখেননি, কিন্তু তার উপস্থিতি দেখে মনে হলো, তিনিই এই চক্রের একজন গুরুত্বপূর্ণ ব্যক্তি, অথবা সম্ভবত মাস্টারমাইন্ড।

লোকটি সবার উদ্দেশ্যে কিছু কথা বললেন, তার কণ্ঠস্বর ছিল দৃঢ় এবং আত্মবিশ্বাসী। তিনি 'ছায়া সংঘ'-এর ভবিষ্যৎ পরিকল্পনা, নতুন শিল্পকর্ম সংগ্রহ, এবং তাদের নেটওয়ার্ক সম্প্রসারণ নিয়ে আলোচনা করলেন। তার কথায় এক ধরণের শীতলতা ছিল, যা দুজকে আতঙ্কিত করল। এই লোকটি অত্যন্ত বিপজ্জনক।

দুজ খুব সতর্কতার সাথে লোকটির প্রতিটি কথা শুনলেন এবং তার মুখভঙ্গি পর্যবেক্ষণ করলেন। তিনি লক্ষ্য করলেন, লোকটির হাতে একটি আংটি ছিল, যেখানে একটি ভাঙা তারার প্রতীক খোদাই করা ছিল! অর্ণবের আবিষ্কৃত সেই চিহ্ন!

দুজ নিশ্চিত হলেন, এই লোকটিই 'ছায়া সংঘ'-এর একজন গুরুত্বপূর্ণ সদস্য, অথবা হয়তো তাদের আসল নেতা।

বৈঠক শেষ হওয়ার পর দুজ দ্রুত হলরুম থেকে বেরিয়ে এলেন। বিশু বাইরে তার জন্য অপেক্ষা করছিল। "পেয়ে গেছি, বিশু," দুজ বললেন, তার কণ্ঠে উত্তেজনা। "আমি 'ছায়া সংঘ'-এর একজন গুরুত্বপূর্ণ সদস্যকে দেখেছি। তার হাতে সেই ভাঙা তারার প্রতীক ছিল।"

দুজ বিশুকে লোকটির বর্ণনা দিলেন। বিশু দ্রুত নোটবুক বের করে সব টুকে নিল। দুজ জানতেন, এই গোপন বৈঠক থেকে পাওয়া তথ্যগুলো তাদের তদন্তে এক নতুন দিগন্ত উন্মোচন করবে। কুয়াশার গভীরে লুকিয়ে থাকা এই চক্রের আসল মুখোশ উন্মোচনের সময় এসেছে।

পর্ব ৩৮: বিশ্বাসের পরীক্ষা

'ছায়া সংঘ'-এর গোপন বৈঠক থেকে ফিরে আসার পর দুজোর মনে এক ধরণের মিশ্র অনুভূতি কাজ করছিল। একদিকে যেমন তিনি চক্রের একজন গুরুত্বপূর্ণ সদস্যকে চিহ্নিত করতে পেরেছিলেন, অন্যদিকে তেমনি তার মনে নতুন এক উদ্বেগ দানা বাঁধছিল। এই চক্রের ক্ষমতা এবং প্রভাব তার ধারণার চেয়েও বেশি, এবং তাদের বিরুদ্ধে লড়াইটা সহজ হবে না। দুজ তার কার্যালয়ে বসে বৈঠকের

রেকর্ডিংগুলো শুনছিলেন এবং বিশুর সাথে প্রাপ্ত তথ্যগুলো পর্যালোচনা করছিলেন।

"বিশু," দুজ বললেন, "এই লোকটি অত্যন্ত প্রভাবশালী। তার নাম এবং পরিচয় খুঁজে বের করা আমাদের প্রথম কাজ। তার হাতে সেই ভাঙা তারার প্রতীক ছিল, যা প্রমাণ করে সে 'ছায়া সংঘ'-এর একজন গুরুত্বপূর্ণ সদস্য।"

বিশু মনোযোগ দিয়ে নোট নিচ্ছিল, কিন্তু দুজ লক্ষ্য করলেন, বিশুর আচরণে এক ধরণের সূক্ষ্ম পরিবর্তন এসেছে। সে যেন কিছুটা অন্যমনস্ক, তার চোখে মুখে এক ধরণের চাপা অস্থিরতা। কিছু ছোটখাটো ভুলও করছিল, যা বিশুর মতো একজন সতর্ক সহকারীর জন্য অস্বাভাবিক। দুজ প্রথমে ভেবেছিলেন, হয়তো চাপের কারণেই বিশু এমন করছে, কিন্তু তার মনে খটকা রয়ে গেল।

"বিশু," দুজ বললেন, "আমি চাই তুমি এই লোকটির সম্পর্কে বিস্তারিত খোঁজ নাও। তার নাম, তার পেশা, তার পরিচিতি—সবকিছু। আর খুব সতর্ক থাকবে।"

বিশু মাথা নাড়ল। "ঠিক আছে মামু। আমি এখনই কাজ শুরু করছি।"

বিশু বেরিয়ে যাওয়ার পর দুজ আবার রেকর্ডিংগুলো শুনতে লাগলেন। তার মনে হলো, বিশুর এই পরিবর্তনটা স্বাভাবিক নয়। সে কি কোনো বিপদে পড়েছে? নাকি অন্য কিছু? দুজোর

মনে তার ভাগ্নে এবং সহকারী বিশুর প্রতি এক ধরণের অবিশ্বাস দানা বাঁধতে শুরু করল। এটা ছিল দুজোর জন্য অত্যন্ত বেদনাদায়ক। বিশু তার সবচেয়ে বিশ্বস্ত সহযোগী, তার নিজের ভাগ্নে। কিন্তু গোয়েন্দা হিসেবে দুজ জানতেন, ব্যক্তিগত সম্পর্ক এবং পেশাদারী দায়িত্বের মধ্যে ভারসাম্য রাখা কতটা জরুরি।

কয়েকদিন পর, বিশু লোকটির সম্পর্কে কিছু তথ্য নিয়ে ফিরে এল। "মামু, লোকটির নাম অনির্বাণ মিত্র। সে একজন বড় ব্যবসায়ী, তার অনেকগুলো কোম্পানি আছে। সমাজে তার বেশ প্রভাব আছে।"

দুজ বিশুর দেওয়া তথ্যগুলো পর্যালোচনা করলেন। তথ্যগুলো সঠিক ছিল, কিন্তু দুজোর মনে হলো, বিশু যেন কিছু তথ্য গোপন করছে, অথবা তার দেওয়া তথ্যে কিছু অসম্পূর্ণতা আছে। বিশুর চোখে মুখে এক ধরণের চাপা ভয় এবং অস্থিরতা দুজোর নজর এড়ালো না।

"আর কিছু, বিশু?" দুজ প্রশ্ন করলেন, তার কণ্ঠস্বর শান্ত কিন্তু তীক্ষ্ণ।

বিশু ইতস্তত করল। "না মামু, আপাতত এইটুকুই। তার সম্পর্কে আর বেশি কিছু খুঁজে পাইনি।"

দুজ বুঝতে পারলেন, বিশু কিছু লুকাচ্ছে। তার মনে বিশুর প্রতি অবিশ্বাস আরও জোরালো হলো। তিনি সিদ্ধান্ত নিলেন,

বিশুর বিশ্বাসযোগ্যতা পরীক্ষা করার জন্য তাকে একটি ফাঁদ পাততে হবে। এটা ছিল দুজোর জন্য এক কঠিন সিদ্ধান্ত, কিন্তু এই বিপজ্জনক কেসে তিনি কোনো ঝুঁকি নিতে পারছিলেন না।

দুজ বিশুকে একটি গোপন তথ্য দিলেন, যা ছিল আংশিকভাবে মিথ্যা। তিনি বললেন, "বিশু, আমি জানতে পেরেছি যে অনির্বাণ মিত্রের একটি গোপন আস্তানা আছে শহরের উপকণ্ঠে। সেখানে 'ছায়া সংঘ'-এর কিছু গুরুত্বপূর্ণ নথি লুকানো আছে। আমি চাই তুমি সেখানে গিয়ে খোঁজ নাও।"

বিশু দুজোর কথা মনোযোগ দিয়ে শুনল। তার চোখে এক ধরণের উত্তেজনা দেখা গেল, কিন্তু দুজ লক্ষ্য করলেন, তার চোখে একটি সূক্ষ্ম ঝলক, যা তার মনের ভেতরের অস্থিরতাকে প্রকাশ করছিল। বিশু দ্রুত বেরিয়ে গেল।

দুজ বিশুর উপর নজর রাখার জন্য তার একজন পুরোনো ইনফর্মারকে নিয়োগ করলেন। কয়েক ঘণ্টা পর, ইনফর্মার দুজকে ফোন করে জানাল যে, বিশু সেই গোপন আস্তানার দিকে না গিয়ে সরাসরি অনির্বাণ মিত্রের কার্যালয়ে গেছে, এবং সেখানে অনির্বাণ মিত্রের সাথে একান্তে কথা বলেছে।

এই খবর শুনে দুজোর মন ভেঙে গেল। তার সবচেয়ে বিশ্বস্ত সহযোগী, তার নিজের ভাগ্নে, তাকেই বিশ্বাসঘাতকতা করেছে। বিশু হয়তো 'ছায়া সংঘ'-এর দ্বারা প্রভাবিত হয়েছে,

অথবা তাকে ব্ল্যাকমেল করা হয়েছে। এই সত্যটি দুজোর কাছে এক গভীর আঘাত ছিল।

দুজ বুঝতে পারলেন, এই মুহূর্তে তিনি বিশুর উপর আর নির্ভর করতে পারবেন না। এই কেসটি এখন আরও বেশি বিপজ্জনক হয়ে উঠেছে, কারণ তার নিজের দলের মধ্যেই অবিশ্বাস ঢুকে পড়েছে। তাকে একাই এই গুরুত্বপূর্ণ সিদ্ধান্তগুলো নিতে হবে, একাই এই বিপজ্জনক পথে হাঁটতে হবে। তার কাঁধে এখন এক বিশাল দায়িত্ব, এবং তিনি জানতেন, এই লড়াইয়ে তাকে একাই লড়তে হবে। কুয়াশার গভীরে লুকিয়ে থাকা এই ষড়যন্ত্রের মোকাবিলা করার জন্য দুজকে তার সব বুদ্ধি এবং সাহস একত্রিত করতে হবে।

পর্ব ৩৯: শিল্প জগতের অন্ধকার দিক

বিশুর বিশ্বাসঘাতকতা দুজকে গভীরভাবে আঘাত করেছিল। তার সবচেয়ে বিশ্বস্ত সহকারী, তার নিজের ভাগ্নে, 'ছায়া সংঘ'-এর দ্বারা প্রভাবিত হয়েছে—এই সত্যটি দুজোর মনে এক গভীর ক্ষত তৈরি করেছিল। কিন্তু দুজ জানতেন, এই মুহূর্তে ব্যক্তিগত অনুভূতিকে দূরে সরিয়ে রেখে পেশাদারী দায়িত্ব পালন করা জরুরি। অনির্বাণ মিত্র এবং 'ছায়া সংঘ'-এর আসল উদ্দেশ্য উন্মোচন করা এখন তার একমাত্র লক্ষ্য।

দুজ তার কার্যালয়ে একাকী বসেছিলেন। বিশুর দেওয়া অনির্বাণ মিত্রের তথ্যগুলো তিনি আবার পর্যালোচনা

করছিলেন। অনির্বাণ মিত্র একজন বড় ব্যবসায়ী, সমাজে তার বেশ প্রভাব আছে। কিন্তু তার এই প্রভাব কি কেবল বৈধ ব্যবসা থেকে এসেছে, নাকি এর পেছনে শিল্প জগতের অন্ধকার দিকের হাত আছে?

দুজ তার পুরোনো ইনফর্মার শঙ্করকে ফোন করলেন। "শঙ্কর, অনির্বাণ মিত্র সম্পর্কে তোমার কাছে কোনো তথ্য আছে? বিশেষ করে তার শিল্প সংগ্রহ বা তার পুরোনো ডিলগুলো সম্পর্কে?"

শঙ্কর কিছুক্ষণ নীরব রইলেন। "অনির্বাণ মিত্র? সে তো একজন খুব প্রভাবশালী লোক, দুজ। তার সাথে ঝামেলায় না জড়ানোই ভালো।"

"আমি জানি, শঙ্কর," দুজ বললেন, "কিন্তু এই কেসটা খুব গুরুত্বপূর্ণ। 'ছায়া সংঘ' এর পেছনে আছে।"

শঙ্কর দীর্ঘশ্বাস ফেললেন। "ঠিক আছে, দুজ। আমি কিছু তথ্য জানি। অনির্বাণ মিত্রের একটি বিশাল শিল্প সংগ্রহ আছে। কিন্তু তার কিছু ডিল নিয়ে বাজারে অনেক গুজব আছে। সে নাকি কিছু পুরোনো এবং বিতর্কিত শিল্পকর্ম সংগ্রহ করত, যার উৎস সম্পর্কে কোনো স্পষ্ট তথ্য নেই।"

"বিতর্কিত শিল্পকর্ম?" দুজ প্রশ্ন করলেন।

"হ্যাঁ, দুজ। কিছু শিল্পকর্ম নাকি পুরোনো মন্দির থেকে চুরি করা হয়েছিল, কিছু নাকি অবৈধভাবে দেশ থেকে পাচার করা হয়েছিল। অনির্বাণ মিত্র নাকি এই ধরণের শিল্পকর্মগুলো খুব কম দামে কিনত, এবং তারপর সেগুলো আন্তর্জাতিক বাজারে চড়া দামে বিক্রি করত।" শঙ্কর বললেন। "এগুলো সবই কালোবাজারির অংশ।"

এই তথ্য দুজোর মনে নতুন করে প্রশ্ন জাগাল। রণধীর সেনগুপ্তও একজন বড় শিল্প সংগ্রাহক ছিলেন। তার কাছেও কি এই ধরণের বিতর্কিত শিল্পকর্ম ছিল? 'নীল অপ্সরা' এবং 'চন্দ্রহার' কি কেবল পারিবারিক উত্তরাধিকার ছিল, নাকি এর পেছনেও কোনো অবৈধ লেনদেনের ইতিহাস লুকিয়ে ছিল?

দুজ রণধীরবাবুর পুরোনো কাগজপত্র এবং তার শিল্প সংগ্রহের তালিকা আবার পরীক্ষা করতে শুরু করলেন। রীতার দেওয়া তথ্য অনুযায়ী, রণধীরবাবুর কিছু পুরোনো ডিল ছিল, যা অস্বাভাবিক দ্রুত হয়েছিল এবং যার উৎস ছিল অস্পষ্ট। দুজ এই ডিলগুলো নিয়ে আরও গভীরভাবে অনুসন্ধান করতে লাগলেন।

তিনি একটি নির্দিষ্ট ডিলের উপর আটকে গেলেন। বহু বছর আগে রণধীরবাবু একটি পুরোনো বৌদ্ধ মূর্তি সংগ্রহ করেছিলেন, যার উৎস সম্পর্কে কোনো তথ্য ছিল না। সেই মূর্তির মূল্য ছিল কয়েক কোটি টাকা। ডিলের কাগজপত্রগুলো

অসম্পূর্ণ ছিল, এবং তাতে কিছু সাংকেতিক ভাষা ব্যবহার করা হয়েছিল, যা দুজোর কাছে পরিচিত মনে হলো।

"বিশু," দুজ বিড়বিড় করলেন, তার মনে পড়ল ডাক্তার অজিত রায়ের ঘরে পাওয়া সাংকেতিক ভাষার বইগুলো। "ডাক্তার রায় কি এই সাংকেতিক ভাষা জানতেন? তিনি কি রণধীরবাবুর এই অবৈধ লেনদেনের সহযোগী ছিলেন?"

দুজ বুঝতে পারলেন, রণধীর সেনগুপ্ত কেবল একজন প্রতারক বা হত্যাকারী ছিলেন না, তিনি নিজেও এই আন্তর্জাতিক শিল্প চোরাচালান চক্রের সাথে কোনোভাবে জড়িত ছিলেন। হয়তো তিনি 'ছায়া সংঘ'-এর একজন সদস্য ছিলেন, অথবা তাদের দ্বারা প্রভাবিত হয়েছিলেন। 'নীল অপ্সরা'র পেছনে যে গোপন নথি লুকিয়ে ছিল, তা হয়তো এই অবৈধ লেনদেনের প্রমাণ ছিল, যা মীরা সেনগুপ্ত জেনে গিয়েছিলেন।

এই নতুন তথ্য দুজোর মনে এক নতুন তত্ত্বের জন্ম দিল। 'ছায়া সংঘ' হয়তো রণধীরবাবুর কাছ থেকে 'নীল অপ্সরা' এবং 'চন্দ্রহার' চুরি করেনি, বরং তারা হয়তো রণধীরবাবুর অবৈধ কার্যকলাপের প্রমাণগুলো সরিয়ে ফেলতে চেয়েছিল, অথবা তাকে ব্ল্যাকমেল করতে চেয়েছিল। আর ডাক্তার অজিত রায়, যিনি রণধীরবাবুর এই গোপন কার্যকলাপ সম্পর্কে জানতেন, তিনি হয়তো এই সুযোগে 'নীল অপ্সরা' চুরি করে নিজের স্বার্থ হাসিল করতে চেয়েছিলেন।

শিল্প জগতের এই অন্ধকার দিকটি দুজকে আতঙ্কিত করল। এই চক্র কেবল শিল্পকর্ম চুরি বা পাচার করে না, তারা মানুষকে হত্যা করতেও দ্বিধা করে না। রণধীরবাবু নিজেও কি এই চক্রের সাথে জড়িত ছিলেন, নাকি তিনি তাদের শিকার হয়েছিলেন? এই প্রশ্নগুলো দুজোর মনে নতুন করে উদ্বেগ সৃষ্টি করল। কুয়াশার গভীরে লুকিয়ে থাকা এই ষড়যন্ত্রের জাল যেন আরও জটিল হয়ে উঠছিল, এবং দুজ জানতেন, তাকে একাই এই বিপজ্জনক পথে হাঁটতে হবে।

পর্ব ৪০: অর্ণবের ঝুঁকি

বিশুর বিশ্বাসঘাতকতা এবং রণধীরবাবুর পুরোনো অবৈধ ডিল সম্পর্কে নতুন তথ্য দুজোর তদন্তকে আরও জটিল করে তুলেছিল। 'ছায়া সংঘ' কেবল একটি শিল্প চোরাচালান চক্র নয়, বরং এর সাথে খুন এবং প্রতারণার মতো গুরুতর অপরাধও জড়িত। দুজ বুঝতে পারছিলেন, এই চক্রের গভীরে প্রবেশ করতে হলে তাদের একজন ভেতরের লোকের প্রয়োজন। ঠিক তখনই, অর্ণব, যিনি রীতার মায়ের মৃত্যুর রহস্য এবং 'নীল অপ্সরা'র পেছনের গোপন চিহ্ন নিয়ে গভীরভাবে চিন্তিত ছিলেন, তিনি এক ঝুঁকিপূর্ণ পরিকল্পনা নিয়ে দুজোর কাছে এলেন।

অর্ণব তার স্টুডিওতে বসে একটি নতুন চিত্রকর্ম আঁকছিলেন। এটি ছিল 'নীল অপ্সরা'র মতো একই শৈলীর একটি ছবি, কিন্তু তাতে নিজস্ব কিছু পরিবর্তন এনেছিলেন তিনি। তার

চোখে মুখে ছিল এক ধরণের দৃঢ়তা এবং সংকল্প। তিনি বুঝতে পারছিলেন, 'ছায়া সংঘ'কে ধরতে হলে তাদের নিজেদেরই ফাঁদ পাততে হবে।

অর্ণব দুজোর কার্যালয়ে এলেন। দুজ তখন অনির্বাণ মিত্রের পুরোনো লেনদেনগুলো নিয়ে গবেষণা করছিলেন।

"দুজবাবু," অর্ণব বললেন, তার কণ্ঠে দৃঢ়তা, "আমি 'ছায়া সংঘ'-এর ভেতরে প্রবেশ করতে চাই।"

দুজ চমকে উঠলেন। "কী বলছ তুমি, অর্ণব? এটা খুব বিপজ্জনক হতে পারে! তুমি ইতিমধ্যেই তাদের হামলার শিকার হয়েছ।"

"আমি জানি, দুজবাবু," অর্ণব বললেন। "কিন্তু আমার মনে হয়, এটাই একমাত্র উপায়। আমি একটি নকল শিল্পকর্ম তৈরি করেছি, যা 'নীল অপ্সরা'র মতোই দেখতে, কিন্তু তাতে কিছু গোপন চিহ্ন আছে। আমি এই ছবিটি 'ছায়া সংঘ'-এর কাছে বিক্রি করার প্রস্তাব দেব। এর মাধ্যমে আমি তাদের ভেতরে প্রবেশ করতে পারব, এবং তাদের কার্যকলাপ সম্পর্কে তথ্য সংগ্রহ করতে পারব।"

অর্ণব তার আঁকা ছবিটি দুজকে দেখালেন। ছবিটি ছিল সত্যিই অসাধারণ, 'নীল অপ্সরা'র মতোই নিখুঁত। কিন্তু দুজ লক্ষ্য করলেন, ছবির পেছনের অংশে অর্ণব একটি ছোট, প্রায় অদৃশ্য চিহ্ন তৈরি করেছেন, যা 'ছায়া সংঘ'-এর ভাঙা তারার

প্রতীকের সাথে মিলে যায়, কিন্তু তাতে একটি সূক্ষ্ম পরিবর্তন আছে।

"এই চিহ্নটা কীসের জন্য, অর্ণব?" দুজ প্রশ্ন করলেন।

"এটা আমার গোপন সংকেত, দুজবাবু," অর্ণব বললেন। "যদি আমি কোনো বিপদে পড়ি, বা কোনো তথ্য দিতে চাই, তাহলে এই চিহ্নের মাধ্যমে আমি আপনাদের সংকেত দিতে পারব।"

দুজ অর্ণবের দিকে তাকিয়ে রইলেন। অর্ণবের সাহস এবং বুদ্ধিমত্তা তাকে মুগ্ধ করল। কিন্তু একই সাথে তিনি চিন্তিত হলেন। এই পরিকল্পনা অত্যন্ত ঝুঁকিপূর্ণ। 'ছায়া সংঘ' অত্যন্ত নির্মম, এবং তারা কোনো ঝুঁকি নেবে না।

"অর্ণব, তুমি জানো এটা কতটা বিপজ্জনক?" দুজ সতর্ক করলেন। "যদি তারা তোমার উদ্দেশ্য ধরে ফেলে, তাহলে তোমার জীবন বিপন্ন হতে পারে।"

"আমি জানি, দুজবাবু," অর্ণব বললেন। "কিন্তু রীতার মায়ের মৃত্যুর আসল সত্য উন্মোচন হওয়া প্রয়োজন। আর এই চক্রকে থামাতে হবে। আমি প্রস্তুত।"

অর্ণবের দৃঢ়তা দেখে দুজ বুঝতে পারলেন, তাকে আটকানো যাবে না। তিনি সিদ্ধান্ত নিলেন, অর্ণবকে এই পরিকল্পনায় সাহায্য করবেন, কিন্তু তার প্রতিটি পদক্ষেপ খুব সতর্কতার সাথে পর্যবেক্ষণ করবেন। বিশুর বিশ্বাসঘাতকতার পর দুজ

এখন কাউকে পুরোপুরি বিশ্বাস করতে পারছিলেন না, কিন্তু অর্ণবের সততা এবং সংকল্প তাকে আশ্বস্ত করল।

দুজ অর্ণবকে 'ছায়া সংঘ'-এর সাথে যোগাযোগ করার কৌশল শেখালেন। রণধীরবাবুর পুরোনো শিল্প সংগ্রাহকদের নেটওয়ার্ক এবং রীতার পরিচিতি ব্যবহার করে অর্ণব চক্রের সাথে যোগাযোগ করার চেষ্টা করলেন। তিনি একটি গোপন নিলামের খবর পেলেন, যেখানে 'ছায়া সংঘ' তাদের অবৈধ শিল্পকর্ম বিক্রি করত। অর্ণব সেই নিলামে তার নকল ছবিটি বিক্রি করার প্রস্তাব দিলেন।

অর্ণবের এই ঝুঁকিপূর্ণ পরিকল্পনা দুজোর তদন্তে এক নতুন মোড় এনে দিল। 'ছায়া সংঘ'-এর গভীরে প্রবেশ করার জন্য এটিই ছিল তাদের একমাত্র সুযোগ। কিন্তু দুজ জানতেন, এই পথে প্রতিটি পদক্ষেপই বিপজ্জনক। অর্ণবের জীবন এখন বিপদের মুখে, এবং দুজকে তাকে রক্ষা করার জন্য সবরকম প্রস্তুতি নিতে হবে। কুয়াশার গভীরে লুকিয়ে থাকা এই ষড়যন্ত্রের জাল যেন আরও জটিল হয়ে উঠছিল, এবং অর্ণব সেই জালের গভীরে প্রবেশ করতে চলেছিল।

পর্ব ৪১: রীতার ফাঁদ

অর্ণবের ঝুঁকিপূর্ণ পরিকল্পনা দুজকে চিন্তিত করলেও, রীতার মনে তা এক নতুন সংকল্প জাগিয়ে তুলেছিল। তার মায়ের মৃত্যুর আসল সত্য উন্মোচিত হওয়ার পর, এবং অর্ণবের উপর

'ছায়া সংঘ'-এর হামলার পর, রীতা আর চুপ করে বসে থাকতে পারছিল না। সে বুঝতে পারছিল, এই চক্রকে থামাতে হলে তাকেও সক্রিয় ভূমিকা নিতে হবে। তার বাবার পুরোনো যোগাযোগগুলো ব্যবহার করে সে 'ছায়া সংঘ'-এর একজন সদস্যকে ফাঁদে ফেলার সিদ্ধান্ত নিল।

দুজ তার কার্যালয়ে বসেছিলেন, যখন রীতা তার নতুন পরিকল্পনা নিয়ে এলেন। "দুজবাবু," রীতা বললেন, তার চোখে দৃঢ়তা, "আমি 'ছায়া সংঘ'-এর একজন সদস্যকে ফাঁদে ফেলতে চাই। আমার বাবার পুরোনো পরিচিতদের মধ্যে একজন আছে, যে অনির্বাণ মিত্রের সাথে ঘনিষ্ঠ। আমি তাকে ব্যবহার করতে পারি।"

দুজ রীতার দিকে তাকালেন। "রীতা দেবী, এটা খুব বিপজ্জনক হতে পারে। আপনি একজন সাধারণ মানুষ, এই চক্রের সাথে সরাসরি মোকাবিলা করা আপনার জন্য নিরাপদ নয়।"

"আমি জানি, দুজবাবু," রীতা বললেন। "কিন্তু অর্ণব নিজের জীবন বাজি রেখে কাজ করছে। আমি কেন পারব না? আমি আমার মায়ের মৃত্যুর প্রতিশোধ চাই। আর এই চক্রকে থামাতে হবে।" রীতার কণ্ঠে ছিল এক ধরণের আবেগ এবং সংকল্প, যা দুজকে মুগ্ধ করল।

রীতা তার পরিকল্পনা ব্যাখ্যা করলেন। রণধীর সেনগুপ্তের পুরোনো পরিচিতদের মধ্যে একজন ছিল সুরেশ দাস। সুরেশ দাস একজন ছোটখাটো শিল্প সংগ্রাহক, যিনি অনির্বাণ মিত্রের কিছু অবৈধ লেনদেনের সাথে জড়িত ছিলেন বলে গুজব ছিল। রীতা সুরেশ দাসের সাথে যোগাযোগ করে তাকে একটি গোপন বৈঠকের প্রস্তাব দিলেন। রীতা সুরেশকে বোঝালেন যে, তার বাবার কিছু গোপন নথি তার কাছে আছে, যা 'ছায়া সংঘ'-এর জন্য গুরুত্বপূর্ণ হতে পারে, এবং সে সেগুলো বিক্রি করতে আগ্রহী।

"আমি জানি, সুরেশ দাস লোভী," রীতা বললেন। "সে এই সুযোগ ছাড়বে না। সে নিশ্চয়ই অনির্বাণ মিত্রকে খবর দেবে। আর আমি যখন তার সাথে দেখা করব, তখন আমি তাকে ফাঁদে ফেলব।"

দুজ রীতার বুদ্ধিমত্তা দেখে অবাক হলেন। রীতা একজন সাধারণ মেয়ে হলেও, তার মধ্যে এক ধরণের তীক্ষ্ণ বুদ্ধি এবং সাহসিকতা ছিল। দুজ রীতাকে এই পরিকল্পনায় সাহায্য করতে রাজি হলেন, কিন্তু তাকে খুব সতর্ক থাকতে বললেন। বিশু, যে তার ভুলের জন্য অনুতপ্ত ছিল, সেও রীতাকে সাহায্য করার জন্য প্রস্তুত হলো, এবং তার উপর নজর রাখার দায়িত্ব নিল।

বৈঠকের দিন ঠিক হলো। কলকাতার একটি পুরোনো, নিরিবিলি ক্যাফেতে রীতা সুরেশ দাসের সাথে দেখা করার

ব্যবস্থা করলেন। ক্যাফেটি ছিল জনবহুল, কিন্তু একটি কোণার টেবিল ছিল কিছুটা আড়াল করা। দুজ এবং বিশু ক্যাফের আশেপাশে ছদ্মবেশে অবস্থান নিলেন, রীতাকে রক্ষা করার জন্য প্রস্তুত।

রীতা ক্যাফেতে প্রবেশ করলেন, তার মুখে এক ধরণের স্বাভাবিকতা, কিন্তু তার মনে ছিল তীব্র উত্তেজনা। সুরেশ দাস এসে রীতার মুখোমুখি বসলেন। তার চোখে মুখে ছিল এক ধরণের লোভ এবং কৌতূহল।

"কী এনেছ, রীতা দেবী?" সুরেশ দাস সরাসরি প্রশ্ন করলেন।

রীতা শান্তভাবে হাসলেন। "যা এনেছি, তা আপনার কল্পনারও বাইরে, সুরেশবাবু। আমার বাবার কিছু গোপন নথি, যা 'ছায়া সংঘ'-এর অনেক গোপন তথ্য ফাঁস করে দিতে পারে।"

সুরেশ দাসের চোখ বড় বড় হয়ে গেল। "কী বলছ তুমি?"

"হ্যাঁ," রীতা বললেন। "কিন্তু আমি এগুলো বিনামূল্যে দেব না। আমি আমার মায়ের মৃত্যুর আসল সত্য জানতে চাই। আর আমি চাই, আপনারা অর্ণবকে একা ছেড়ে দিন।"

সুরেশ দাস হাসলেন। "তুমি খুব চালাক মেয়ে, রীতা। কিন্তু তুমি জানো না তুমি কার সাথে খেলছ।"

হঠাৎ করেই সুরেশ দাসের আচরণে পরিবর্তন এল। তার মুখে এক ধরণের হিংস্রতা ফুটে উঠল। সে রীতার দিকে ঝুঁকে এসে তার হাত ধরে ফেলল। "নথিগুলো কোথায়? এখনই বলো! নইলে তোমার পরিণতি তোমার মায়ের মতোই হবে!"

রীতা চমকে উঠলেন। সুরেশ দাসের হাত তার কব্জি শক্ত করে ধরেছিল। রীতা বুঝতে পারলেন, ফাঁদ বিপজ্জনক হয়ে উঠেছে। সুরেশ দাস তাকে ভয় দেখাচ্ছে, এবং তার কাছ থেকে তথ্য আদায় করার চেষ্টা করছে।

ঠিক তখনই, দুজ এবং বিশু দ্রুত ক্যাফের ভেতরে প্রবেশ করলেন। দুজ সুরেশ দাসের দিকে রিভলভার তাক করলেন। "হাত উপরে তোলো, সুরেশ দাস!"

সুরেশ দাস দুজকে দেখে চমকে উঠলেন। তিনি রীতার হাত ছেড়ে দিলেন। বিশু দ্রুত সুরেশ দাসকে ধরে ফেলল। ক্যাফের ভেতরে এক ধরণের বিশৃঙ্খলা সৃষ্টি হলো।

রীতা স্বস্তির নিঃশ্বাস ফেললেন। তার ফাঁদ সফল হয়েছিল, কিন্তু তা বিপজ্জনক হয়ে উঠেছিল। রীতার বুদ্ধিমত্তা এবং সাহসিকতা প্রকাশ পেলেও, এই ঘটনা তাকে বুঝিয়ে দিল যে, 'ছায়া সংঘ' কতটা নির্মম এবং বিপজ্জনক। এই ফাঁদ থেকে রীতা কিছু গুরুত্বপূর্ণ তথ্য পেলেন, যা 'ছায়া সংঘ'-এর কার্যকলাপ সম্পর্কে নতুন আলোকপাত করল। কিন্তু এই ঝুঁকি তাকে এক নতুন অভিজ্ঞতার মুখোমুখি দাঁড় করাল। কুয়াশার

গভীরে লুকিয়ে থাকা এই চক্রের মোকাবিলা করা যে সহজ হবে না, তা রীতা আরও একবার বুঝতে পারলেন।

পর্ব ৪২: এক নতুন ভিলেন

সুরেশ দাসের সাথে রীতার বিপজ্জনক ফাঁদ সফল হলেও, দুজ বুঝতে পারছিলেন, 'ছায়া সংঘ' কতটা নির্মম এবং সুসংগঠিত। সুরেশ দাসকে পুলিশ হেফাজতে নেওয়ার পর দুজ এবং বিশু তাকে নিবিড়ভাবে জেরা করলেন। চাপের মুখে সুরেশ দাস 'ছায়া সংঘ'-এর কার্যকলাপ সম্পর্কে কিছু গুরুত্বপূর্ণ তথ্য ফাঁস করতে বাধ্য হলেন।

"সুরেশ দাস," দুজ শান্ত অথচ দৃঢ় কণ্ঠে বললেন, "অনির্বাণ মিত্রের সাথে আপনার সম্পর্ক কী? আর 'ছায়া সংঘ'-এর আসল উদ্দেশ্য কী?"

সুরেশ দাস কাঁপতে কাঁপতে বললেন, "আমি... আমি কেবল একজন ছোট মাছ, স্যার। অনির্বাণ মিত্র... সে একজন খুব ক্ষমতাশালী লোক। সে 'ছায়া সংঘ'-এর একজন গুরুত্বপূর্ণ সদস্য।"

সুরেশ দাস জানালেন, 'ছায়া সংঘ' কেবল শিল্প চোরাচালানকারী চক্র নয়, তারা একটি বিশাল নেটওয়ার্ক, যার শিকড় দেশের এবং বিদেশের উচ্চ সমাজে বিস্তৃত। তাদের উদ্দেশ্য শুধু অর্থ উপার্জন নয়, বরং শিল্প জগতের উপর

নিয়ন্ত্রণ প্রতিষ্ঠা করা। তারা পুরোনো এবং অমূল্য শিল্পকর্মগুলো সংগ্রহ করে, সেগুলোর ইতিহাস পরিবর্তন করে, এবং নিজেদের ইচ্ছামতো দামে আন্তর্জাতিক বাজারে বিক্রি করে। এর মাধ্যমে তারা কেবল অর্থ উপার্জন করে না, বরং শিল্প সংগ্রাহকদের মধ্যে নিজেদের প্রভাব বিস্তার করে।

"অনির্বাণ মিত্র কি এই চক্রের প্রধান?" দুজ প্রশ্ন করলেন।

"না, স্যার," সুরেশ দাস বললেন। "অনির্বাণ মিত্র একজন গুরুত্বপূর্ণ সদস্য, কিন্তু সে প্রধান নয়। এই চক্রের একজন আসল মাস্টারমাইন্ড আছে, যার পরিচয় খুব কম লোকই জানে। সে নিজেকে আড়ালে রাখতে পছন্দ করে। আমরা তাকে 'আচার্য' বলে ডাকি।"

'আচার্য'—এই নামটা শুনে দুজোর মনে এক ধরণের শীতলতা নেমে এল। তিনি বুঝতে পারছিলেন, এই ব্যক্তিই 'ছায়া সংঘ'-এর আসল চালিকা শক্তি। কিন্তু কে এই 'আচার্য'?

সুরেশ দাস 'আচার্য' সম্পর্কে বেশি কিছু বলতে পারলেন না, কারণ তার পরিচয় ছিল অত্যন্ত গোপন। তবে তিনি একটি গুরুত্বপূর্ণ ইঙ্গিত দিলেন। "আচার্য... সে একজন খুব সম্মানিত ব্যক্তি, স্যার। সমাজে তার অনেক প্রভাব আছে। কেউ তাকে সন্দেহ করবে না।"

এই তথ্য দুজোর মনে নতুন করে প্রশ্ন জাগাল। একজন সম্মানিত ব্যক্তি, যিনি সমাজের উচ্চ স্তরে প্রতিষ্ঠিত, তিনিই

কি এই বিশাল অপরাধী চক্রের মাস্টারমাইন্ড? দুজ এবং বিশু অনির্বাণ মিত্রের পুরোনো লেনদেনগুলো এবং তার সাথে পরিচিত প্রভাবশালী ব্যক্তিদের তালিকা পর্যালোচনা করতে লাগলেন। অর্ণবের আবিষ্কৃত 'ভাঙা তারার প্রতীক' এবং মীরা সেনগুপ্তের চিঠিতে 'নীল অপ্সরা'র পেছনে লুকিয়ে থাকা 'ভয়ঙ্কর সত্যের' ইঙ্গিত—এই সবকিছুই দুজোর মনে ঘুরপাক খাচ্ছিল।

দুজ মনে মনে সব সূত্রগুলো একত্রিত করতে লাগলেন। রণধীরবাবুর অবৈধ লেনদেন, তার পুরোনো শত্রু অরুণাভ চৌধুরী, ডাক্তার অজিত রায়ের সহযোগিতা, এবং এখন অনির্বাণ মিত্রের জড়িত থাকা—সবকিছুই যেন এক অদৃশ্য সুতোয় বাঁধা।

অনেক অনুসন্ধানের পর, দুজ এবং বিশু একটি অপ্রত্যাশিত সত্যের মুখোমুখি হলেন। অনির্বাণ মিত্রের পুরোনো ব্যবসায়িক সহযোগীদের মধ্যে একজন ছিলেন, যিনি রণধীর সেনগুপ্তের পরিবারের সাথেও ঘনিষ্ঠ ছিলেন। এই ব্যক্তি ছিলেন একজন প্রখ্যাত শিল্প সমালোচক এবং ইতিহাসবিদ, যার নাম ডঃ রত্নাকর সান্যাল। ডঃ সান্যাল ছিলেন একজন সম্মানিত ব্যক্তি, যিনি শিল্প জগতের একজন পথিকৃৎ হিসেবে পরিচিত। তার লেখা বইগুলো আর্ট কলেজে পড়ানো হতো, এবং তিনি প্রায়শই বিভিন্ন শিল্প প্রদর্শনীতে প্রধান অতিথি হিসেবে উপস্থিত থাকতেন।

ডঃ রত্নাকর সান্যাল—এই নামটা দুজোর মনে এক ধরণের বিস্ময় এবং অবিশ্বাস সৃষ্টি করল। তিনি কল্পনাও করেননি যে, এমন একজন সম্মানিত ব্যক্তি এই চক্রের মাস্টারমাইন্ড হতে পারেন। কিন্তু দুজোর মনে পড়ল সুরেশ দাসের কথা: "সে একজন খুব সম্মানিত ব্যক্তি, স্যার। সমাজে তার অনেক প্রভাব আছে। কেউ তাকে সন্দেহ করবে না।"

দুজ ডঃ রত্নাকর সান্যালের অতীত জীবন এবং তার কার্যকলাপ সম্পর্কে বিস্তারিত খোঁজ নেওয়া শুরু করলেন। তিনি জানতে পারলেন, ডঃ সান্যালের শিল্প সংগ্রাহকদের সাথে গভীর সম্পর্ক ছিল, এবং তিনি প্রায়শই পুরোনো শিল্পকর্মের উৎস সম্পর্কে বিতর্কিত মন্তব্য করতেন। তার মোটিভ কেবল অর্থ ছিল না, বরং শিল্প জগতের উপর তার নিরঙ্কুশ ক্ষমতা প্রতিষ্ঠা করা। তিনি বিশ্বাস করতেন, শিল্পের প্রকৃত মূল্য কেবল তার হাতেই সুরক্ষিত থাকতে পারে, এবং তিনি নিজেই শিল্পের ভবিষ্যৎ নির্ধারণ করবেন।

ডঃ সান্যালের এই ক্ষমতা এবং তার শিল্প জগতের প্রতি দৃষ্টিভঙ্গি দুজোর মনে এক ধরণের শীতলতা এনে দিল। তিনি বুঝতে পারলেন, এই ভিলেন কেবল একজন অপরাধী নয়, সে একজন বুদ্ধিজীবী অপরাধী, যার উদ্দেশ্য কেবল অর্থ নয়, বরং ক্ষমতা এবং শিল্পের উপর আধিপত্য বিস্তার করা। 'নীল অপ্সরা' এবং 'চন্দ্রহার' চুরি হয়তো তার বৃহত্তর পরিকল্পনারই অংশ ছিল, যেখানে তিনি রণধীর সেনগুপ্তকে ব্যবহার

করেছিলেন, এবং মীরা সেনগুপ্ত তার পথের কাঁটা হয়ে দাঁড়িয়েছিলেন।

কুয়াশার গভীরে লুকিয়ে থাকা এই আসল মাস্টারমাইন্ডের পরিচয় উন্মোচিত হওয়ার পর দুজ বুঝতে পারলেন, এইবার লড়াইটা আরও কঠিন হবে। একজন সম্মানিত ব্যক্তির মুখোশের আড়ালে লুকিয়ে থাকা এই ভয়ঙ্কর ভিলেনকে উন্মোচন করা তার জীবনের সবচেয়ে বড় চ্যালেঞ্জ হতে চলেছে।

পর্ব ৪৩: পাল্টা চাল

ডঃ রত্নাকর সান্যালকে 'ছায়া সংঘ'-এর আসল মাস্টারমাইন্ড হিসেবে চিহ্নিত করার পর দুজ বুঝতে পারছিলেন, এইবার লড়াইটা আরও কঠিন হবে। ডঃ সান্যাল কেবল একজন অপরাধী নন, তিনি সমাজের উচ্চ স্তরে প্রতিষ্ঠিত একজন প্রভাবশালী ব্যক্তি, যার ক্ষমতা এবং নেটওয়ার্ক দুজোর কল্পনারও বাইরে। দুজ জানতেন, এমন একজন শক্তিশালী শত্রুকে আঘাত করলে তার পাল্টা আঘাত আসাটা স্বাভাবিক।

নিজের কার্যালয়ে বসে দুজ বিশুর সাথে অনির্বাণ মিত্র এবং ডঃ সান্যালের কার্যকলাপ সম্পর্কে পাওয়া সব তথ্য পর্যালোচনা করছিলেন। বিশু তার ভুলের জন্য অনুতপ্ত ছিল এবং দুজোর বিশ্বাস ফিরে পাওয়ার জন্য মরিয়া হয়ে কাজ

করছিল। রীতা এবং অর্ণবও তাদের পক্ষ থেকে তথ্য সংগ্রহ করে দুজকে সাহায্য করছিলেন।

"মামু," বিশু বলল, "ডঃ সান্যাল একজন খুব সতর্ক ব্যক্তি। তাকে ধরা খুব কঠিন হবে।"

"আমি জানি, বিশু," দুজ বললেন। "আর সে এখন জেনে গেছে যে আমরা তার পেছনে লেগেছি। সে নিশ্চয়ই পাল্টা আঘাত হানবে। আমাদের খুব সতর্ক থাকতে হবে।"

দুজ তার পুরোনো ইনফর্মার শঙ্করকে ফোন করলেন। শঙ্কর জানালেন, ডঃ সান্যাল সম্প্রতি কিছু ভাড়াটে গুন্ডা এবং প্রযুক্তিবিদদের সাথে যোগাযোগ করেছেন। তাদের উদ্দেশ্য ছিল দুজ এবং তার দলের উপর হামলা করা, এবং তাদের তদন্তকে থামিয়ে দেওয়া। শঙ্কর আরও জানালেন, ম্যানশনও তাদের নজরে আছে, কারণ সেখানে এখনও কিছু গুরুত্বপূর্ণ প্রমাণ থাকতে পারে, যা 'ছায়া সংঘ'-এর জন্য বিপজ্জনক।

এই খবর শুনে দুজ আতঙ্কিত হলেন। তিনি দ্রুত রীতা এবং অর্ণবকে ফোন করে সতর্ক করলেন। "ম্যানশন নিরাপদ নয়, রীতা দেবী। আপনারা খুব সতর্ক থাকবেন। আমি এখনই আসছি।"

দুজ এবং বিশু দ্রুত শীতলছায়া ম্যানশনের দিকে রওনা দিলেন। পথে দুজ তার পরিকল্পনা সাজাতে লাগলেন। ডঃ সান্যাল একজন বুদ্ধিজীবী অপরাধী, তাই তার পাল্টা চালও

বুদ্ধিদীপ্ত হবে। তিনি হয়তো সরাসরি হামলা না করে, এমন কিছু করবেন যা তাদের মানসিকভাবে বিপর্যস্ত করবে, অথবা তাদের প্রমাণগুলো নষ্ট করে দেবে।

ম্যানশনে পৌঁছানোর কিছুক্ষণ পরেই বিপদ ঘনীভূত হলো। রাত তখন গভীর। ম্যানশনের বিদ্যুৎ সরবরাহ হঠাৎ করেই বন্ধ হয়ে গেল। পুরো ম্যানশন অন্ধকারে ডুবে গেল, কেবল দুজ এবং বিশুর হাতে থাকা টর্চের আলোয় কিছু অস্পষ্ট ছায়া দেখা যাচ্ছিল।

"এটা তাদের কাজ," দুজ বিড়বিড় করলেন। "তারা বিদ্যুৎ সরবরাহ বন্ধ করে দিয়েছে, যাতে আমরা অন্ধকারে থাকি।"

ঠিক তখনই, ম্যানশনের প্রধান দরজা ভেঙে কয়েকজন মুখোশধারী লোক ভেতরে প্রবেশ করল। তাদের হাতে ছিল অস্ত্র এবং তারা অত্যন্ত প্রশিক্ষিত ছিল। তারা দ্রুত ম্যানশনের ভেতরে ছড়িয়ে পড়ল, তাদের উদ্দেশ্য ছিল দুজ এবং তার দলকে কাবু করা এবং ম্যানশনের ভেতর থেকে গুরুত্বপূর্ণ প্রমাণগুলো সরিয়ে ফেলা।

"বিশু, রীতা, অর্ণব, শম্ভুনাথ! সবাই সতর্ক থাকো!" দুজ চিৎকার করে বললেন। "অন্ধকারে থাকো, ওদের চোখে পড়ো না!"

ম্যানশনের ভেতরে এক তীব্র লড়াই শুরু হলো। দুজ তার বুদ্ধিমত্তা এবং অভিজ্ঞতা দিয়ে পরিস্থিতি সামাল দেওয়ার চেষ্টা

করলেন। তিনি জানতেন, সরাসরি লড়াইয়ে তিনি হয়তো পেরে উঠবেন না, কারণ শত্রুরা সংখ্যায় বেশি এবং প্রশিক্ষিত। তাকে তার সব বুদ্ধি খাটাতে হবে।

দুজ বিশুকে নির্দেশ দিলেন ম্যানশনের গোপন প্রকোষ্ঠ এবং গোপন পথগুলো ব্যবহার করে শত্রুদের বিভ্রান্ত করতে। রীতা এবং অর্ণবও তাদের সাহস এবং ম্যানশনের পরিচিতি ব্যবহার করে দুজকে সাহায্য করলেন। শম্ভুনাথ, যিনি ম্যানশনের প্রতিটি কোণা চিনতেন, তিনি দুজকে গোপন পথগুলো সম্পর্কে তথ্য দিলেন।

দুজ ম্যানশনের জটিল নকশা ব্যবহার করে শত্রুদের ফাঁদে ফেলার চেষ্টা করলেন। তিনি তাদের ভুল পথে পরিচালিত করলেন, তাদের মধ্যে বিভেদ সৃষ্টি করলেন। তিনি জানতেন, অন্ধকারে শত্রুদের মধ্যে যোগাযোগ বিচ্ছিন্ন হলে তারা দুর্বল হয়ে পড়বে। দুজ তার টর্চের আলো ব্যবহার করে শত্রুদের চোখে ধাঁধা লাগালেন, এবং তাদের মধ্যে বিভ্রান্তি সৃষ্টি করলেন।

এক পর্যায়ে, দুজ এবং বিশু ম্যানশনের পুরোনো রান্নাঘরের দিকে গেলেন। সেখানে কিছু পুরোনো গ্যাস সিলিন্ডার ছিল। দুজ একটি ঝুঁকিপূর্ণ পরিকল্পনা করলেন। তিনি বিশুকে নির্দেশ দিলেন গ্যাস সিলিন্ডারগুলো থেকে গ্যাস লিক করতে, এবং তারপর একটি ছোট বিস্ফোরণ ঘটাতে।

"এটা বিপজ্জনক হবে, মামু!" বিশু বলল।

"আমাদের ঝুঁকি নিতেই হবে, বিশু," দুজ বললেন। "এটা ওদের থামানোর একমাত্র উপায়।"

বিশু দুজোর নির্দেশ অনুযায়ী কাজ করল। একটি ছোট বিস্ফোরণের শব্দে পুরো ম্যানশন কেঁপে উঠল। শত্রুরা আতঙ্কিত হয়ে পড়ল, তাদের মধ্যে বিশৃঙ্খলা সৃষ্টি হলো। এই সুযোগে দুজ এবং বিশু শত্রুদের উপর পাল্টা হামলা করলেন।

লড়াই ছিল তীব্র। দুজ তার রিভলভার ব্যবহার করলেন, বিশু তার শারীরিক শক্তি দিয়ে শত্রুদের কাবু করল। রীতা এবং অর্ণবও তাদের বুদ্ধিমত্তা দিয়ে দুজকে সাহায্য করলেন, শত্রুদের গতিবিধি সম্পর্কে তথ্য দিলেন।

শেষ পর্যন্ত, দুজ এবং তার দল শত্রুদের কাবু করতে সক্ষম হলেন। কয়েকজন আহত হলেও, তারা সবাই নিরাপদ ছিলেন। মুখোশধারী লোকগুলোকে বেঁধে ফেলা হলো এবং পুলিশে খবর দেওয়া হলো।

ম্যানশনের বিদ্যুৎ সরবরাহ আবার চালু হলো। কিন্তু এই পাল্টা হামলা দুজকে বুঝিয়ে দিল যে, 'ছায়া সংঘ' কতটা নির্মম এবং শক্তিশালী। ডঃ রত্নাকর সান্যাল সহজে হার মানবেন না। এই ঘটনা দুজকে আরও বেশি সতর্ক এবং সংকল্পবদ্ধ করে তুলল। কুয়াশার গভীরে লুকিয়ে থাকা এই

চক্রের মোকাবিলা করার জন্য দুজকে তার সব বুদ্ধি এবং সাহস একত্রিত করতে হবে।

পর্ব ৪৪: ফাঁস হওয়া তথ্য

'ছায়া সংঘ'-এর পাল্টা হামলা দুজকে বুঝিয়ে দিয়েছিল যে, ডঃ রত্নাকর সান্যাল কতটা মরিয়া এবং বিপজ্জনক। ম্যানশনের ভেতরে সেই তীব্র লড়াইয়ে দুজ এবং তার দল জয়ী হলেও, তারা জানতেন, এই যুদ্ধ সবে শুরু হয়েছে। মুখোশধারী হামলাকারীদের পুলিশ হেফাজতে নেওয়ার পর দুজ তাদের জেরা করার সিদ্ধান্ত নিলেন। তিনি জানতেন, এই লোকগুলোর কাছ থেকে 'ছায়া সংঘ'-এর দুর্বলতা সম্পর্কে কিছু তথ্য পাওয়া যেতে পারে।

পুলিশ স্টেশনে বসে দুজ এবং বিশু মুখোশধারী হামলাকারীদের জেরা করছিলেন। লোকগুলো প্রথমে মুখ খুলতে চাইছিল না, তাদের চোখে মুখে ছিল এক ধরণের দৃঢ়তা, যেন তারা কোনো গোপন শপথ নিয়েছে। কিন্তু দুজোর তীক্ষ্ণ জেরা এবং বিশুর কঠোর মনোভাব তাদের উপর চাপ সৃষ্টি করতে লাগল।

অনেকক্ষণ জেরার পর, একজন মুখোশধারী, যার নাম ছিল রফিক, সে ভেঙে পড়ল। রফিক ছিল চক্রের একজন ছোট সদস্য, যে মূলত ভাড়াটে গুন্ডা হিসেবে কাজ করত। তার

চোখে মুখে ছিল ভয়, কারণ সে বুঝতে পারছিল যে সে ধরা পড়ে গেছে এবং তার জীবন বিপন্ন।

"আমি... আমি সব বলব, স্যার," রফিক কাঁপতে কাঁপতে বলল। "আমি জানি, ডঃ সান্যাল খুব ক্ষমতাশালী। কিন্তু আমি আর এই খেলায় থাকতে চাই না। আমার জীবন বিপদে।"

দুজ রফিকের দিকে মনোযোগ দিয়ে তাকালেন। "বলো, রফিক। 'ছায়া সংঘ' সম্পর্কে তুমি কী জানো? ডঃ রত্নাকর সান্যালের আসল উদ্দেশ্য কী?"

রফিক বলতে শুরু করল। তার কথায় 'ছায়া সংঘ'-এর কার্যকলাপের এক ভয়ঙ্কর চিত্র উঠে এল। চক্রটি কেবল শিল্প চোরাচালানকারী নয়, তারা একটি বিশাল নেটওয়ার্ক, যার মাধ্যমে তারা অবৈধভাবে অর্থ পাচার করে, রাজনৈতিক প্রভাব বিস্তার করে, এবং নিজেদের স্বার্থ সিদ্ধির জন্য যেকোনো অপরাধ করতে দ্বিধা করে না। ডঃ সান্যাল এই চক্রের আসল মাস্টারমাইন্ড, যিনি তার বুদ্ধিমত্তা এবং প্রভাব ব্যবহার করে সবকিছু নিয়ন্ত্রণ করেন।

"ডঃ সান্যালের একটি দুর্বলতা আছে, স্যার," রফিক বলল, তার কণ্ঠস্বর চাপা। "সে তার পুরোনো গবেষণাগুলো নিয়ে খুব সতর্ক। তার একটি গোপন ল্যাব আছে, যেখানে সে পুরোনো শিল্পকর্মের উৎস এবং ইতিহাস নিয়ে গবেষণা করে।

সেই ল্যাবে কিছু গোপন নথি আছে, যা 'ছায়া সংঘ'-এর সব অবৈধ কার্যকলাপের প্রমাণ।"

রফিক আরও জানাল, "সেই ল্যাবটি কলকাতার বাইরে একটি পুরোনো জমিদার বাড়িতে অবস্থিত। ডঃ সান্যাল সেখানে খুব কম যান, এবং সেটি অত্যন্ত সুরক্ষিত। কিন্তু সেখানেই তার সব গোপন তথ্য লুকানো আছে।"

এই তথ্য দুজোর মনে এক নতুন আশার জন্ম দিল। একটি গোপন ল্যাব, যেখানে 'ছায়া সংঘ'-এর সব অবৈধ কার্যকলাপের প্রমাণ লুকিয়ে আছে—এটি ছিল চক্রের সবচেয়ে বড় দুর্বলতা। যদি তারা সেই ল্যাবে প্রবেশ করতে পারে, তাহলে ডঃ সান্যালকে ধরা যাবে এবং 'ছায়া সংঘ'-এর মুখোশ উন্মোচন করা যাবে।

কিন্তু দুজোর তীক্ষ্ণ মন তাকে সতর্ক করল। রফিকের এই তথ্য ফাঁস করা কি নিছকই ভয় থেকে, নাকি এর পেছনে অন্য কোনো উদ্দেশ্য আছে? ডঃ সান্যাল একজন বুদ্ধিজীবী অপরাধী। তিনি কি এত সহজে তার দুর্বলতা প্রকাশ করবেন? এই তথ্যের পেছনে কি কোনো ফাঁদ থাকতে পারে?

"রফিক," দুজ প্রশ্ন করলেন, তার কণ্ঠস্বরে এক ধরণের সূক্ষ্ম ইঙ্গিত, "তুমি কি নিশ্চিত যে এই তথ্য সঠিক? ডঃ সান্যাল কি এত সহজে তার দুর্বলতা প্রকাশ করবেন?"

রফিক মাথা নাড়ল। "আমি জানি না, স্যার। কিন্তু আমি শুনেছি, ডঃ সান্যাল তার পুরোনো গবেষণাগুলো নিয়ে খুব সংবেদনশীল। তিনি সেগুলোকে নিজের জীবনের চেয়েও বেশি মূল্যবান মনে করেন।"

বিশুও কিছুটা চিন্তিত হলো। "মামু, এটা কি একটা ফাঁদ হতে পারে? ডঃ সান্যাল হয়তো জানেন যে আমরা তাকে খুঁজছি, তাই তিনি আমাদের ভুল পথে পরিচালিত করতে চাইছেন।"

"হতে পারে, বিশু," দুজ বললেন। "কিন্তু এই তথ্যকে আমরা উপেক্ষা করতে পারি না। যদি এটা সঠিক হয়, তাহলে এটা আমাদের জন্য একটা বড় সুযোগ। আর যদি এটা ফাঁদ হয়, তাহলে আমাদের খুব সতর্ক থাকতে হবে।"

দুজ মনে মনে বিশ্লেষণ করতে লাগলেন। ডঃ সান্যাল যদি এই তথ্য ফাঁস করে থাকেন, তাহলে তার উদ্দেশ্য কী? তিনি কি দুজকে কোনো নির্দিষ্ট স্থানে টেনে নিয়ে যেতে চান, যেখানে তিনি দুজকে কাবু করতে পারবেন? নাকি তিনি দুজকে এমন কিছু প্রমাণ দিতে চান, যা তাকে ভুল পথে পরিচালিত করবে?

এই ফাঁস হওয়া তথ্যটি দুজোর তদন্তে এক নতুন মোড় এনে দিল। এটি একদিকে যেমন 'ছায়া সংঘ'-এর দুর্বলতা উন্মোচন করছিল, তেমনি অন্যদিকে একটি বড় ফাঁদের ইঙ্গিত দিচ্ছিল। দুজ জানতেন, তাকে খুব সতর্কতার সাথে এই তথ্যটি ব্যবহার

করতে হবে। কুয়াশার গভীরে লুকিয়ে থাকা এই নতুন রহস্য দুজকে এক নতুন চ্যালেঞ্জের মুখে ফেলে দিল। তাকে তার সব বুদ্ধি খাটাতে হবে, তবেই তিনি এই ফাঁদ থেকে বেরিয়ে আসতে পারবেন এবং 'ছায়া সংঘ'-এর আসল মুখোশ উন্মোচন করতে পারবেন।

পর্ব ৪৫: মুখোমুখি লড়াই

রফিকের ফাঁস করা তথ্য দুজোর মনে মিশ্র প্রতিক্রিয়া সৃষ্টি করেছিল। একদিকে 'ছায়া সংঘ'-এর গোপন ল্যাবের সন্ধান, অন্যদিকে সেই তথ্যের পেছনে একটি ফাঁদের সম্ভাবনা—এই দ্বিধা দুজকে আরও সতর্ক করে তুলল। তিনি জানতেন, ডঃ রত্নাকর সান্যালের মতো একজন বুদ্ধিজীবী অপরাধী এত সহজে ধরা দেবেন না। এইবার তাদের মুখোমুখি লড়াইটা হবে সম্পূর্ণ ভিন্ন মাত্রার।

দুজ বিশু, রীতা এবং অর্ণবকে নিয়ে রফিকের দেওয়া গোপন ল্যাবের ঠিকানা অনুযায়ী কলকাতার উপকণ্ঠে অবস্থিত সেই পুরোনো জমিদার বাড়ির দিকে রওনা দিলেন। বিশু তার ভুলের জন্য অনুতপ্ত ছিল এবং দুজোর বিশ্বাস ফিরে পাওয়ার জন্য মরিয়া হয়ে কাজ করছিল। রীতা এবং অর্ণবও এই অভিযানে অংশ নিতে প্রস্তুত ছিল, তাদের চোখে ছিল সংকল্প।

জমিদার বাড়িটি ছিল বিশাল এবং পরিত্যক্ত। চারপাশের পরিবেশ ছিল থমথমে, যেন এক পুরোনো রহস্যের ছায়া

বাড়িটিকে গ্রাস করে আছে। দুজ তার দলকে সতর্ক থাকতে বললেন। "এটা ফাঁদ হতে পারে। আমাদের খুব সতর্ক থাকতে হবে।"

তারা সাবধানে বাড়ির ভেতরে প্রবেশ করলেন। ভেতরে ছিল অন্ধকার এবং ধুলো। দুজ তার টর্চের আলো ফেলে প্রতিটি কোণা পরীক্ষা করতে লাগলেন। বিশু তার পাশে বন্দুক হাতে প্রস্তুত ছিল, অর্ণব এবং রীতাও তাদের চারপাশ পর্যবেক্ষণ করছিল।

অনেক খোঁজাখুঁজির পর, তারা বাড়ির বেসমেন্টে একটি গোপন ল্যাবের সন্ধান পেলেন। ল্যাবটি ছিল অত্যাধুনিক যন্ত্রপাতি এবং কম্পিউটার দিয়ে সজ্জিত। সেখানে অসংখ্য পুরোনো শিল্পকর্মের নথি, গবেষণা পত্র এবং কিছু গোপন ফাইল রাখা ছিল। এটিই ছিল 'ছায়া সংঘ'-এর আসল কার্যকলাপের কেন্দ্রবিন্দু।

দুজ এবং তার দল ল্যাবের ভেতরে প্রবেশ করলেন। তারা দ্রুত ফাইলপত্র ঘাঁটতে শুরু করলেন। সেখানেই তারা 'ছায়া সংঘ'-এর সব অবৈধ কার্যকলাপের প্রমাণ খুঁজে পেলেন—অবৈধভাবে অর্থ পাচার, শিল্পকর্মের উৎস পরিবর্তন, এবং আন্তর্জাতিক বাজারে কালোবাজারি। মীরা সেনগুপ্তের মৃত্যুর সাথে রণধীরবাবুর জড়িত থাকার প্রমাণও ছিল সেখানে।

ঠিক তখনই, ল্যাবের প্রধান দরজা বন্ধ হয়ে গেল। ভেতরে তীব্র আলো জ্বলে উঠল, এবং একটি মাইক্রোফোনের মাধ্যমে ডঃ রত্নাকর সান্যালের কণ্ঠস্বর ভেসে এল।

"স্বাগতম, গোয়েন্দা দুজ," ডঃ সান্যালের কণ্ঠস্বরে ছিল এক ধরণের বিদ্রূপ। "আপনি আমার ফাঁদে পা দিয়েছেন। আমি জানতাম আপনি এখানে আসবেন।"

দুজ চমকে উঠলেন। তিনি বুঝতে পারলেন, রফিকের দেওয়া তথ্যটি সত্যিই একটি ফাঁদ ছিল। ডঃ সান্যাল তাদের এখানে টেনে এনেছেন।

"ডঃ সান্যাল," দুজ চিৎকার করে বললেন, "আপনার খেলা শেষ! আপনার সব প্রমাণ আমাদের হাতে।"

"প্রমাণ?" ডঃ সান্যাল হাসলেন। "এই প্রমাণগুলো আপনার হাতে পৌঁছানোর আগেই নষ্ট হয়ে যাবে। আর আপনারা... আপনারা কেউ এখান থেকে জীবিত ফিরে যেতে পারবেন না।"

ল্যাবের ভেতরে গ্যাস লিক হতে শুরু করল। দুজ বুঝতে পারলেন, ডঃ সান্যাল তাদের বিষাক্ত গ্যাস দিয়ে মারতে চাইছেন। এটি ছিল এক ধরণের মানসিক এবং শারীরিক দ্বন্দ্ব। দুজকে তার সব বুদ্ধি খাটাতে হলো।

"বিশু, রীতা, অর্ণব! দ্রুত বাতাস চলাচল করার পথ খুঁজে বের করো!" দুজ নির্দেশ দিলেন।

তারা দ্রুত ল্যাবের ভেতরে বাতাস চলাচল করার পথ খুঁজতে লাগলেন। ডঃ সান্যাল তার মাইক্রোফোনের মাধ্যমে তাদের প্রতিটি পদক্ষেপ পর্যবেক্ষণ করছিলেন এবং তাদের বিভ্রান্ত করার চেষ্টা করছিলেন। তিনি তাদের দুর্বলতার উপর আঘাত হানছিলেন, তাদের মানসিকভাবে বিপর্যস্ত করতে চাইছিলেন।

অর্ণব তার শিল্পী মন দিয়ে ল্যাবের নকশা পর্যবেক্ষণ করলেন। তিনি একটি গোপন ভেন্টিলেশন শ্যাফটের সন্ধান পেলেন, যা ল্যাবের বাইরে চলে গেছে। রীতা তার বুদ্ধিমত্তা দিয়ে শ্যাফটটি খোলার কৌশল খুঁজে বের করলেন। বিশু তার শারীরিক শক্তি দিয়ে শ্যাফটটি ভাঙল।

গ্যাসের প্রভাব কমে যেতেই, দুজ একটি নতুন পরিকল্পনা করলেন। তিনি জানতেন, ডঃ সান্যাল হয়তো ল্যাবের বাইরে অপেক্ষা করছেন। দুজ তার রিভলভার হাতে নিলেন এবং শ্যাফট দিয়ে বাইরে বের হওয়ার সিদ্ধান্ত নিলেন।

বাইরে বেরোতেই দুজ ডঃ সান্যালকে দেখতে পেলেন। ডঃ সান্যাল একটি সুরক্ষিত স্থানে দাঁড়িয়ে ছিলেন, তার হাতে একটি রিমোট কন্ট্রোল। তার মুখে ছিল এক ধরণের বিজয়ের হাসি।

"শেষ পর্যন্ত আপনি এলেন, গোয়েন্দা," ডঃ সান্যাল বললেন। "কিন্তু আপনার খেলা শেষ।"

দুজ এবং ডঃ সান্যালের মধ্যে প্রথম মুখোমুখি লড়াই শুরু হলো। এটি ছিল কেবল শারীরিক লড়াই নয়, এটি ছিল বুদ্ধির লড়াই, মানসিক দ্বন্দ্বের। ডঃ সান্যাল তার রিমোট কন্ট্রোল দিয়ে ল্যাবের ভেতরে কিছু যন্ত্র চালু করলেন, যা ল্যাবের ভেতরে থাকা প্রমাণগুলো নষ্ট করতে শুরু করল।

দুজ দ্রুত ডঃ সান্যালের দিকে তেড়ে গেলেন। ডঃ সান্যাল তার হাতে থাকা একটি ছোট ছুরি বের করে দুজোর উপর হামলা করলেন। দুজ তার আত্মরক্ষার জন্য প্রস্তুত ছিলেন। তাদের মধ্যে তীব্র মারামারি শুরু হলো। দুজ তার পেশাদারী দক্ষতা দিয়ে ডঃ সান্যালকে কাবু করার চেষ্টা করলেন। ডঃ সান্যালও তার বুদ্ধিমত্তা এবং শারীরিক শক্তি দিয়ে দুজকে প্রতিরোধ করার চেষ্টা করছিলেন।

লড়াই ছিল তীব্র। দুজ তার সব শক্তি এবং বুদ্ধি খাটাচ্ছিলেন। এক পর্যায়ে, দুজ ডঃ সান্যালকে মাটিতে ফেলে দিলেন এবং তার হাত থেকে রিমোট কন্ট্রোলটি কেড়ে নিলেন। দুজ দ্রুত রিমোট কন্ট্রোলটি ভেঙে দিলেন, যাতে ল্যাবের ভেতরে থাকা প্রমাণগুলো নষ্ট না হয়।

ডঃ সান্যাল দুজোর দিকে তাকিয়ে হাসলেন। তার চোখে এক ধরণের উন্মাদনা। "আপনি আমাকে ধরতে পারবেন না,

গোয়েন্দা! 'ছায়া সংঘ' আরও শক্তিশালী। এর শিকড় অনেক গভীরে প্রোথিত।"

ঠিক তখনই, ডঃ সান্যালের কয়েকজন সহযোগী এসে দুজোর উপর হামলা করল। এই সুযোগে ডঃ সান্যাল দ্রুত পালিয়ে গেলেন। দুজ তার সহযোগীদের সাথে লড়াই করতে লাগলেন, কিন্তু ডঃ সান্যালকে ধরতে পারলেন না।

দুজ হতাশ হলেন, কিন্তু তিনি জানতেন, এই লড়াইয়ে তিনি জয়ী হয়েছেন। তিনি ডঃ সান্যালকে কাবু করতে পেরেছেন, এবং তার প্রমাণগুলো রক্ষা করতে পেরেছেন। বিশু, রীতা এবং অর্ণব ল্যাবের ভেতর থেকে বেরিয়ে এলেন। তারা সবাই নিরাপদ ছিলেন।

ল্যাবের ভেতরে থাকা প্রমাণগুলো দুজোর হাতে এল। 'ছায়া সংঘ'-এর সব অবৈধ কার্যকলাপের প্রমাণ, এবং ডঃ সান্যালের আসল পরিচয়—সবকিছুই এখন স্পষ্ট। কিন্তু ডঃ সান্যালের পালিয়ে যাওয়া দুজোর মনে নতুন উদ্বেগ সৃষ্টি করল।

ল্যাবের ভেতরে পাওয়া একটি গোপন ফাইলে দুজ একটি অপ্রত্যাশিত তথ্য খুঁজে পেলেন। ফাইলটিতে 'ছায়া সংঘ'-এর একজন নতুন সদস্যের নাম উল্লেখ ছিল, যিনি ম্যানশনের সাথে ঘনিষ্ঠভাবে জড়িত। সেই নামটি ছিল... **শম্ভুনাথ**।

দুজ চমকে উঠলেন। শম্ভুনাথ? যিনি এত বছর ধরে এই পরিবারের সেবা করেছেন, যিনি রণধীরবাবুর ভয়ে চুপ ছিলেন, তিনিই কি 'ছায়া সংঘ'-এর একজন গোপন সদস্য? এই তথ্য দুজোর মনে এক নতুন ঝড় তুলে দিল। কুয়াশার গভীরে লুকিয়ে থাকা এই ষড়যন্ত্রের জাল যেন আরও জটিল হয়ে উঠল, এবং দুজ জানতেন, তার জীবনের সবচেয়ে কঠিন কেসটি এখনও শেষ হয়নি।

চতুর্থ অধ্যায়: শেষ খেলা (পর্ব ৪৬-৬০)

পর্ব ৪৬: মাস্টারমাইন্ডের পরিচয়

গোপন ল্যাবে পাওয়া ফাইলটি দুজের হাতে আসার পর তিনি স্তম্ভিত হয়ে গিয়েছিলেন। 'ছায়া সংঘ'-এর একজন গোপন সদস্য হিসেবে শম্ভুনাথের নাম—এই তথ্যটি ছিল সম্পূর্ণ অপ্রত্যাশিত। যে বাটলার এত বছর ধরে সেনগুপ্ত পরিবারের সেবা করেছেন, রণধীরবাবুর ভয়ে যিনি চুপ ছিলেন, তিনিই কি এই বিশাল চক্রের অংশ? এই প্রশ্নটি দুজোর মনে এক নতুন ঝড় তুলে দিল। কিন্তু তার আসল লক্ষ্য ছিল ডঃ রত্নাকর সান্যাল, 'ছায়া সংঘ'-এর আসল মাস্টারমাইন্ড, যিনি পালিয়ে গেছেন।

দুজ তার কার্যালয়ে ফিরে এলেন। তার হাতে থাকা ফাইলটিতে ডঃ রত্নাকর সান্যালের সব গোপন তথ্য ছিল। বিশু, রীতা এবং অর্ণবও তার পাশে ছিলেন, তাদের চোখে মুখে ছিল উত্তেজনা এবং উদ্বেগ। শম্ভুনাথের বিষয়ে দুজ এখনও কিছু বলেননি, কারণ তিনি প্রথমে ডঃ সান্যালের সম্পূর্ণ পরিচয় উন্মোচন করতে চেয়েছিলেন।

"আমরা ডঃ রত্নাকর সান্যালের সব গোপন তথ্য পেয়ে গেছি," দুজ বললেন, তার কণ্ঠস্বর দৃঢ়। "তিনিই 'ছায়া সংঘ'-এর আসল মাস্টারমাইন্ড, যাকে আমরা 'আচার্য' বলে জানতাম।"

ফাইলটি ঘাঁটতে ঘাঁটতে দুজ ডঃ সান্যালের সম্পূর্ণ পরিচয় উন্মোচন করলেন। ডঃ রত্নাকর সান্যাল কেবল একজন

প্রখ্যাত শিল্প সমালোচক এবং ইতিহাসবিদ ছিলেন না, তিনি ছিলেন এক অসাধারণ মেধাবী এবং ধূর্ত অপরাধী। তার অতীত ছিল রহস্যময়। তিনি একসময় একজন দরিদ্র পরিবারের সন্তান ছিলেন, কিন্তু তার মেধা এবং উচ্চাকাঙ্ক্ষা তাকে সমাজের উচ্চ স্তরে নিয়ে আসে। তিনি শিল্পকলার গভীরে প্রবেশ করেছিলেন, কিন্তু তার উদ্দেশ্য ছিল শিল্পকে রক্ষা করা নয়, বরং শিল্প জগতের উপর তার নিরঙ্কুশ ক্ষমতা প্রতিষ্ঠা করা।

"ডঃ সান্যালের মোটিভ কেবল অর্থ নয়," দুজ ব্যাখ্যা করলেন। "তিনি বিশ্বাস করেন, শিল্পের প্রকৃত মূল্য সাধারণ মানুষের বোঝার ক্ষমতা নেই। তিনি মনে করেন, শিল্প কেবল তার মতো নির্বাচিত কিছু মানুষের হাতেই সুরক্ষিত থাকতে পারে। তিনি নিজেই শিল্পের ভবিষ্যৎ নির্ধারণ করতে চান, এবং এর জন্য তিনি যেকোনো অপরাধ করতে প্রস্তুত।"

ফাইলটিতে ডঃ সান্যালের ক্ষমতা এবং প্রভাবের বর্ণনা ছিল। তার নেটওয়ার্ক দেশের এবং বিদেশের উচ্চ সমাজে বিস্তৃত ছিল। তিনি প্রভাবশালী রাজনীতিবিদ, ধনী ব্যবসায়ী এবং অন্যান্য শিল্প সংগ্রাহকদের সাথে ঘনিষ্ঠ সম্পর্ক রাখতেন। তার হাতে ছিল বিশাল অর্থ এবং ক্ষমতা, যা দিয়ে তিনি যেকোনো প্রমাণ লোপাট করতে পারতেন, বা যেকোনো মানুষকে সরিয়ে দিতে পারতেন।

এরপর দুজ 'নীল অপ্সরা' এবং মীরা সেনগুপ্তের মৃত্যুর সাথে ডঃ সান্যালের জড়িত থাকার বিষয়টি স্পষ্ট করলেন।

"রণধীর সেনগুপ্ত," দুজ বললেন, "তিনি 'ছায়া সংঘ'-এর একজন সদস্য ছিলেন। ডঃ সান্যাল তাকে ব্যবহার করতেন অবৈধভাবে শিল্পকর্ম পাচারের জন্য। 'নীল অপ্সরা' ছিল তাদের পাচারের একটি গুরুত্বপূর্ণ মাধ্যম। ছবির ফ্রেমের ভেতরে গোপন নথি লুকিয়ে রাখা হতো, যা এই অবৈধ লেনদেনের প্রমাণ ছিল।"

রীতা এবং অর্ণব মনোযোগ দিয়ে শুনছিলেন, তাদের মুখে ছিল এক ধরণের মিশ্র অনুভূতি—বিস্ময় এবং যন্ত্রণা।

"মীরা সেনগুপ্ত," দুজ বললেন, "তিনি 'নীল অপ্সরা'র পেছনে লুকিয়ে থাকা সেই গোপন নথিগুলো দেখে ফেলেছিলেন। তিনি জানতে পেরেছিলেন যে, রণধীর তার সাথে প্রতারণা করছে, এবং সে একটি আন্তর্জাতিক অপরাধী চক্রের সাথে জড়িত। মীরা দেবী এই সত্য ফাঁস করে দিতে চেয়েছিলেন।"

দুজ একটি দীর্ঘশ্বাস ফেললেন। "ডঃ রত্নাকর সান্যাল জানতে পেরেছিলেন যে মীরা দেবী সব জেনে গেছেন। তিনি রণধীরকে নির্দেশ দিয়েছিলেন মীরাকে সরিয়ে দিতে। রণধীর ডাক্তারের অজিত রায়ের সাহায্যে মীরাকে ঘুমের ওষুধ খাইয়েছিলেন, এবং তারপর তাকে ছাদ থেকে ধাক্কা দিয়ে

নিচে ফেলে দিয়েছিলেন। ডঃ সান্যালই সব প্রমাণ লোপাট করার ব্যবস্থা করেছিলেন।"

এই সত্য উন্মোচিত হওয়ার পর রীতা কান্নায় ভেঙে পড়ল। তার মায়ের মৃত্যু নিছকই দুর্ঘটনা ছিল না, বরং এটি ছিল এক সুপরিকল্পিত হত্যাকাণ্ড, যার পেছনে ছিল তার বাবা এবং একজন সম্মানিত শিল্প সমালোচক। অর্ণব রীতাকে সান্ত্বনা দিলেন।

"ডাক্তার অজিত রায়," দুজ যোগ করলেন, "তিনি ডঃ সান্যালের একজন সহযোগী ছিলেন। তিনি মীরা দেবীর মেডিকেল রিপোর্ট থেকে ঘুমের ওষুধের বিষয়টি গোপন করেছিলেন, এবং রণধীরকে সাহায্য করেছিলেন। তার ঈর্ষা কেবল রণধীরের প্রতি ছিল না, বরং সে এই গোপন তথ্যকে ব্যবহার করে রণধীরকে ব্ল্যাকমেল করতে চেয়েছিল, এবং 'ছায়া সংঘ'-এর কাছ থেকে নিজের স্বার্থ হাসিল করতে চেয়েছিল।"

"আর 'নীল অপ্সরা' এবং 'চন্দ্রহার' চুরির ঘটনা," দুজ বললেন, "এগুলো ছিল ডঃ সান্যালেরই পরিকল্পনা। 'নীল অপ্সরা' চুরি করা হয়েছিল তার অবৈধ কার্যকলাপের প্রমাণগুলো সরিয়ে ফেলার জন্য। আর 'চন্দ্রহার' চুরি করা হয়েছিল রণধীরকে মানসিকভাবে বিপর্যস্ত করার জন্য, যাতে সে কোনো ভুল না করে।"

সবকিছু যেন স্পষ্ট হয়ে গেল। ডঃ রত্নাকর সান্যাল, একজন সম্মানিত ব্যক্তির মুখোশের আড়ালে লুকিয়ে থাকা একজন নির্মম অপরাধী, যিনি তার ক্ষমতা এবং প্রভাব ব্যবহার করে সবকিছু নিয়ন্ত্রণ করতেন। তার মোটিভ কেবল অর্থ নয়, বরং শিল্প জগতের উপর তার নিরঙ্কুশ আধিপত্য প্রতিষ্ঠা করা।

এই সত্য উন্মোচিত হওয়ার পর দুজ বুঝতে পারলেন, তাদের লড়াইটা কত বড় এবং কত বিপজ্জনক। ডঃ সান্যাল এখনও পলাতক, এবং তাকে ধরা সহজ হবে না। কিন্তু দুজোর মনে এক নতুন সংকল্প জন্ম নিল। এইবার তিনি ডঃ সান্যালকে কোনোভাবেই পালাতে দেবেন না। কুয়াশার গভীরে লুকিয়ে থাকা এই মাস্টারমাইন্ডের মুখোশ পুরোপুরি উন্মোচন করার জন্য দুজ প্রস্তুত হলেন।

পর্ব ৪৭: পলাতক ভিলেন

ডঃ রত্নাকর সান্যালের আসল পরিচয় এবং তার অপরাধের গভীরতা উন্মোচিত হওয়ার পর দুজোর মনে এক নতুন সংকল্প জন্ম নিল। এইবার তিনি এই মাস্টারমাইন্ডকে কোনোভাবেই পালাতে দেবেন না। কিন্তু ডঃ সান্যাল ছিলেন অত্যন্ত ধূর্ত এবং প্রভাবশালী। তিনি তার ক্ষমতা এবং নেটওয়ার্ক ব্যবহার করে দ্রুত গা ঢাকা দিয়েছিলেন। তাকে খুঁজে বের করা ছিল এক বিশাল চ্যালেঞ্জ।

দুজ তার কার্যালয়ে বসেছিলেন, তার সামনে ডঃ সান্যালের ফাইলটি খোলা। বিশু, রীতা এবং অর্ণবও তার পাশে ছিলেন, তাদের চোখে মুখে ছিল দৃঢ়তা। শম্ভুনাথের বিষয়ে দুজ এখনও কিছু বলেননি, কারণ এই মুহূর্তে ডঃ সান্যালকে ধরাটাই ছিল তাদের প্রধান লক্ষ্য।

"ডঃ সান্যাল একজন আন্তর্জাতিক অপরাধী," দুজ বললেন। "তার নেটওয়ার্ক দেশের বাইরেও বিস্তৃত। তাকে ধরতে হলে আমাদের আন্তর্জাতিক পুলিশের সাহায্য নিতে হবে।"

দুজ দ্রুত ইন্টারপোল (Interpol) এবং অন্যান্য আন্তর্জাতিক গোয়েন্দা সংস্থার সাথে যোগাযোগ করলেন। তিনি ডঃ সান্যালের সব তথ্য, তার অপরাধের প্রমাণ, এবং 'ছায়া সংঘ'-এর কার্যকলাপ সম্পর্কে বিস্তারিতভাবে জানালেন। আন্তর্জাতিক পুলিশ ডঃ সান্যালকে 'মোস্ট ওয়ান্টেড' অপরাধীর তালিকায় অন্তর্ভুক্ত করল এবং তাকে ধরার জন্য বিশ্বব্যাপী অনুসন্ধান শুরু করল।

কিন্তু ডঃ সান্যাল ছিলেন অত্যন্ত সতর্ক। তিনি তার পরিচয় গোপন রাখার জন্য বিভিন্ন কৌশল অবলম্বন করতেন। তিনি ঘন ঘন তার অবস্থান পরিবর্তন করতেন, ছদ্মবেশ ধারণ করতেন, এবং তার যোগাযোগ ব্যবস্থা ছিল অত্যন্ত সুরক্ষিত। তাকে ট্র্যাক করা ছিল প্রায় অসম্ভব।

দুজ এবং তার দল দিনরাত পরিশ্রম করতে লাগলেন। তারা ডঃ সান্যালের পুরোনো পরিচিতি, তার আর্থিক লেনদেন, এবং তার সম্ভাব্য আশ্রয়স্থলগুলো নিয়ে গবেষণা করতে লাগলেন। বিশু তার প্রযুক্তিগত দক্ষতা ব্যবহার করে ডঃ সান্যালের ডিজিটাল ফুটপ্রিন্ট ট্র্যাক করার চেষ্টা করল। রীতা তার পারিবারিক যোগাযোগ ব্যবহার করে শিল্প জগতের ভেতরের খবর সংগ্রহ করতে লাগলেন। অর্ণব তার শিল্পী মন দিয়ে ডঃ সান্যালের শিল্পকর্মের ধরণ এবং তার পছন্দের স্থানগুলো বিশ্লেষণ করতে লাগলেন, যা হয়তো তার সম্ভাব্য আশ্রয়স্থল সম্পর্কে ইঙ্গিত দিতে পারে।

তাদের অনুসন্ধান তাদের বিভিন্ন শহরে নিয়ে গেল। প্রথমে তারা মুম্বাইয়ে ডঃ সান্যালের একটি গোপন ব্যাংক অ্যাকাউন্টের সন্ধান পেলেন, কিন্তু সেখানে পৌঁছানোর আগেই তিনি টাকা তুলে নিয়ে পালিয়েছিলেন। এরপর তারা দিল্লিতে তার একটি পুরোনো ফ্ল্যাটের সন্ধান পেলেন, কিন্তু সেখানেও তিনি ছিলেন না। প্রতিটি পদক্ষেপে ডঃ সান্যাল যেন তাদের এক ধাপ এগিয়ে ছিলেন, যেন তিনি তাদের প্রতিটি চাল আগে থেকেই জানতেন।

দুজ বুঝতে পারছিলেন, ডঃ সান্যালের কাছে হয়তো তাদের গতিবিধি সম্পর্কে তথ্য পৌঁছাচ্ছে। তার মনে আবার বিশুর বিশ্বাসঘাতকতার কথা মনে পড়ল। বিশু এখন তাদের সাথে থাকলেও, তার অতীত ভুল দুজোর মনে এক ধরণের

অবিশ্বাস সৃষ্টি করেছিল। দুজ খুব সতর্কতার সাথে বিশুর প্রতিটি পদক্ষেপ পর্যবেক্ষণ করছিলেন।

বিভিন্ন শহরে ডঃ সান্যালের গতিবিধি অনুসরণ করতে গিয়ে দুজ এবং তার দল অনেক বাধার সম্মুখীন হলেন। 'ছায়া সংঘ'-এর সদস্যরা তাদের উপর নজর রাখছিল, এবং মাঝে মাঝে তাদের বিভ্রান্ত করার চেষ্টা করছিল। কিছু জায়গায় তাদের উপর হামলাও হয়েছিল, কিন্তু দুজ এবং তার দল তাদের বুদ্ধিমত্তা এবং সাহসিকতা দিয়ে সেই হামলাগুলো প্রতিহত করেছিলেন।

অর্ণব একদিন একটি গুরুত্বপূর্ণ সূত্র খুঁজে পেলেন। ডঃ সান্যাল তার পুরোনো শিল্পকর্মের উৎস সম্পর্কে গবেষণা করার জন্য একটি নির্দিষ্ট ধরণের প্রাচীন পুঁথি ব্যবহার করতেন। অর্ণব জানতে পারলেন, সেই পুঁথিগুলো একটি নির্দিষ্ট লাইব্রেরিতে রাখা আছে, যা দেশের বাইরে অবস্থিত। অর্ণব অনুমান করলেন, ডঃ সান্যাল হয়তো সেই লাইব্রেরিতে গিয়ে তার পুরোনো গবেষণাগুলো নিয়ে কাজ করছেন, অথবা সেখান থেকে নতুন কোনো তথ্য সংগ্রহ করছেন।

এই সূত্রটি দুজোর মনে এক নতুন আশার জন্ম দিল। তারা দ্রুত সেই লাইব্রেরির দিকে রওনা দিলেন। ডঃ সান্যালকে ধরার জন্য তারা মরিয়া হয়ে উঠেছিলেন। এই পলাতক ভিলেনকে ধরা তাদের জন্য কেবল একটি কেস ছিল না, এটি ছিল ন্যায়বিচার প্রতিষ্ঠার এক সংকল্প। কুয়াশার গভীরে

লুকিয়ে থাকা এই মাস্টারমাইন্ডকে ধরার জন্য দুজ এবং তার দল তাদের সব শক্তি এবং বুদ্ধি একত্রিত করতে প্রস্তুত ছিলেন।

পর্ব ৪৮: রীতার প্রতিশোধ

ডঃ রত্নাকর সান্যালকে ধরার জন্য দুজ এবং তার দল যখন আন্তর্জাতিক স্তরে অনুসন্ধান চালাচ্ছিলেন, ঠিক তখনই রীতা সেনগুপ্তের মনে এক নতুন সংকল্প দানা বাঁধছিল। তার বাবার অপরাধ এবং মায়ের মৃত্যুর আসল সত্য জানার পর রীতার মনে এক গভীর আঘাত লেগেছিল, কিন্তু সেই আঘাত তাকে দুর্বল না করে বরং আরও শক্তিশালী করে তুলেছিল। তার মায়ের প্রতি অবিচারের প্রতিশোধ নেওয়ার তীব্র আকাঙ্ক্ষা তাকে এই তদন্তে আরও বেশি সক্রিয় করে তুলল।

ম্যানশনে বসে রীতা তার মায়ের পুরোনো ছবিগুলো দেখছিলেন। মীরা সেনগুপ্তের হাসিমুখের ছবিগুলো দেখে তার চোখ দিয়ে জল গড়িয়ে পড়ছিল, কিন্তু এবার এই জল কেবল কষ্টের নয়, বরং সংকল্পের। অর্ণব তার পাশে এসে বসলেন, রীতার হাত ধরে তাকে সান্ত্বনা দিলেন।

"অর্ণব," রীতা দৃঢ় কণ্ঠে বললেন, "আমি আর চুপ করে বসে থাকতে পারব না। ডঃ সান্যালকে ধরা না গেলে আমার মায়ের আত্মা শান্তি পাবে না। আমি তাকে আমার মায়ের মৃত্যুর জন্য শাস্তি দিতে চাই।"

অর্ণব রীতার দিকে তাকালেন। তিনি রীতার ভেতরের এই পরিবর্তনটা লক্ষ্য করেছিলেন। রীতা এখন আর সেই ভীতু, বিষণ্ণ মেয়েটি ছিল না; তার চোখে মুখে এক ধরণের আগুন জ্বলছিল। "আমি আপনার সাথে আছি, রীতা। আমরা একসাথে এই লড়াই করব।"

রীতা দুজোর কার্যালয়ে গেলেন। দুজ তখন ডঃ সান্যালের সম্ভাব্য অবস্থান নিয়ে বিশুর সাথে আলোচনা করছিলেন।

"দুজবাবু," রীতা বললেন, তার কণ্ঠে দৃঢ়তা, "আমি আপনাকে এই তদন্তে আরও বেশি সাহায্য করতে চাই। ডঃ সান্যালকে ধরার জন্য আমি যেকোনো ঝুঁকি নিতে প্রস্তুত।"

দুজ রীতার দিকে তাকালেন। তিনি রীতার মনের অবস্থা বুঝতে পারছিলেন। "রীতা দেবী, আমি আপনার সংকল্পকে সম্মান করি। কিন্তু এই পথ অত্যন্ত বিপজ্জনক। ডঃ সান্যাল একজন নির্মম অপরাধী।"

"আমি জানি, দুজবাবু," রীতা বললেন। "কিন্তু আমার মায়ের মৃত্যুর প্রতিশোধ নেওয়া আমার কাছে সবকিছুর চেয়ে বেশি গুরুত্বপূর্ণ। আমার বাবার পুরোনো যোগাযোগগুলো আমি আরও গভীরভাবে ব্যবহার করতে পারি। ডঃ সান্যালের শিল্প জগতের নেটওয়ার্ক সম্পর্কে আমার কিছু তথ্য আছে, যা হয়তো আপনার কাজে লাগতে পারে।"

রীতা তার বাবার পুরোনো কিছু ডায়েরি এবং নোটবুক নিয়ে এলেন, যেখানে রণধীর সেনগুপ্ত ডঃ সান্যালের সাথে তার কিছু গোপন লেনদেনের কথা লিখে রেখেছিলেন। এই নোটবুকগুলোতে কিছু সাংকেতিক ভাষা এবং গোপন কোড ব্যবহার করা হয়েছিল, যা ডঃ সান্যালের অবৈধ কার্যকলাপের ইঙ্গিত দিচ্ছিল। রীতা তার বুদ্ধিমত্তা ব্যবহার করে এই কোডগুলোর কিছু অংশ decipher করতে সক্ষম হলেন।

"এই কোডগুলো ডঃ সান্যালের গোপন মিটিং এবং তার অবৈধ লেনদেনের স্থান সম্পর্কে ইঙ্গিত দিচ্ছে," রীতা ব্যাখ্যা করলেন। "আর এই নোটবুকগুলোতে ডঃ সান্যালের কিছু গোপন আশ্রয়স্থলেরও ইঙ্গিত আছে, যা তিনি তার পুরোনো গবেষণার জন্য ব্যবহার করতেন।"

দুজ রীতার বুদ্ধিমত্তা দেখে মুগ্ধ হলেন। রীতার এই আবিষ্কার তাদের তদন্তে এক নতুন দিগন্ত উন্মোচন করল। ডঃ সান্যালের পলাতক জীবন এবং তার গোপন আশ্রয়স্থলগুলো সম্পর্কে এই তথ্যগুলো অত্যন্ত মূল্যবান ছিল।

রীতা এরপর তার ব্যক্তিগত ঝুঁকি নিতে শুরু করলেন। তিনি ডঃ সান্যালের পুরোনো পরিচিতদের সাথে যোগাযোগ করলেন, যারা জানত না যে ডঃ সান্যাল একজন অপরাধী। রীতা তাদের কাছ থেকে ডঃ সান্যালের বর্তমান গতিবিধি এবং তার সম্ভাব্য পরিকল্পনা সম্পর্কে তথ্য সংগ্রহ করার চেষ্টা

করলেন। এই কাজ ছিল অত্যন্ত বিপজ্জনক, কারণ ডঃ সান্যালের অনুগামীরা রীতার উপর নজর রাখছিল।

একবার, রীতা যখন ডঃ সান্যালের একজন পুরোনো ছাত্রের সাথে দেখা করছিলেন, তখন 'ছায়া সংঘ'-এর দুজন লোক তাকে অনুসরণ করছিল। রীতা তাদের উপস্থিতি টের পেলেন এবং দ্রুত সেখান থেকে সরে পড়লেন। অর্ণব, যিনি রীতার উপর নজর রাখছিলেন, তিনি দ্রুত সেখানে পৌঁছালেন এবং রীতাকে রক্ষা করলেন। এই ঘটনা রীতাকে বুঝিয়ে দিল যে, তার প্রতিটি পদক্ষেপই বিপজ্জনক, কিন্তু তার সংকল্প আরও দৃঢ় হলো।

রীতার এই সক্রিয় ভূমিকা দুজোর তদন্তকে দ্রুত এগিয়ে নিয়ে গেল। তার দেওয়া তথ্য এবং তার ব্যক্তিগত ঝুঁকি ডঃ সান্যালের জালকে আরও ছোট করে আনছিল। কুয়াশার গভীরে লুকিয়ে থাকা এই মাস্টারমাইন্ডকে ধরার জন্য রীতা তার সব শক্তি এবং বুদ্ধি একত্রিত করতে প্রস্তুত ছিলেন। তার মায়ের প্রতিশোধ নেওয়ার এই আকাঙ্ক্ষা তাকে এক নতুন যোদ্ধা হিসেবে গড়ে তুলছিল।

পর্ব ৪৯: অর্ণবের অবদান

রীতার প্রতিশোধের আকাঙ্ক্ষা এবং তার ব্যক্তিগত ঝুঁকি দুজোর তদন্তকে দ্রুত এগিয়ে নিয়ে যাচ্ছিল। ডঃ রত্নাকর সান্যালকে ধরার জন্য তারা মরিয়া হয়ে উঠেছিলেন। এই

কঠিন সময়ে রীতার পাশে অর্ণবের উপস্থিতি ছিল এক বিশাল শক্তি। অর্ণব কেবল রীতাকে মানসিকভাবে সমর্থনই দিচ্ছিলেন না, বরং তার শিল্পী মন এবং শিল্পকর্মের গভীর জ্ঞান ব্যবহার করে 'ছায়া সংঘ'-এর গোপন কোড এবং চিহ্নগুলো decipher করার চেষ্টা করছিলেন।

অর্ণব তার স্টুডিওতে দিনরাত কাজ করছিলেন। তার সামনে ছিল 'নীল অপ্সরা'র পেছনের সেই ভাঙা তারার প্রতীক, ডঃ সান্যালের ল্যাব থেকে পাওয়া কিছু অস্পষ্ট স্কেচ, এবং রীতার দেওয়া রণধীরবাবুর পুরোনো নোটবুক, যেখানে কিছু সাংকেতিক ভাষা ব্যবহার করা হয়েছিল। অর্ণব বিশ্বাস করতেন, একজন শিল্পীর চোখ দিয়ে এই কোডগুলোর অর্থ বোঝা সম্ভব।

"দুজবাবু," অর্ণব দুজোর কার্যালয়ে এসে বললেন, তার চোখে মুখে এক ধরণের উত্তেজনা, "আমি মনে হয় 'ছায়া সংঘ'-এর গোপন কোডগুলোর কিছু অংশ decipher করতে পেরেছি।"

দুজ এবং বিশু অর্ণবের দিকে তাকালেন। রীতাও পাশে এসে দাঁড়াল।

"কী খুঁজে পেয়েছ, অর্ণব?" দুজ প্রশ্ন করলেন।

অর্ণব তার ল্যাপটপ খুলে কিছু ছবি দেখালেন। "ডঃ সান্যালের ল্যাব থেকে পাওয়া স্কেচগুলোতে কিছু জ্যামিতিক নকশা ছিল, যা সাধারণ শিল্পকর্মের মতো মনে হলেও, তাতে কিছু সূক্ষ্ম

পরিবর্তন ছিল। আর রণধীরবাবুর নোটবুকে যে সাংকেতিক ভাষা ব্যবহার করা হয়েছিল, তাতে কিছু বিশেষ ধরণের চিহ্ন ছিল, যা এই জ্যামিতিক নকশার সাথে মিলে যায়।"

অর্ণব ব্যাখ্যা করলেন। "আমি একজন শিল্পী হিসেবে এই চিহ্নগুলো এবং নকশাগুলো বিশ্লেষণ করেছি। আমার মনে হয়, ডঃ সান্যাল তার শিল্পকর্মের জ্ঞান ব্যবহার করে এই কোডগুলো তৈরি করেছেন। প্রতিটি চিহ্ন এবং নকশার পেছনে একটি নির্দিষ্ট অর্থ আছে, যা কেবল শিল্পকলার গভীরে প্রবেশকারী একজন ব্যক্তিই বুঝতে পারবে।"

অর্ণব একটি নির্দিষ্ট চিহ্ন দেখিয়ে বললেন, "এই ভাঙা তারার প্রতীকটি কেবল 'ছায়া সংঘ'-এর পরিচয় নয়, এটি তাদের নেটওয়ার্কের একটি মানচিত্র। তারার প্রতিটি ভাঙা অংশ একটি নির্দিষ্ট স্থানকে নির্দেশ করে, যেখানে তাদের গোপন আস্তানা বা লেনদেনের স্থান রয়েছে।"

দুজ এবং বিশু অর্ণবের আবিষ্কার শুনে বিস্মিত হলেন। এই তথ্য ছিল অত্যন্ত গুরুত্বপূর্ণ। এটি কেবল চক্রের গোপন আস্তানাগুলো সম্পর্কেই ইঙ্গিত দিচ্ছিল না, বরং ডঃ সান্যালের পরবর্তী চাল সম্পর্কেও গুরুত্বপূর্ণ সূত্র দিচ্ছিল।

"আর এই সাংকেতিক ভাষা," অর্ণব যোগ করলেন, "এগুলো তাদের ভবিষ্যৎ পরিকল্পনা এবং তাদের পরবর্তী লক্ষ্য সম্পর্কে ইঙ্গিত দিচ্ছে। আমার মনে হয়, তারা একটি নতুন

এবং অত্যন্ত মূল্যবান শিল্পকর্ম চুরি করার পরিকল্পনা করছে, যা দেশের বাইরে পাচার করা হবে।"

অর্ণবের এই আবিষ্কার দুজোর তদন্তে এক নতুন দিগন্ত উন্মোচন করল। ডঃ সান্যালের বুদ্ধিমত্তা এবং তার শিল্পকর্মের জ্ঞান ব্যবহার করে তিনি এমন এক জটিল কোড তৈরি করেছেন, যা একজন সাধারণ গোয়েন্দার পক্ষে decipher করা প্রায় অসম্ভব ছিল। কিন্তু অর্ণবের শিল্পী মন সেই জটিলতার গভীরে প্রবেশ করতে সক্ষম হয়েছিল।

"অর্ণব," দুজ বললেন, "তুমি অসাধারণ কাজ করেছ! এই তথ্য আমাদের জন্য খুবই গুরুত্বপূর্ণ।"

অর্ণবের এই অবদান রীতাকে আরও বেশি মুগ্ধ করল। সে অর্ণবের দিকে তাকাল, তার চোখে ছিল এক ধরণের গভীর শ্রদ্ধা এবং ভালোবাসা। অর্ণব কেবল একজন প্রতিভাবান শিল্পীই ছিলেন না, তিনি একজন সাহসী এবং বুদ্ধিমান মানুষও ছিলেন। রীতা বুঝতে পারছিল, এই কঠিন সময়ে অর্ণবই তার সবচেয়ে বড় শক্তি।

অর্ণব এবং রীতার সম্পর্ক এই তদন্তের মাধ্যমে আরও গভীর হলো। তারা একে অপরের প্রতি বিশ্বাস এবং নির্ভরতা খুঁজে পেলেন। তাদের এই জোট দুজকে আরও বেশি আত্মবিশ্বাসী করে তুলল। কুয়াশার গভীরে লুকিয়ে থাকা এই মাস্টারমাইন্ডকে ধরার জন্য তারা এখন আরও বেশি প্রস্তুত।

অর্ণবের এই আবিষ্কার ডঃ সান্যালের পরবর্তী চাল সম্পর্কে গুরুত্বপূর্ণ সূত্র দিল, যা তাদের চূড়ান্ত লড়াইয়ের জন্য প্রস্তুত হতে সাহায্য করল।

পর্ব ৫০: শম্ভুর শেষ ভূমিকা

অর্ণবের আবিষ্কার এবং রীতার দেওয়া সূত্রগুলো দুজোর তদন্তকে এক নতুন গতি এনে দিয়েছিল। ডঃ রত্নাকর সান্যালের পরবর্তী চাল সম্পর্কে তাদের কাছে এখন স্পষ্ট ইঙ্গিত ছিল। যখন দুজ এবং তার দল চূড়ান্ত লড়াইয়ের জন্য প্রস্তুতি নিচ্ছিলেন, ঠিক তখনই ম্যানশনের বাটলার শম্ভুনাথ, যিনি এতদিন ধরে এক গভীর ভয়ের মধ্যে জীবন কাটাচ্ছিলেন, তিনি এক গুরুত্বপূর্ণ তথ্য নিয়ে দুজের কাছে এলেন।

শম্ভুনাথের মুখ তখনও ফ্যাকাশে, তার চোখে মুখে ছিল এক ধরণের চাপা উদ্বেগ। রণধীর সেনগুপ্তের গ্রেফতারের পর তিনি কিছুটা স্বস্তি পেলেও, 'ছায়া সংঘ'-এর ক্ষমতা এবং ডঃ সান্যালের নির্মমতা তাকে তখনও আতঙ্কিত করে রেখেছিল। তিনি জানতেন, এই চক্র কতটা বিপজ্জনক।

দুজ তার কার্যালয়ে বসেছিলেন, যখন শম্ভুনাথ ধীরে ধীরে কক্ষে প্রবেশ করলেন। তার হাতে একটি পুরোনো চাবির গোছা ছিল।

"দুজবাবু," শম্ভুনাথ কাঁপতে কাঁপতে বললেন, "আমি... আমি আপনাকে একটা কথা বলতে চাই। এটা এই ম্যানশনের এক পুরোনো গোপন কথা, যা আমি বহু বছর ধরে লুকিয়ে রেখেছিলাম।"

দুজ শম্ভুনাথের দিকে মনোযোগ দিয়ে তাকালেন। তার মনে পড়ল, ল্যাবে পাওয়া ফাইলে 'ছায়া সংঘ'-এর একজন গোপন সদস্য হিসেবে শম্ভুনাথের নাম উল্লেখ ছিল। দুজ শম্ভুনাথের এই স্বীকারোক্তি শোনার জন্য প্রস্তুত ছিলেন।

"কী কথা, শম্ভুনাথবাবু?" দুজ শান্ত কণ্ঠে প্রশ্ন করলেন।

শম্ভুনাথ একটি দীর্ঘশ্বাস ফেললেন। "এই ম্যানশনে একটি পুরোনো গোপন পথ আছে, স্যার। এটি আমার দাদু তৈরি করিয়েছিলেন, যখন এই ম্যানশন তৈরি হয়েছিল। এটি একটি গোপন সুড়ঙ্গ, যা ম্যানশনের বাইরে একটি পুরোনো কুয়োর সাথে যুক্ত।"

দুজ এবং বিশু দুজনেই চমকে উঠলেন। একটি গোপন সুড়ঙ্গ? এটি ছিল এক অপ্রত্যাশিত তথ্য।

"এই সুড়ঙ্গটি ম্যানশনের কোন অংশ থেকে শুরু হয়েছে?" দুজ প্রশ্ন করলেন।

"ম্যানশনের পুরোনো রান্নাঘরের নিচে, স্যার," শম্ভুনাথ বললেন। "সেখানে একটি গোপন দরজা আছে, যা একটি

পাথরের আড়ালে লুকিয়ে আছে। এই চাবিটা সেই দরজার।" শম্ভুনাথ তার হাতে থাকা পুরোনো চাবিটি দুজোর দিকে এগিয়ে দিলেন।

"আপনি এই গোপন পথের কথা আগে কেন বলেননি, শম্ভুনাথবাবু?" দুজ প্রশ্ন করলেন।

শম্ভুনাথের চোখ দিয়ে জল গড়িয়ে পড়ল। "আমি... আমি ভয়ে কাউকে কিছু বলতে পারিনি, স্যার। ডঃ সান্যাল... সে আমাকে ভয় দেখিয়েছিল। সে বলেছিল, যদি আমি কাউকে এই গোপন পথের কথা বলি, তাহলে সে আমার পরিবারকে শেষ করে দেবে। সে আমাকে 'ছায়া সংঘ'-এর জন্য কাজ করতে বাধ্য করেছিল।"

দুজ বুঝতে পারলেন, শম্ভুনাথের ভয়টা কেবল রণধীরবাবুর জন্য ছিল না, এর পেছনে ডঃ সান্যালের হুমকিও ছিল। শম্ভুনাথ 'ছায়া সংঘ'-এর একজন গোপন সদস্য ছিলেন, কিন্তু তিনি বাধ্য হয়েই এই কাজ করছিলেন। তার এই স্বীকারোক্তি তার আত্মত্যাগেরই অংশ ছিল।

"ডঃ সান্যাল কি এই গোপন পথ সম্পর্কে জানতেন?" দুজ প্রশ্ন করলেন।

"হ্যাঁ, স্যার," শম্ভুনাথ বললেন। "সে আমাকে এই পথের কথা জিজ্ঞেস করেছিল। সে হয়তো এটি ব্যবহার করে ম্যানশনে প্রবেশ করত, এবং চুরির পর এটি ব্যবহার করেই পালিয়ে

যেত। সে হয়তো এটি ব্যবহার করে আবার ম্যানশনে হামলা করতে পারে, বা কোনো প্রমাণ সরিয়ে ফেলতে পারে।"

এই তথ্য দুজোর মনে এক নতুন উদ্বেগ সৃষ্টি করল। যদি ডঃ সান্যাল এই গোপন পথ সম্পর্কে জেনে থাকেন, তাহলে তিনি হয়তো এটি ব্যবহার করে তাদের ফাঁদে ফেলার চেষ্টা করবেন, অথবা ম্যানশনের ভেতর থেকে কোনো গুরুত্বপূর্ণ প্রমাণ সরিয়ে ফেলবেন।

"শম্ভুনাথবাবু," দুজ বললেন, "আপনি এই তথ্য দিয়ে আমাদের অনেক বড় সাহায্য করলেন। কিন্তু এখন আপনার জীবন বিপদে। ডঃ সান্যাল আপনাকে ছেড়ে দেবে না।"

শম্ভুনাথ মাথা নাড়লেন। "আমি জানি, স্যার। কিন্তু আমি আর এই পাপের বোঝা বইতে পারছি না। আমার জীবন গেলেও আমি সত্যকে উন্মোচন করতে চাই। আমি আমার পরিবারের প্রতি আমার কর্তব্য পালন করতে চাই।"

শম্ভুনাথের চোখে মুখে ছিল এক ধরণের দৃঢ়তা এবং আত্মত্যাগ। তিনি তার জীবনের শেষ মুহূর্তে এসে সত্যের পক্ষে দাঁড়াতে চাইছিলেন।

দুজ শম্ভুনাথের এই আত্মত্যাগকে সম্মান করলেন। তিনি বিশুকে নির্দেশ দিলেন শম্ভুনাথকে সুরক্ষিত স্থানে নিয়ে যেতে। কিন্তু শম্ভুনাথ রাজি হলেন না। "আমি ম্যানশন ছেড়ে যাব না,

স্যার। আমি আমার শেষ নিঃশ্বাস পর্যন্ত এই ম্যানশনের সেবা করব।"

দুজ বুঝতে পারলেন, শম্ভুনাথের এই সিদ্ধান্ত তার শেষ আত্মত্যাগ। তিনি তার জীবন দিয়ে এই পরিবারের প্রতি তার আনুগত্য প্রমাণ করতে চাইছিলেন।

শম্ভুনাথের দেওয়া এই গোপন পথের তথ্য দুজোর তদন্তে এক নতুন মোড় এনে দিল। ডঃ সান্যালের পরবর্তী চাল সম্পর্কে তাদের কাছে এখন স্পষ্ট ইঙ্গিত ছিল। এই গোপন পথটিই হয়তো তাদের চূড়ান্ত লড়াইয়ের কেন্দ্রবিন্দু হতে চলেছে। কুয়াশার গভীরে লুকিয়ে থাকা এই মাস্টারমাইন্ডকে ধরার জন্য দুজ এবং তার দল এখন আরও বেশি প্রস্তুত। শম্ভুনাথের এই শেষ ভূমিকা তাদের জন্য এক নতুন অনুপ্রেরণা হয়ে দাঁড়াল।

পর্ব ৫১: ফাঁদ পাতা

শম্ভুনাথের দেওয়া গোপন সুড়ঙ্গের খবর এবং অর্ণবের decipher করা কোডগুলো দুজোর হাতে 'ছায়া সংঘ'-এর মাস্টারমাইন্ড ডঃ রত্নাকর সান্যালকে ধরার এক সুবর্ণ সুযোগ এনে দিয়েছিল। ডঃ সান্যাল ছিলেন অত্যন্ত ধূর্ত এবং প্রভাবশালী, তাই তাকে ধরতে হলে একটি নিখুঁত এবং সুপরিকল্পিত ফাঁদ পাতা জরুরি ছিল। দুজ জানতেন, এইবার তাদের কোনো ভুল করা চলবে না।

দুজ তার কার্যালয়ে বসেছিলেন, তার সামনে ম্যানশনের নকশা, অর্ণবের decipher করা কোড, এবং শম্ভুনাথের দেওয়া চাবির গোছা। বিশু, রীতা এবং অর্ণবও তার পাশে ছিলেন, তাদের চোখে মুখে ছিল সংকল্প।

"ডঃ সান্যালকে ধরতে হলে আমাদের তাকে এমন একটি জায়গায় টেনে আনতে হবে, যেখানে সে নিজেকে নিরাপদ মনে করবে," দুজ বললেন। "আর সেই জায়গাটি হবে শিল্প জগতের কেন্দ্রবিন্দু।"

অর্ণবের decipher করা কোড থেকে দুজ জানতে পেরেছিলেন যে, 'ছায়া সংঘ' সম্প্রতি একটি নতুন এবং অত্যন্ত মূল্যবান শিল্পকর্ম চুরি করার পরিকল্পনা করছে, যা আন্তর্জাতিক বাজারে পাচার করা হবে। এই শিল্পকর্মটি একটি আসন্ন আন্তর্জাতিক শিল্প প্রদর্শনী বা নিলামে প্রদর্শিত হওয়ার কথা ছিল। দুজ সিদ্ধান্ত নিলেন, এই প্রদর্শনীটিই হবে তাদের ফাঁদ পাতার আদর্শ স্থান।

"এইবার আমাদের রণধীরবাবু, রীতা এবং অর্ণবের সাহায্য প্রয়োজন হবে," দুজ বললেন। "এই ফাঁদটি সফল করতে হলে তাদের ভূমিকা খুবই গুরুত্বপূর্ণ।"

দুজ পুলিশ হেফাজতে থাকা রণধীর সেনগুপ্তের সাথে দেখা করলেন। রণধীরবাবু তখন মানসিকভাবে বিধ্বস্ত ছিলেন, কিন্তু দুজ তাকে বোঝালেন যে, ডঃ সান্যালকে ধরতে পারলে

তার নিজের পাপের কিছুটা হলেও প্রায়শ্চিত্ত হবে। দুজ রণধীরবাবুকে দিয়ে ডঃ সান্যালের কাছে একটি গোপন বার্তা পাঠালেন। বার্তাটি এমনভাবে সাজানো হয়েছিল যে, ডঃ সান্যাল মনে করবেন রণধীরবাবু তাকে কোনো গুরুত্বপূর্ণ গোপন তথ্য দিতে চাইছেন, যা 'ছায়া সংঘ'-এর জন্য অত্যন্ত মূল্যবান। এই বার্তাটিই ডঃ সান্যালকে ফাঁদের দিকে টেনে আনবে।

"রীতা দেবী," দুজ বললেন, "আপনার বুদ্ধিমত্তা এবং আপনার পারিবারিক যোগাযোগ এই ফাঁদের জন্য অপরিহার্য। আপনাকে একটি গুরুত্বপূর্ণ ভূমিকা পালন করতে হবে।" রীতা তার বাবার পুরোনো পরিচিতি ব্যবহার করে শিল্প প্রদর্শনীতে ডঃ সান্যালের সাথে একটি গোপন বৈঠকের ব্যবস্থা করলেন। রীতা এমনভাবে পরিস্থিতি সাজালেন যে, ডঃ সান্যাল মনে করবেন রীতা তার বাবার কিছু গোপন নথি বা তথ্য তার কাছে বিক্রি করতে আগ্রহী, যা 'ছায়া সংঘ'-এর জন্য অত্যন্ত মূল্যবান। রীতার এই পদক্ষেপ ছিল অত্যন্ত ঝুঁকিপূর্ণ, কিন্তু তার মায়ের প্রতিশোধ নেওয়ার আকাঙ্ক্ষা তাকে সাহসী করে তুলেছিল।

"অর্ণব," দুজ বললেন, "তোমার শিল্পী মন এবং তোমার দক্ষতা এই ফাঁদের মূল আকর্ষণ হবে।" অর্ণব একটি নতুন শিল্পকর্ম তৈরি করলেন, যা 'নীল অপ্সরা'র মতোই দেখতে, কিন্তু তাতে একটি গোপন বার্তা এবং একটি ট্র্যাকিং ডিভাইস লুকানো ছিল। এই নকল শিল্পকর্মটি প্রদর্শনীতে রাখা হবে,

এবং এটিই হবে ডঃ সান্যালকে ফাঁদে ফেলার মূল আকর্ষণ। অর্ণব তার শিল্পকর্মের জ্ঞান ব্যবহার করে এমনভাবে ছবিটি তৈরি করেছিলেন যে, ডঃ সান্যাল এটিকে আসল মনে করবেন।

প্রদর্শনীটি ছিল কলকাতার এক বিশাল এবং অভিজাত আর্ট গ্যালারিতে। গ্যালারিটি ছিল অত্যাধুনিক নিরাপত্তা ব্যবস্থা দিয়ে সজ্জিত। দুজ বিশুকে নির্দেশ দিলেন গ্যালারির প্রতিটি কোণায় নজর রাখতে, সিসিটিভি ক্যামেরাগুলো নিয়ন্ত্রণ করতে, এবং পুলিশ বাহিনীকে ছদ্মবেশে প্রস্তুত রাখতে। গ্যালারির ভেতরে এবং বাইরে দুজোর বিশ্বস্ত ইনফর্মাররাও ছড়িয়ে ছিটিয়ে ছিল, যারা ডঃ সান্যালের গতিবিধি সম্পর্কে তথ্য দেবে।

প্রদর্শনীর দিন সন্ধ্যায় গ্যালারিটি আলোয় ঝলমল করছিল। শিল্প সংগ্রাহক, সমালোচক এবং সাংবাদিকরা ভিড় জমিয়েছিলেন। অর্ণবের তৈরি নকল শিল্পকর্মটি একটি সুরক্ষিত স্থানে রাখা হয়েছিল, যা সবার নজর কাড়ছিল। রীতা তার বাবার পুরোনো পরিচিতদের সাথে কথা বলছিলেন, এবং তার মুখে ছিল এক ধরণের স্বাভাবিকতা, কিন্তু তার মনে ছিল তীব্র উত্তেজনা।

ডঃ রত্নাকর সান্যাল গ্যালারিতে প্রবেশ করলেন। তার মুখে ছিল সেই পরিচিত শান্ত হাসি, কিন্তু তার চোখে মুখে এক ধরণের চতুরতা। তিনি জানতেন না যে, তিনি একটি বিশাল ফাঁদের দিকে এগিয়ে আসছেন। তিনি প্রথমে অর্ণবের তৈরি

নকল শিল্পকর্মটি দেখলেন, তার মুখে এক ধরণের বিস্ময়। তারপর তিনি রীতার দিকে এগিয়ে গেলেন, তার চোখে এক ধরণের কৌতূহল।

দুজ দূর থেকে সবকিছু পর্যবেক্ষণ করছিলেন। তার হাতে একটি ছোট কমিউনিকেশন ডিভাইস ছিল, যার মাধ্যমে তিনি বিশু এবং তার দলের সাথে যোগাযোগ রাখছিলেন। তার মনে এক ধরণের উত্তেজনা এবং সংকল্প। এইবার ডঃ সান্যালকে কোনোভাবেই পালাতে দেওয়া যাবে না। কুয়াশার গভীরে লুকিয়ে থাকা এই মাস্টারমাইন্ডকে ধরার জন্য ফাঁদ পাতা হয়েছে, এবং চূড়ান্ত লড়াইয়ের সময় এসেছে।

পর্ব ৫২: চরম উত্তেজনা

কলকাতার অভিজাত আর্ট গ্যালারিতে পাতা ফাঁদটি ছিল দুজোর জীবনের সবচেয়ে নিখুঁত পরিকল্পনা। ডঃ রত্নাকর সান্যাল, 'ছায়া সংঘ'-এর মাস্টারমাইন্ড, তার ক্ষমতা এবং বুদ্ধিমত্তার উপর অতিরিক্ত আত্মবিশ্বাসী হয়ে সেই ফাঁদে পা দিলেন। গ্যালারির ঝলমলে আলোয় শিল্পপ্রেমীদের ভিড়, কিন্তু এর আড়ালে লুকিয়ে ছিল এক চরম উত্তেজনা, এক চূড়ান্ত মোকাবিলা।

ডঃ সান্যাল গ্যালারিতে প্রবেশ করলেন, তার মুখে সেই পরিচিত শান্ত হাসি। তিনি সরাসরি অর্ণবের তৈরি নকল শিল্পকর্মটির দিকে এগিয়ে গেলেন। ছবিটি দেখে তার চোখে

এক ধরণের বিস্ময় ফুটে উঠল, যেন তিনি তার সামনে এক অমূল্য সৃষ্টি দেখতে পাচ্ছেন। তিনি জানতেন না, এই ছবিটিই তার ফাঁদের অংশ।

ঠিক তখনই, রীতা তার বাবার পুরোনো পরিচিতদের সাথে কথা বলার ছলে ডঃ সান্যালের কাছাকাছি এলেন। রীতার মুখে ছিল এক ধরণের স্বাভাবিকতা, কিন্তু তার মনে ছিল তীব্র উত্তেজনা। সে ডঃ সান্যালের দিকে একটি ছোট, গোপন সংকেত পাঠাল, যা তাদের গোপন বৈঠকের ইঙ্গিত দিচ্ছিল। ডঃ সান্যাল রীতার দিকে তাকিয়ে মৃদু হাসলেন, তার চোখে এক ধরণের কৌতূহল। তিনি মনে করলেন, রীতা তার বাবার গোপন নথি বিক্রি করতে আগ্রহী।

ডঃ সান্যাল রীতার সাথে একটি নির্জন কোণায় গিয়ে কথা বলতে শুরু করলেন। তিনি রীতার কাছ থেকে সেই গোপন নথিগুলো চাইলেন। রীতা তার বুদ্ধিমত্তা ব্যবহার করে ডঃ সান্যালকে আরও কিছু তথ্য দেওয়ার চেষ্টা করলেন, যা তাকে ফাঁদের গভীরে টেনে আনবে।

দুজ দূর থেকে সবকিছু পর্যবেক্ষণ করছিলেন। তার হাতে একটি ছোট কমিউনিকেশন ডিভাইস ছিল, যার মাধ্যমে তিনি বিশু এবং তার দলের সাথে যোগাযোগ রাখছিলেন। বিশু গ্যালারির সিসিটিভি ক্যামেরাগুলো নিয়ন্ত্রণ করছিল, এবং পুলিশ বাহিনী ছদ্মবেশে প্রস্তুত ছিল।

যখন ডঃ সান্যাল রীতার কাছ থেকে নথিগুলো নেওয়ার জন্য হাত বাড়ালেন, ঠিক তখনই দুজ তার কমিউনিকেশন ডিভাইসে একটি গোপন সংকেত পাঠালেন। "এখনই!"

সঙ্গে সঙ্গে গ্যালারির আলো নিভে গেল। পুরো গ্যালারি অন্ধকারে ডুবে গেল, কেবল দুজ এবং তার দলের হাতে থাকা টর্চের আলোয় কিছু অস্পষ্ট ছায়া দেখা যাচ্ছিল। এটি ছিল দুজোর প্রথম চাল।

"ফাঁদ!" ডঃ সান্যাল চিৎকার করে উঠলেন। তার মুখে সেই পরিচিত হাসিটা মিলিয়ে গেল, তার চোখে মুখে এক ধরণের ক্রোধ ফুটে উঠল। তিনি বুঝতে পারলেন, তিনি ধরা পড়ে গেছেন।

অন্ধকারের সুযোগ নিয়ে ডঃ সান্যালের কয়েকজন সহযোগী, যারা গ্যালারির ভেতরে সাধারণ মানুষের ছদ্মবেশে ছিল, তারা দ্রুত অ্যাকশনে নেমে পড়ল। তারা দুজ এবং তার দলের উপর হামলা করল। গ্যালারির ভেতরে চরম উত্তেজনা এবং অ্যাকশন শুরু হলো।

- **দুজ:** তিনি তার রিভলভার হাতে নিলেন এবং শত্রুদের উপর পাল্টা হামলা করলেন। তার লক্ষ্য ছিল ডঃ সান্যালকে ধরা। তিনি তার বুদ্ধিমত্তা এবং অভিজ্ঞতা ব্যবহার করে শত্রুদের বিভ্রান্ত করলেন, এবং তাদের মধ্যে বিভেদ সৃষ্টি করলেন।

- **বিশু:** বিশু তার শারীরিক শক্তি এবং প্রযুক্তিগত দক্ষতা ব্যবহার করে শত্রুদের কাবু করল। সে সিসিটিভি ক্যামেরাগুলো আবার চালু করল, যাতে পুলিশ বাহিনী শত্রুদের গতিবিধি পর্যবেক্ষণ করতে পারে।
- **রীতা:** রীতা তার বুদ্ধিমত্তা এবং সাহসিকতা দিয়ে দুজকে সাহায্য করলেন। তিনি ডঃ সান্যালের গতিবিধি সম্পর্কে তথ্য দিলেন, এবং তার সহযোগীদের বিভ্রান্ত করার চেষ্টা করলেন। তার মায়ের প্রতিশোধ নেওয়ার আকাঙ্ক্ষা তাকে আরও শক্তিশালী করে তুলেছিল।
- **অর্ণব:** অর্ণব তার শিল্পী মন দিয়ে পরিস্থিতি পর্যবেক্ষণ করলেন। তিনি তার তৈরি নকল শিল্পকর্মের ভেতরে লুকানো ট্র্যাকিং ডিভাইসটি সক্রিয় করলেন, যা ডঃ সান্যালের গতিবিধি ট্র্যাক করতে সাহায্য করবে। তিনি রীতাকে রক্ষা করার জন্য প্রস্তুত ছিলেন।

লড়াই ছিল তীব্র। গ্যালারির ভেতরে কাঁচ ভাঙার শব্দ, চেয়ার উল্টে পড়ার শব্দ, এবং মানুষের চিৎকারে এক ধরণের বিশৃঙ্খলা সৃষ্টি হলো। ডঃ সান্যাল তার সহযোগীদের নির্দেশ দিচ্ছিলেন দুজকে কাবু করার জন্য, এবং একই সাথে তিনি পালানোর চেষ্টা করছিলেন। তার উদ্দেশ্য ছিল অর্ণবের তৈরি নকল শিল্পকর্মটি নষ্ট করা, কারণ তাতে লুকানো ট্র্যাকিং ডিভাইসটি তার জন্য বিপজ্জনক ছিল।

ডঃ সান্যাল অর্ণবের তৈরি ছবির দিকে তেড়ে গেলেন। তিনি তার হাতে থাকা একটি ছোট ছুরি দিয়ে ছবিটি নষ্ট করার চেষ্টা করলেন। কিন্তু অর্ণব দ্রুত তার সামনে এসে দাঁড়ালেন।

"আপনি এই ছবি নষ্ট করতে পারবেন না!" অর্ণব চিৎকার করে বললেন।

ডঃ সান্যাল অর্ণবের উপর হামলা করলেন। তাদের মধ্যে তীব্র মারামারি শুরু হলো। অর্ণব তার প্রাণপণে ছবিটি রক্ষা করার চেষ্টা করলেন, কারণ তিনি জানতেন, এটিই তাদের শেষ সুযোগ।

ঠিক তখনই, আন্তর্জাতিক পুলিশ বাহিনী এবং স্থানীয় পুলিশ গ্যালারির ভেতরে প্রবেশ করল। তাদের আগমন দেখে 'ছায়া সংঘ'-এর সদস্যরা আতঙ্কিত হয়ে পড়ল। তারা পালানোর চেষ্টা করল, কিন্তু পুলিশ তাদের ঘিরে ফেলল।

ডঃ সান্যাল বুঝতে পারলেন যে তিনি ধরা পড়ে গেছেন। তার মুখে এক ধরণের ক্রোধ এবং হতাশা ফুটে উঠল। তিনি শেষবারের মতো পালানোর চেষ্টা করলেন, কিন্তু দুজ তার সামনে এসে দাঁড়ালেন।

দুজ এবং ডঃ সান্যালের মধ্যে চূড়ান্ত মুখোমুখি লড়াই শুরু হলো। এটি ছিল কেবল শারীরিক লড়াই নয়, এটি ছিল বুদ্ধির লড়াই, ন্যায় এবং অন্যায়ের লড়াই। দুজ তার সব শক্তি এবং বুদ্ধি খাটাচ্ছিলেন।

লড়াইয়ের এক পর্যায়ে, দুজ ডঃ সান্যালকে কাবু করতে সক্ষম হলেন। তিনি ডঃ সান্যালকে মাটিতে ফেলে দিলেন এবং তার হাত থেকে ছুরিটি কেড়ে নিলেন। পুলিশ দ্রুত ডঃ সান্যালকে গ্রেফতার করল। তার মুখে সেই পরিচিত হাসিটা মিলিয়ে গেল, তার চোখে মুখে ছিল চরম পরাজয়ের ছাপ।

'ছায়া সংঘ'-এর অন্যান্য সদস্যরাও ধরা পড়ল। তাদের অবৈধ কার্যকলাপের সব প্রমাণ দুজোর হাতে এল। 'নীল অপ্সরা' এবং 'চন্দ্রহার' চুরির রহস্য, মীরা সেনগুপ্তের মৃত্যুর আসল কারণ, এবং আন্তর্জাতিক শিল্প চোরাচালান চক্রের মুখোশ—সবকিছুই আজ উন্মোচিত হলো।

গ্যালারির ভেতরে আলো জ্বলে উঠল। বিশৃঙ্খলা কিছুটা শান্ত হলো। রীতা অর্ণবের দিকে তাকাল, তার চোখে ছিল এক ধরণের স্বস্তি এবং কৃতজ্ঞতা। অর্ণবও রীতার দিকে তাকিয়ে হাসলেন। তাদের সম্পর্ক এই চরম উত্তেজনার মধ্যেও আরও গভীর হলো।

দুজ ডঃ সান্যালের দিকে তাকিয়ে রইলেন। কুয়াশার গভীরে লুকিয়ে থাকা এই মাস্টারমাইন্ডের মুখোশ আজ পুরোপুরি উন্মোচিত হলো। কিন্তু দুজ জানতেন, এই গল্পের আরও কিছু অধ্যায় বাকি আছে।

পর্ব ৫৩: অপ্রত্যাশিত মোড়

ডঃ রত্নাকর সান্যাল এবং 'ছায়া সংঘ'-এর অন্যান্য সদস্যদের গ্রেফতারের পর কলকাতার আর্ট গ্যালারিতে এক ধরণের স্বস্তি নেমে এল। পুলিশ দ্রুত পরিস্থিতি নিয়ন্ত্রণে আনল, এবং দুজ চৌধুরী তার দলের সদস্যদের নিয়ে শেষ প্রমাণগুলো সংগ্রহ করতে লাগলেন। 'নীল অপ্সরা' এবং 'চন্দ্রহার' চুরির রহস্য, মীরা সেনগুপ্তের মৃত্যুর আসল কারণ, এবং আন্তর্জাতিক শিল্প চোরাচালান চক্রের মুখোশ—সবকিছুই আজ উন্মোচিত হলো। কিন্তু দুজ জানতেন, এই গল্পের শেষ অধ্যায় এখনও লেখা হয়নি।

গ্যালারির ভেতরে তখনো পুলিশের আনাগোনা চলছিল। দুজ বিশু, রীতা এবং অর্ণবের সাথে কথা বলছিলেন। রীতা তার মায়ের মৃত্যুর আসল সত্য জেনে মানসিকভাবে বিপর্যস্ত হলেও, এক ধরণের মুক্তি অনুভব করছিল। অর্ণব তার পাশে দৃঢ়ভাবে দাঁড়িয়েছিল। বিশু তার ভুলের জন্য অনুতপ্ত ছিল এবং দুজোর বিশ্বাস ফিরে পাওয়ার জন্য মরিয়া হয়ে কাজ করছিল।

দুজ ডঃ সান্যালের ল্যাব থেকে পাওয়া ফাইলগুলো আবার পর্যালোচনা করছিলেন। ফাইলগুলোতে 'ছায়া সংঘ'-এর সব অবৈধ কার্যকলাপের প্রমাণ ছিল, এবং তাদের নেটওয়ার্কের একটি বিশদ তালিকাও ছিল। দুজ প্রতিটি নাম মনোযোগ

দিয়ে দেখছিলেন, যাতে কোনো ছোট সূত্রও তার চোখ এড়িয়ে না যায়।

হঠাৎ তার চোখ একটি নির্দিষ্ট নামের উপর আটকে গেল। নামটি ছিল পরিচিত, এতটাই পরিচিত যে দুজ প্রথমে বিশ্বাস করতে পারলেন না। তার হাতে থাকা ফাইলটি যেন জীবন্ত হয়ে উঠল।

সেই নামটি ছিল... **বিশু**।

দুজ চমকে উঠলেন। তার হাতে থাকা ফাইলটি মেঝেতে পড়ে গেল। তার মুখ ফ্যাকাশে হয়ে গেল, চোখ দুটি বড় বড় হয়ে উঠল। তার সবচেয়ে বিশ্বস্ত সহকারী, তার নিজের ভাগ্নে, যাকে তিনি নিজের সন্তানের মতো ভালোবাসতেন, সে-ই কি 'ছায়া সংঘ'-এর একজন গোপন সহযোগী?

বিশু দুজোর দিকে তাকিয়েছিল, তার মুখে এক ধরণের উদ্বেগ। সে দুজোর দিকে এগিয়ে এল। "মামু, কী হয়েছে? আপনি ঠিক আছেন?"

দুজ বিশুর দিকে তাকালেন। তার চোখে অবিশ্বাস এবং যন্ত্রণা। তিনি ফাইলটি তুলে নিলেন এবং বিশুর দিকে এগিয়ে দিলেন। তার কণ্ঠস্বর কাঁপছিল। "বিশু... এই নামটা... এটা তোমার নাম?"

বিশু ফাইলটির দিকে তাকাল। তার মুখ মুহূর্তেই ফ্যাকাশে হয়ে গেল। তার চোখে মুখে এক ধরণের ভয় এবং অপরাধবোধ স্পষ্ট ফুটে উঠল। সে মাথা নিচু করে নিল, দুজোর চোখের দিকে তাকাতে পারছিল না।

"বিশু," দুজ বললেন, তার কণ্ঠস্বরে তীব্র যন্ত্রণা, "তুমি... তুমি 'ছায়া সংঘ'-এর একজন সহযোগী? তুমি আমার সঙ্গে বিশ্বাসঘাতকতা করেছ?"

রীতা এবং অর্ণব দুজ এবং বিশুর দিকে তাকিয়েছিলেন, তাদের চোখে বিস্ময়। তারা কল্পনাও করেননি যে এমন একটি অপ্রত্যাশিত মোড় আসবে।

বিশু কাঁপতে কাঁপতে মাথা নাড়ল। "আমি... আমি দুঃখিত, মামু। আমি... আমি বাধ্য হয়েছিলাম।"

বিশু বলতে শুরু করল। তার কণ্ঠস্বর ছিল ক্ষীণ, কিন্তু তার প্রতিটি শব্দ দুজোর হৃদয়ে আঘাত হানছিল। বিশু জানিয়েছিল, সে ডঃ রত্নাকর সান্যালের দ্বারা ব্ল্যাকমেল হয়েছিল। ডঃ সান্যাল বিশুর পরিবারের দুর্বলতার সুযোগ নিয়ে তাকে 'ছায়া সংঘ'-এর জন্য কাজ করতে বাধ্য করেছিলেন। বিশু ম্যানশনের ভেতরের সব তথ্য ডঃ সান্যালকে দিত, এবং দুজোর প্রতিটি পদক্ষেপ সম্পর্কে তাকে অবগত করত। রফিকের দেওয়া তথ্যও ছিল ডঃ সান্যালেরই পরিকল্পনা, যা বিশুর মাধ্যমে দুজোর কাছে পৌঁছেছিল।

"আমি জানি, মামু, আমি ভুল করেছি," বিশু বলল, তার চোখ দিয়ে জল গড়িয়ে পড়ল। "কিন্তু আমি আমার পরিবারকে বাঁচাতে চেয়েছিলাম। ডঃ সান্যাল আমাকে হুমকি দিয়েছিল।"

দুজ বিশুর দিকে তাকিয়ে রইলেন। তার মনে এক ধরণের মিশ্র অনুভূতি—ক্রোধ, যন্ত্রণা এবং হতাশা। তার সবচেয়ে বিশ্বস্ত সহযোগী, যার উপর তিনি অন্ধভাবে বিশ্বাস করতেন, সে-ই তাকে বিশ্বাসঘাতকতা করেছে। এই সত্যটি ছিল ডঃ সান্যালের গ্রেফতারের চেয়েও বেশি বেদনাদায়ক।

এই অপ্রত্যাশিত মোড়টি দুজোর জীবনে এক গভীর প্রভাব ফেলল। তার ব্যক্তিগত জীবনে এক নতুন ছায়া নেমে এল। তার বিশ্বাস ভেঙে গেল, এবং তার মনে এক নতুন উপলব্ধি জন্ম নিল। এই পৃথিবীতে ভালো এবং মন্দের মধ্যেকার রেখাটি কতটা সূক্ষ্ম, এবং মানুষ কতটা অসহায় হতে পারে, তা তিনি আবার বুঝতে পারলেন।

কুয়াশার গভীরে লুকিয়ে থাকা এই ষড়যন্ত্রের জাল যেন আরও জটিল হয়ে উঠল। ডঃ সান্যাল হয়তো ধরা পড়েছেন, কিন্তু তার রেখে যাওয়া বিশ্বাসঘাতকতার চিহ্ন দুজোর মনে এক গভীর ক্ষত তৈরি করল। এই কেসটি কেবল একটি অপরাধের কেস ছিল না, এটি ছিল বিশ্বাস, বিশ্বাসঘাতকতা এবং মানব মনের গভীরতার এক করুণ গল্প। দুজ জানতেন, এই আঘাত থেকে সেরে উঠতে তার অনেক সময় লাগবে।

পর্ব ৫৪: শেষ লড়াই

বিশুর বিশ্বাসঘাতকতা দুজোর হৃদয়ে এক গভীর ক্ষত তৈরি করেছিল। তার সবচেয়ে বিশ্বস্ত সহকারীর এই অপ্রত্যাশিত মোড় তাকে মানসিকভাবে বিপর্যস্ত করলেও, দুজ জানতেন, তার কাজ এখনও শেষ হয়নি। ডঃ রত্নাকর সান্যালকে গ্রেফতার করা হলেও, তার বিচার নিশ্চিত করা এবং 'ছায়া সংঘ'-এর বাকি সদস্যদের উন্মোচন করা বাকি ছিল। কিন্তু ডঃ সান্যাল ছিলেন অত্যন্ত ধূর্ত। পুলিশ হেফাজতে নেওয়ার পর তিনি কোনোভাবেই মুখ খুলছিলেন না, এবং তার আইনজীবীরা তাকে ছাড়িয়ে নেওয়ার জন্য মরিয়া হয়ে চেষ্টা করছিল। দুজ জানতেন, ডঃ সান্যালকে সম্পূর্ণভাবে কাবু করতে হলে তাকে আরও কিছু কঠিন পদক্ষেপ নিতে হবে।

ডঃ সান্যালের বিচারের জন্য আরও প্রমাণ সংগ্রহ করা জরুরি ছিল। দুজ তার কার্যালয়ে বসে বিশুর দেওয়া তথ্যগুলো এবং ল্যাব থেকে পাওয়া ফাইলগুলো আবার পর্যালোচনা করছিলেন। তার মনে পড়ল, ডঃ সান্যাল তার পুরোনো গবেষণাগুলো নিয়ে খুব সংবেদনশীল ছিলেন, এবং তার একটি গোপন ল্যাব ছিল যেখানে তিনি পুরোনো শিল্পকর্মের উৎস এবং ইতিহাস নিয়ে কাজ করতেন। এই ল্যাবে হয়তো আরও কিছু গোপন তথ্য বা প্রমাণ থাকতে পারে, যা ডঃ সান্যালের সব অপরাধের মুখোশ উন্মোচন করবে।

দুজ তার পুরোনো ইনফর্মার শঙ্করকে ফোন করলেন। শঙ্কর জানালেন, ডঃ সান্যালের একটি পুরোনো, পরিত্যক্ত গবেষণাগার ছিল কলকাতার এক ঐতিহাসিক স্থানে, একটি পুরোনো ঔপনিবেশিক আমলের ঘড়িঘরের নিচে। ঘড়িঘরটি ছিল শহরের এক কোণায়, যা বহু বছর ধরে পরিত্যক্ত ছিল এবং সাধারণ মানুষের কাছে তার অস্তিত্ব প্রায় অজানা ছিল। ডঃ সান্যাল নাকি মাঝে মাঝে সেখানে যেতেন, তার পুরোনো গবেষণাগুলো নিয়ে কাজ করার জন্য।

এই তথ্য দুজোর মনে এক নতুন আশার জন্ম দিল। এটিই ছিল ডঃ সান্যালের শেষ গোপন আস্তানা, যেখানে হয়তো তার সব অপরাধের আসল প্রমাণ লুকিয়ে আছে। দুজ বিশু, রীতা এবং অর্ণবকে নিয়ে সেই পুরোনো ঘড়িঘরের দিকে রওনা দিলেন। বিশু তার ভুলের জন্য অনুতপ্ত ছিল এবং দুজোর বিশ্বাস ফিরে পাওয়ার জন্য মরিয়া হয়ে কাজ করছিল। রীতা এবং অর্ণবও এই চূড়ান্ত লড়াইয়ের জন্য প্রস্তুত ছিলেন।

ঘড়িঘরটি ছিল বিশাল এবং জীর্ণ। তার পুরোনো দেয়ালগুলো যেন বহু বছরের ইতিহাস বুকে ধরে দাঁড়িয়ে ছিল। দুজ তার দলকে সতর্ক থাকতে বললেন। "এটা আমাদের শেষ সুযোগ। ডঃ সান্যালের লোক হয়তো এখানে আমাদের জন্য অপেক্ষা করছেন।"

তারা সাবধানে ঘড়িঘরের ভেতরে প্রবেশ করলেন। ভেতরে ছিল অন্ধকার এবং ধুলো। ঘড়িঘরের পুরোনো যন্ত্রাংশগুলো

মরিচা ধরেছিল, এবং বাতাস ছিল স্যাঁতসেঁতে। দুজ তার টর্চের আলো ফেলে প্রতিটি কোণা পরীক্ষা করতে লাগলেন। বিশু তার পাশে বন্দুক হাতে প্রস্তুত ছিল, অর্ণব এবং রীতাও তাদের চারপাশ পর্যবেক্ষণ করছিল।

অনেক খোঁজাখুঁজির পর, তারা ঘড়িঘরের বেসমেন্টে একটি গোপন প্রবেশপথ খুঁজে পেলেন। প্রবেশপথটি ছিল একটি ভারী লোহার দরজা দিয়ে ঢাকা, যা একটি জটিল লকের মাধ্যমে সুরক্ষিত ছিল। অর্ণব তার শিল্পকর্মের জ্ঞান ব্যবহার করে লকটি খোলার চেষ্টা করলেন। রীতা তার বুদ্ধিমত্তা দিয়ে তাকে সাহায্য করলেন। বিশু তার শারীরিক শক্তি দিয়ে দরজাটি খুলতে সাহায্য করল।

দরজা খুলতেই একটি ছোট, অন্ধকার কক্ষ উন্মোচিত হলো। কক্ষটি ছিল একটি গোপন গবেষণাগার, যেখানে ডঃ সান্যাল তার সব গোপন কাজ করতেন। সেখানে অসংখ্য পুরোনো শিল্পকর্মের নথি, গবেষণা পত্র, এবং কিছু গোপন ফাইল রাখা ছিল। এটিই ছিল 'ছায়া সংঘ'-এর আসল কার্যকলাপের কেন্দ্রবিন্দু।

দুজ এবং তার দল ল্যাবের ভেতরে প্রবেশ করলেন। তারা দ্রুত ফাইলপত্র ঘাঁটতে শুরু করলেন। সেখানেই তারা 'ছায়া সংঘ'-এর সব অবৈধ কার্যকলাপের আরও প্রমাণ খুঁজে পেলেন—অবৈধভাবে অর্থ পাচার, শিল্পকর্মের উৎস পরিবর্তন, এবং আন্তর্জাতিক বাজারে কালোবাজারি। মীরা সেনগুপ্তের

মৃত্যুর সাথে ডঃ সান্যালের জড়িত থাকার আরও স্পষ্ট প্রমাণ ছিল সেখানে।

ঠিক তখনই, ল্যাবের প্রধান দরজা বন্ধ হয়ে গেল। ভেতরে তীব্র আলো জ্বলে উঠল, এবং ডঃ রত্নাকর সান্যালের কণ্ঠস্বর ভেসে এল।

"স্বাগতম, গোয়েন্দা দুজ," ডঃ সান্যালের কণ্ঠস্বরে ছিল এক ধরণের বিদ্রূপ। তিনি ল্যাবের এক কোণায় দাঁড়িয়ে ছিলেন, তার হাতে একটি ছোট রিভলভার। তার মুখে ছিল এক ধরণের বিজয়ের হাসি। "আমি জানতাম আপনি এখানে আসবেন। এটা আপনার শেষ লড়াই।"

দুজ চমকে উঠলেন। ডঃ সান্যাল তো এখন পুলিশ হেপাজতে, তাহলে ইনি কে? তিনি বুঝতে পারলেন, এই চক্র বেশ শক্তিশালী আর জটিল, ডঃ সান্যাল তাদের জন্য ফাঁদ পেতেছিলেন।

"ডঃ সান্যাল," দুজ চিৎকার করে বললেন, "আপনার খেলা শেষ! আপনার সব প্রমাণ আমাদের হাতে।"

"প্রমাণ?" ডঃ সান্যাল হাসলেন। "এই প্রমাণগুলো আপনার হাতে পৌঁছানোর আগেই নষ্ট হয়ে যাবে। আর আপনারা... আপনারা কেউ এখান থেকে জীবিত ফিরে যেতে পারবেন না।"

ডঃ সান্যাল তার হাতে থাকা রিভলভারটি দুজোর দিকে তাক করলেন। ল্যাবের ভেতরে চরম উত্তেজনা এবং অ্যাকশন শুরু হলো।

- **দুজ:** তিনি তার বুদ্ধি এবং শারীরিক শক্তি উভয়ই ব্যবহার করলেন। তিনি ডঃ সান্যালকে বিভ্রান্ত করার চেষ্টা করলেন, এবং তার উপর ঝাঁপিয়ে পড়লেন।
- **বিশু:** বিশু তার ভুলের প্রায়শ্চিত্ত করার জন্য মরিয়া হয়ে উঠল। সে তার শারীরিক শক্তি দিয়ে ডঃ সান্যালের সহযোগীদের কাবু করল।
- **রীতা:** রীতা তার বুদ্ধিমত্তা এবং সাহসিকতা দিয়ে দুজকে সাহায্য করলেন। তিনি ডঃ সান্যালের গতিবিধি সম্পর্কে তথ্য দিলেন, এবং তাকে বিভ্রান্ত করার চেষ্টা করলেন।
- **অর্ণব:** অর্ণব তার শিল্পী মন দিয়ে পরিস্থিতি পর্যবেক্ষণ করলেন। তিনি ল্যাবের ভেতরে থাকা কিছু যন্ত্রাংশ ব্যবহার করে ডঃ সান্যালকে বিভ্রান্ত করার চেষ্টা করলেন।

লড়াই ছিল তীব্র। ঘড়িঘরের পুরোনো দেয়ালগুলো যেন তাদের লড়াইয়ের সাক্ষী ছিল। দুজ এবং ডঃ সান্যালের মধ্যে তীব্র মারামারি শুরু হলো। ডঃ সান্যাল তার বুদ্ধিমত্তা এবং শারীরিক শক্তি দিয়ে দুজকে প্রতিরোধ করার চেষ্টা করছিলেন। তিনি জানতেন, এই লড়াইয়ে হারলে তার সব শেষ হয়ে যাবে।

দুজ তার সব শক্তি এবং বুদ্ধি খাটাচ্ছিলেন। তিনি ডঃ সান্যালের প্রতিটি চাল আগে থেকে আন্দাজ করার চেষ্টা করছিলেন। এক পর্যায়ে, দুজ ডঃ সান্যালকে কাবু করতে সক্ষম হলেন। তিনি ডঃ সান্যালকে মাটিতে ফেলে দিলেন এবং তার হাত থেকে রিভলভারটি কেড়ে নিলেন।

ডঃ সান্যাল দুজোর দিকে তাকিয়ে হাসলেন। তার চোখে এক ধরণের উন্মাদনা। "আপনি আমাকে ধরতে পারবেন না, গোয়েন্দা! 'ছায়া সংঘ' আরও শক্তিশালী। এর শিকড় অনেক গভীরে প্রোথিত। আপনি কেবল একটি ছোট অংশকে ধরেছেন।"

ঠিক তখনই, পুলিশ বাহিনী ঘড়িঘরের ভেতরে প্রবেশ করল। তাদের আগমন দেখে ডঃ সান্যালের সহযোগীরা আত্মসমর্পণ করল। পুলিশ দ্রুত ডঃ সান্যালকে গ্রেফতার করল। তারা জাণালো ডঃ সান্যাল পুলিশের চোখে ধোঁকা দিয়ে পালিয়ে এসেছিল। ধরা পড়ায় তার মুখে সেই পরিচিত হাসিটা মিলিয়ে গেল, তার চোখে মুখে ছিল চরম পরাজয়ের ছাপ।

'ছায়া সংঘ'-এর সব অবৈধ কার্যকলাপের প্রমাণ দুজোর হাতে এল। ডঃ রত্নাকর সান্যালের আসল পরিচয় এবং তার অপরাধের গভীরতা—সবকিছুই আজ উন্মোচিত হলো।

ঘড়িঘরের ভেতরে আলো জ্বলে উঠল। বিশৃঙ্খলা কিছুটা শান্ত হলো। রীতা অর্ণবের দিকে তাকাল, তার চোখে ছিল এক

ধরণের স্বস্তি এবং কৃতজ্ঞতা। অর্ণবও রীতার দিকে তাকিয়ে হাসলেন। তাদের সম্পর্ক এই চরম উত্তেজনার মধ্যেও আরও গভীর হলো।

দুজ ডঃ সান্যালের দিকে তাকিয়ে রইলেন। কুয়াশার গভীরে লুকিয়ে থাকা এই মাস্টারমাইন্ডের মুখোশ আজ পুরোপুরি উন্মোচিত হলো। তার জীবনের সবচেয়ে কঠিন কেসটি আজ শেষ হলো। কিন্তু দুজ জানতেন, এই পৃথিবীতে আরও কত রহস্য কুয়াশার আড়ালে লুকিয়ে আছে, যা একদিন সত্যের আলোয় উন্মোচিত হবে।

পর্ব ৫৫: ন্যায়বিচার

কলকাতার পুরোনো ঘড়িঘরের বেসমেন্টে ডঃ রত্নাকর সান্যাল, 'ছায়া সংঘ'-এর মাস্টারমাইন্ড, এবং তার সহযোগীদের গ্রেফতারের পর এক দীর্ঘ এবং জটিল রহস্যের জট পুরোপুরি খুলে গেল। দুজ তার জীবনের সবচেয়ে কঠিন কেসটি সফলভাবে সমাধান করলেন। পুলিশ দ্রুত পরিস্থিতি নিয়ন্ত্রণে আনল, এবং ডঃ সান্যালকে পুলিশ হেফাজতে নেওয়া হলো।

ঘড়িঘরের গোপন গবেষণাগার থেকে 'ছায়া সংঘ'-এর সব অবৈধ কার্যকলাপের প্রমাণ সংগ্রহ করা হলো। ফাইলগুলোতে ছিল আন্তর্জাতিক শিল্প চোরাচালান, অবৈধ অর্থ পাচার, এবং রাজনৈতিক প্রভাব বিস্তারের বিশদ বিবরণ। মীরা সেনগুপ্তের

মৃত্যুর সাথে ডঃ সান্যালের জড়িত থাকার সব প্রমাণ, রণধীর সেনগুপ্তের প্রতারণা, এবং ডাক্তার অজিত রায়ের সহযোগিতার সব তথ্যও ছিল সেখানে। অর্ণবের আবিষ্কৃত 'ভাঙা তারার প্রতীক' এবং রীতার decipher করা কোডগুলোও প্রমাণ হিসেবে জমা দেওয়া হলো, যা 'ছায়া সংঘ'-এর নেটওয়ার্ক এবং তাদের গোপন কার্যকলাপ সম্পর্কে স্পষ্ট ধারণা দিচ্ছিল।

ডঃ রত্নাকর সান্যালকে আদালতে তোলা হলো। তার বিরুদ্ধে খুন, প্রতারণা, শিল্প চোরাচালান, এবং আরও অনেক গুরুতর অপরাধের অভিযোগ আনা হলো। তার আইনজীবীরা তাকে বাঁচানোর জন্য মরিয়া হয়ে চেষ্টা করলেও, দুজ এবং তার দলের সংগ্রহ করা অকাট্য প্রমাণগুলো ডঃ সান্যালের সব যুক্তি খণ্ডন করে দিল। তার সম্মান, তার প্রভাব—সবকিছুই এক মুহূর্তে ভেঙে চুরমার হয়ে গেল। সমাজের উচ্চ স্তরে প্রতিষ্ঠিত এই ভিলেনের আসল মুখোশ আজ সবার সামনে উন্মোচিত হলো।

বিশু, যে তার ভুলের জন্য অনুতপ্ত ছিল, সেও তার অপরাধ স্বীকার করল এবং তদন্তে সম্পূর্ণ সহযোগিতা করল। তার পরিবারকে ডঃ সান্যালের হুমকি থেকে রক্ষা করা হলো, এবং বিশুকে তার ভুলের প্রায়শ্চিত্ত করার সুযোগ দেওয়া হলো। দুজ বিশুকে ক্ষমা করেছিলেন, কারণ তিনি জানতেন, বিশু বাধ্য হয়েই এই কাজ করেছিল। তাদের সম্পর্ক হয়তো

আগের মতো আর সহজ ছিল না, কিন্তু দুজ বিশুর প্রতি তার বিশ্বাস পুরোপুরি হারাননি।

রণধীর সেনগুপ্তের বিচারও শুরু হলো। মীরা সেনগুপ্তের হত্যার জন্য তাকে দোষী সাব্যস্ত করা হলো। তার শিল্পকর্মের প্রতি আসক্তি এবং তার প্রতারণা তাকে এক অন্ধকার পথে নিয়ে গিয়েছিল, যার ফল তাকে ভোগ করতে হলো। ডাক্তার অজিত রায়কেও তার অপরাধের জন্য শাস্তি দেওয়া হলো।

রীতা সেনগুপ্ত তার মায়ের মৃত্যুর আসল সত্য জেনে মানসিকভাবে বিপর্যস্ত হলেও, এক ধরণের মুক্তি অনুভব করল। তার মায়ের প্রতি অবিচারের প্রতিশোধ নেওয়া হয়েছে, এবং তার মায়ের আত্মা শান্তি পেয়েছে। অর্ণব রীতার পাশে দৃঢ়ভাবে দাঁড়িয়েছিলেন, তাদের সম্পর্ক এই কঠিন সময়ের মধ্যে দিয়ে আরও গভীর হলো। তারা একে অপরের প্রতি বিশ্বাস এবং ভালোবাসা খুঁজে পেলেন। রীতা তার মায়ের স্মৃতিকে সম্মান জানানোর জন্য 'নীল অপ্সরা' এবং 'চন্দ্রহার'কে একটি সরকারি আর্ট গ্যালারিতে দান করার সিদ্ধান্ত নিলেন, যাতে এই শিল্পকর্মগুলো সবার জন্য উন্মুক্ত থাকে এবং এর পেছনের গল্পটি সবার কাছে পৌঁছায়।

শম্ভুনাথ, যিনি বহু বছর ধরে এই গোপন কথাটি বুকে চেপে রেখেছিলেন, তিনি এক ধরণের স্বস্তি অনুভব করলেন। তার আত্মত্যাগ বৃথা যায়নি। তিনি ম্যানশনের সেবা করে গেলেন, এবং তার জীবনে এক ধরণের শান্তি ফিরে এল।

আইন তার নিজস্ব পথে চলল। ডঃ রত্নাকর সান্যাল এবং 'ছায়া সংঘ'-এর অন্যান্য সদস্যদের কঠোর শাস্তি দেওয়া হলো। আন্তর্জাতিক শিল্প চোরাচালান চক্রের একটি বড় অংশ উন্মোচিত হলো, এবং তাদের কার্যকলাপের উপর নজরদারি বাড়ানো হলো।

দুজ তার কার্যালয়ে ফিরে এলেন। তার ডেস্কের উপর 'নীল অপ্সরা' কেসের ফাইলটি বন্ধ করা ছিল। বাইরে শীতের সকালের নরম রোদ জানালার কাঁচ ভেদ করে আসছিল। তার মনে এক ধরণের শান্তি এবং তৃপ্তি। তিনি ন্যায়বিচার প্রতিষ্ঠা করতে পেরেছেন।

এই কেসটি দুজোর জীবনে এক নতুন উপলব্ধি এনে দিল। তিনি বুঝতে পারলেন, প্রতিটি অপরাধের পেছনে থাকে এক গভীর মানবিক গল্প, যেখানে লোভ, ঈর্ষা, বিশ্বাসঘাতকতা এবং ভালোবাসার মতো জটিল আবেগগুলো ওতপ্রোতভাবে জড়িত। সত্য সবসময় সহজ বা সুন্দর হয় না, অনেক সময় তা অত্যন্ত বেদনাদায়ক হয়। কিন্তু সত্যের উন্মোচন অপরিহার্য, কারণ এটিই মানুষকে মুক্তি দেয়, এবং ন্যায়বিচার প্রতিষ্ঠা করে।

'কুয়াশার আড়ালে: এক অদৃশ্য চোর'—এই রহস্যের জট আজ পুরোপুরি খুলে গেল। কিন্তু দুজ জানতেন, এই পৃথিবীতে আরও কত রহস্য কুয়াশার আড়ালে লুকিয়ে আছে, যা একদিন সত্যের আলোয় উন্মোচিত হবে। তার গোয়েন্দা

জীবন কেবল শুরু হয়েছে, এবং তিনি প্রস্তুত ছিলেন ভবিষ্যতের আরও জটিল রহস্যের মুখোমুখি হওয়ার জন্য।

পর্ব ৫৬: ক্ষত নিরাময়

ডঃ রত্নাকর সান্যালের গ্রেফতার এবং 'ছায়া সংঘ'-এর উন্মোচনের পর শীতলছায়া ম্যানশনের উপর থেকে যেন এক দীর্ঘদিনের কালো মেঘ সরে গিয়েছিল। ন্যায়বিচার প্রতিষ্ঠিত হলেও, এই ঘটনার গভীর ক্ষতগুলো চরিত্রদের মনে রয়ে গিয়েছিল। তবে, সময়ের সাথে সাথে সেই ক্ষতগুলো নিরাময়ের পথে হাঁটছিল, এবং প্রতিটি চরিত্রই নিজেদের মতো করে এই নতুন বাস্তবতার সাথে মানিয়ে নিচ্ছিল।

রণধীর সেনগুপ্ত পুলিশ হেফাজতে ছিলেন, এবং তার বিচার প্রক্রিয়া চলছিল। তার অহংকার, লোভ এবং শিল্পকর্মের প্রতি অন্ধ আসক্তি তাকে এক অন্ধকার পথে ঠেলে দিয়েছিল, যার ফলস্বরূপ তিনি তার স্ত্রীকে হারিয়েছিলেন এবং তার পরিবারের সম্মান ধুলোয় মিশিয়ে দিয়েছিলেন। কারাগারের নির্জন প্রকোষ্ঠে বসে তিনি তার অতীত জীবনের পাপগুলো নিয়ে গভীরভাবে অনুশোচনা করছিলেন। তার মনে মীরা সেনগুপ্তের স্মৃতি বারবার ফিরে আসছিল, তার প্রতি করা অবিচার তাকে ভেতর থেকে কুরে কুরে খাচ্ছিল। তিনি বুঝতে পারছিলেন, তার কৃতকর্মের জন্য তাকে কঠোর শাস্তি ভোগ করতে হবে। এই অনুশোচনা তাকে মানসিকভাবে বিধ্বস্ত করলেও, এটিই ছিল তার প্রায়শ্চিত্তের প্রথম ধাপ। তিনি তার

ভুলগুলো স্বীকার করে নিয়েছিলেন, এবং এই সত্য তাকে এক ধরণের মুক্তি দিচ্ছিল, যা হয়তো তার জীবনের শেষ দিনগুলোতে কিছুটা শান্তি এনে দেবে।

রীতা সেনগুপ্তের জন্য সত্যের উন্মোচন ছিল এক গভীর আঘাত, কিন্তু একই সাথে এক বিশাল মুক্তি। তার মায়ের মৃত্যু নিছকই দুর্ঘটনা ছিল না, বরং তার বাবার দ্বারা সংঘটিত এক হত্যাকাণ্ড—এই সত্যটি তাকে মানসিকভাবে বিপর্যস্ত করলেও, বহু বছর ধরে তার মনে চেপে থাকা বিষাদ এবং সন্দেহের বোঝা যেন অনেকটাই হালকা হয়ে গিয়েছিল। রীতা এখন আর অন্ধকারে ছিল না; সে তার মায়ের সাথে কী ঘটেছিল, তা জানত। এই জ্ঞান তাকে এক ধরণের শক্তি জুগিয়েছিল। সে তার মায়ের স্মৃতিকে সম্মান জানানোর জন্য 'নীল অপ্সরা' এবং 'চন্দ্রহার'কে একটি সরকারি আর্ট গ্যালারিতে দান করার সিদ্ধান্ত নিয়েছিল। এই কাজটি ছিল তার মায়ের প্রতি তার ভালোবাসা এবং ন্যায়বিচারের প্রতি তার সংকল্পের প্রতীক। রীতা ধীরে ধীরে তার বিষাদ কাটিয়ে উঠছিল, এবং তার জীবনে এক নতুন অধ্যায়ের সূচনা হচ্ছিল, যেখানে সে তার মায়ের স্মৃতিকে বুকে ধরে নতুন করে বাঁচতে শিখছিল।

এই কঠিন সময়ের মধ্যে দিয়ে অর্ণব এবং রীতার সম্পর্ক আরও গভীর হয়েছিল। অর্ণব কেবল একজন চিত্রশিল্পী ছিলেন না, তিনি রীতার পাশে একজন বন্ধু, একজন সহযোগী এবং একজন প্রেমিক হিসেবে দাঁড়িয়েছিলেন। রীতার প্রতিটি

পদক্ষেপে তিনি তাকে সমর্থন দিয়েছিলেন, তার কষ্ট ভাগ করে নিয়েছিলেন। অর্ণবের সাহস, বুদ্ধিমত্তা এবং তার শিল্পী মন রীতাকে মুগ্ধ করেছিল। রীতাও অর্ণবের প্রতি এক গভীর ভালোবাসা অনুভব করতে শুরু করেছিল। তাদের সম্পর্ক ছিল বিশ্বাস, সম্মান এবং পারস্পরিক বোঝাপড়ার উপর ভিত্তি করে।

রহস্য সমাধানের পর অর্ণব এবং রীতা ম্যানশন ছেড়ে একটি নতুন শহরে বসবাস করার সিদ্ধান্ত নিলেন। অর্ণব তার শিল্পকর্ম নিয়ে নতুন করে কাজ শুরু করলেন, এবং রীতা তার সাথে থেকে তাকে সাহায্য করলেন। তারা একসাথে নতুন স্বপ্ন বুনতে শুরু করলেন, যেখানে অতীতের ছায়া তাদের ভবিষ্যৎকে গ্রাস করতে পারবে না। তাদের সম্পর্ক ছিল এই গল্পের এক উজ্জ্বল দিক, যা প্রমাণ করে যে, অন্ধকার এবং কষ্টের মধ্যেও ভালোবাসা এবং আশা টিকে থাকে।

দুজ তার কার্যালয়ে ফিরে এলেন। তার ডেস্কের উপর 'নীল অপ্সরা' কেসের ফাইলটি বন্ধ করা ছিল। বিশুর বিশ্বাসঘাতকতা তাকে আঘাত করলেও, দুজ তাকে ক্ষমা করেছিলেন। তিনি বুঝতে পারছিলেন, বিশু বাধ্য হয়েই এই কাজ করেছিল। এই কেসটি দুজোর জীবনে এক নতুন উপলব্ধি এনে দিল। তিনি বুঝতে পারলেন, প্রতিটি অপরাধের পেছনে থাকে এক গভীর মানবিক গল্প, যেখানে লোভ, ঈর্ষা, বিশ্বাসঘাতকতা এবং ভালোবাসার মতো জটিল আবেগগুলো ওতপ্রোতভাবে জড়িত। সত্য সবসময় সহজ বা সুন্দর হয় না,

অনেক সময় তা অত্যন্ত বেদনাদায়ক হয়। কিন্তু সত্যের উন্মোচন অপরিহার্য, কারণ এটিই মানুষকে মুক্তি দেয়, এবং ন্যায়বিচার প্রতিষ্ঠা করে। দুজ জানতেন, তার গোয়েন্দা জীবন কেবল শুরু হয়েছে, এবং তিনি প্রস্তুত ছিলেন ভবিষ্যতের আরও জটিল রহস্যের মুখোমুখি হওয়ার জন্য। কুয়াশা হয়তো কেটে গেছে, কিন্তু জীবনের পথে আরও অনেক রহস্য অপেক্ষা করছে, যা একদিন সত্যের আলোয় উন্মোচিত হবে।

পর্ব ৫৭ দুজোর প্রতিফলন

'নীল অপ্সরা রহস্য' —এই দীর্ঘ এবং জটিল রহস্যের সমাধান দুজোর গোয়েন্দা জীবনে এক নতুন অধ্যায় যোগ করেছিল। ডঃ রত্নাকর সান্যালের গ্রেফতার এবং 'ছায়া সংঘ'-এর উন্মোচনের পর ন্যায়বিচার প্রতিষ্ঠিত হলেও, এই কেসটি দুজের মনে এক গভীর ছাপ ফেলেছিল। তার কার্যালয়ের নির্জনতায় বসে দুজ এই পুরো ঘটনাটি নিয়ে আত্ম-পর্যালোচনা করছিলেন, তার ব্যক্তিগত জীবনে এর প্রভাব এবং তার গোয়েন্দা জীবনের নতুন লক্ষ্য নিয়ে গভীরভাবে ভাবছিলেন।

দুজ তার ডেস্কের উপর রাখা 'নীল অপ্সরা' কেসের ফাইলটি হাতে নিলেন। ফাইলটির প্রতিটি পৃষ্ঠা যেন এক একটি স্মৃতি, এক একটি চ্যালেঞ্জ। রণধীর সেনগুপ্তের অহংকার, মীরা সেনগুপ্তের করুণ পরিণতি, ডাক্তার অজিত রায়ের ঈর্ষা, অরুণাভ চৌধুরীর প্রতিশোধ, এবং সবশেষে বিশুর

বিশ্বাসঘাতকতা—এই সবকিছুই দুজোর মনে এক গভীর প্রভাব ফেলেছিল। তিনি বুঝতে পারছিলেন, এই কেসটি কেবল একটি অপরাধের কেস ছিল না, এটি ছিল মানব মনের অন্ধকার দিক, লোভ, ঈর্ষা, বিশ্বাসঘাতকতা এবং ভালোবাসার এক জটিল গল্প।

বিশুর বিশ্বাসঘাতকতা দুজোর হৃদয়ে এক গভীর ক্ষত তৈরি করেছিল। তার সবচেয়ে বিশ্বস্ত সহকারী, তার নিজের ভাগ্নে, তাকেই বিশ্বাসঘাতকতা করেছে—এই সত্যটি দুজের মনে এক ধরণের অবিশ্বাস এবং যন্ত্রণা সৃষ্টি করেছিল। দুজ বিশুকে ক্ষমা করলেও, তাদের সম্পর্ক হয়তো আগের মতো আর সহজ ছিল না। এই ঘটনা দুজোর ব্যক্তিগত জীবনে এক নতুন ছায়া ফেলেছিল। তিনি বুঝতে পারছিলেন, বিশ্বাস কতটা ভঙ্গুর হতে পারে, এবং মানুষ কতটা অসহায় হতে পারে যখন তার প্রিয়জন তাকে আঘাত করে। এই অভিজ্ঞতা দুজকে আরও বেশি সতর্ক এবং সংবেদনশীল করে তুলেছিল, কিন্তু একই সাথে তার মনে এক ধরণের একাকীত্বও এনে দিয়েছিল।

তবে, এই কেসটি দুজকে রীতা এবং অর্ণবের মতো নতুন বন্ধুদের সাথে পরিচয় করিয়ে দিয়েছিল। তাদের সাহস, বুদ্ধিমত্তা এবং সত্যের প্রতি সংকল্প দুজকে মুগ্ধ করেছিল। রীতার কষ্ট এবং অর্ণবের সহানুভূতি দুজোর মনে এক ধরণের মানবিক উষ্ণতা এনে দিয়েছিল। তিনি বুঝতে পারছিলেন,

জীবনের পথে কিছু সম্পর্ক ভেঙে গেলেও, নতুন কিছু সম্পর্ক গড়ে ওঠে, যা তাকে এগিয়ে যেতে সাহায্য করে।

এই কেসটি দুজোর গোয়েন্দা জীবনের লক্ষ্যকে নতুন করে সংজ্ঞায়িত করেছিল। তিনি বুঝতে পারছিলেন, তার কাজ কেবল অপরাধীদের ধরা নয়, বরং সত্যকে উন্মোচন করা, ন্যায়বিচার প্রতিষ্ঠা করা, এবং মানুষের লুকানো গল্পগুলো খুঁজে বের করা। তিনি অনুভব করলেন, প্রতিটি অপরাধের পেছনে থাকে এক গভীর মানবিক গল্প, যেখানে আবেগ, সম্পর্ক এবং ব্যক্তিগত ইতিহাস ওতপ্রোতভাবে জড়িত।

দুজ জানতেন, সত্য সবসময় সহজ বা সুন্দর হয় না, অনেক সময় তা অত্যন্ত বেদনাদায়ক হয়। কিন্তু সত্যের উন্মোচন অপরিহার্য, কারণ এটিই মানুষকে মুক্তি দেয়, এবং ন্যায়বিচার প্রতিষ্ঠা করে। এই কেসটি তাকে আরও বেশি বিচক্ষণ এবং সংবেদনশীল করে তুলেছিল, ভবিষ্যতের আরও জটিল রহস্যের মুখোমুখি হওয়ার জন্য।

তার মনে এক নতুন সংকল্প জন্ম নিল। তিনি কেবল অপরাধীদের ধরবেন না, তিনি তাদের মোটিভ, তাদের পেছনের গল্পগুলোও বোঝার চেষ্টা করবেন। তিনি মানুষের মনের গভীরে প্রবেশ করবেন, এবং কুয়াশার আড়ালে লুকিয়ে থাকা প্রতিটি সত্যকে উন্মোচন করবেন। তার লক্ষ্য ছিল, কেবল আইনের শাসন প্রতিষ্ঠা করা নয়, বরং মানুষের জীবনে শান্তি ফিরিয়ে আনা।

দুজ তার ডেস্কের উপর রাখা ফাইলটি বন্ধ করলেন। বাইরে শীতের সকালের নরম রোদ জানালার কাঁচ ভেদ করে আসছিল। কুয়াশা হয়তো কেটে গেছে, কিন্তু জীবনের পথে আরও অনেক রহস্য অপেক্ষা করছে, যা একদিন সত্যের আলোয় উন্মোচিত হবে। দুজ প্রস্তুত ছিলেন। তার গোয়েন্দা জীবন কেবল শুরু হয়েছে, এবং তিনি প্রস্তুত ছিলেন ভবিষ্যতের আরও জটিল রহস্যের মুখোমুখি হওয়ার জন্য।

পর্ব ৫৮: নতুন শুরু

নীল অপ্সরা রহস্য —এই দীর্ঘ রহস্যের সমাধান এবং ন্যায়বিচার প্রতিষ্ঠার পর শীতলছায়া ম্যানশনের উপর থেকে যেন এক দীর্ঘদিনের অভিশাপ সরে গিয়েছিল। কুয়াশা কেটে গিয়ে দিনের আলোয় ম্যানশনটি ঝলমল করছিল, কিন্তু তার পুরোনো দেয়ালগুলো যেন বহু ইতিহাসের নীরব সাক্ষী হয়ে দাঁড়িয়েছিল। এইবার ম্যানশনের ভবিষ্যৎ এবং তার বাসিন্দাদের নতুন জীবন শুরু হওয়ার পালা।

রণধীর সেনগুপ্তের গ্রেফতার এবং ডঃ রত্নাকর সান্যালের উন্মোচনের পর শীতলছায়া ম্যানশনটি তার পুরোনো গৌরব অনেকটাই হারিয়েছিল। তার ভেতরে ঘটে যাওয়া অপরাধ, বিশ্বাসঘাতকতা এবং হত্যার ঘটনা ম্যানশনের পবিত্রতাকে কলঙ্কিত করেছিল। তবে, রীতা সেনগুপ্তের প্রচেষ্টায় ম্যানশনটি

তার পুরোনো জৌলুস কিছুটা হলেও ফিরে পেতে শুরু করেছিল। রীতা তার মায়ের স্মৃতিকে সম্মান জানানোর জন্য 'নীল অপ্সরা' এবং 'চন্দ্রহার'কে একটি সরকারি আর্ট গ্যালারিতে দান করার সিদ্ধান্ত নিয়েছিলেন। ম্যানশনের বাকি শিল্পকর্মগুলোও তিনি একটি ট্রাস্টের অধীনে এনেছিলেন, যাতে সেগুলো সঠিকভাবে সংরক্ষিত থাকে এবং সাধারণ মানুষ সেগুলো দেখতে পারে।

ম্যানশনটি এখন আর কেবল একটি ব্যক্তিগত বাসস্থান ছিল না, বরং এটি একটি ঐতিহাসিক স্মৃতিস্তম্ভে পরিণত হয়েছিল, যা এক গভীর রহস্য এবং ট্র্যাজেডির গল্প বহন করছিল। শম্ভুনাথ, যিনি ম্যানশনের প্রতি তার আনুগত্য প্রমাণ করেছিলেন, তিনি ম্যানশনের দেখাশোনা করার দায়িত্ব নিলেন। তার তত্ত্বাবধানে ম্যানশনটি ধীরে ধীরে তার পুরোনো সৌন্দর্য ফিরে পেতে শুরু করল। তবে, ম্যানশনটি কি তার পুরোনো গৌরব পুরোপুরি ফিরে পাবে, নাকি তার পুরোনো পাপের ছায়া তাকে তাড়া করে ফিরবে, তা কেবল সময়ই বলতে পারবে।

রণধীর সেনগুপ্তের জন্য নতুন জীবন শুরু হয়েছিল কারাগারের নির্জন প্রকোষ্ঠে। তার অহংকার, লোভ এবং শিল্পকর্মের প্রতি অন্ধ আসক্তি তাকে এক অন্ধকার পথে ঠেলে দিয়েছিল, যার ফলস্বরূপ তিনি তার স্ত্রীকে হারিয়েছিলেন এবং তার পরিবারের সম্মান ধুলোয় মিশিয়ে দিয়েছিলেন। কারাগারের ভেতরে বসে তিনি তার কৃতকর্মের জন্য

গভীরভাবে অনুশোচনা করছিলেন। তার জীবনে এখন কেবল অনুশোচনা এবং প্রায়শ্চিত্তের পালা। তার নতুন জীবন ছিল তার পাপের ফল ভোগ করার জীবন, যেখানে তিনি তার ভুলগুলো স্বীকার করে নিয়েছিলেন, এবং এই সত্য তাকে এক ধরণের মুক্তি দিচ্ছিল, যা হয়তো তার জীবনের শেষ দিনগুলোতে কিছুটা শান্তি এনে দেবে।

রীতা সেনগুপ্তের জন্য সত্যের উন্মোচন ছিল এক গভীর আঘাত, কিন্তু একই সাথে এক বিশাল মুক্তি। তার মায়ের মৃত্যুর আসল সত্য জানার পর রীতা মানসিকভাবে বিপর্যস্ত হলেও, বহু বছর ধরে তার মনে চেপে থাকা বিষাদ এবং সন্দেহের বোঝা যেন অনেকটাই হালকা হয়ে গিয়েছিল। রীতা এখন আর অন্ধকারে ছিল না; সে তার মায়ের সাথে কী ঘটেছিল, তা জানত। এই জ্ঞান তাকে এক ধরণের শক্তি জুগিয়েছিল। অর্ণব রীতার পাশে দৃঢ়ভাবে দাঁড়িয়েছিলেন, তাদের সম্পর্ক এই কঠিন সময়ের মধ্যে দিয়ে আরও গভীর হয়েছিল।

রহস্য সমাধানের পর অর্ণব এবং রীতা ম্যানশন ছেড়ে একটি নতুন শহরে বসবাস করার সিদ্ধান্ত নিলেন। অর্ণব তার শিল্পকর্ম নিয়ে নতুন করে কাজ শুরু করলেন, এবং রীতা তার সাথে থেকে তাকে সাহায্য করলেন। তারা একসাথে নতুন স্বপ্ন বুনতে শুরু করলেন, যেখানে অতীতের ছায়া তাদের ভবিষ্যৎকে গ্রাস করতে পারবে না। তাদের সম্পর্ক ছিল এই গল্পের এক উজ্জ্বল দিক, যা প্রমাণ করে যে, অন্ধকার এবং

কষ্টের মধ্যেও ভালোবাসা এবং আশা টিকে থাকে। রীতা তার মায়ের স্মৃতিকে বুকে ধরে নতুন করে বাঁচতে শিখছিল, এবং অর্ণবের সাথে তার নতুন জীবন ছিল তার জন্য এক নতুন শুরু।

শীতলছায়া ম্যানশনের ভবিষ্যৎ হয়তো অনিশ্চিত ছিল, কিন্তু তার বাসিন্দাদের জীবনে এক নতুন অধ্যায়ের সূচনা হয়েছিল। কুয়াশা হয়তো কেটে গেছে, কিন্তু জীবনের পথে আরও অনেক রহস্য অপেক্ষা করছে, যা একদিন সত্যের আলোয় উন্মোচিত হবে।

পর্ব ৫৯: কুয়াশার রেশ

নীল অপ্সরা রহস্য —এই দীর্ঘ এবং জটিল রহস্যের সমাধান দুজ জীবনে এক গভীর ছাপ ফেলেছিল। ডঃ রত্নাকর সান্যাল এবং 'ছায়া সংঘ'-এর উন্মোচনের পর ন্যায়বিচার প্রতিষ্ঠিত হলেও, এই গল্পের রেশ যেন ম্যানশনের পুরোনো দেয়ালগুলোতে এবং চরিত্রদের মনে তখনও লেগে ছিল। কুয়াশা হয়তো কেটে গেছে, কিন্তু তার আবছা স্মৃতি যেন সবকিছুকে এক নতুন দৃষ্টিকোণ থেকে দেখতে শেখাচ্ছিল।

ছোট ছোট সূত্র এবং চরিত্রদের পরিণতি:

- **শম্ভুনাথ:** ম্যানশনের বাটলার শম্ভুনাথ, যিনি বহু বছর ধরে এক ভয়ঙ্কর গোপন কথা বুকে চেপে

রেখেছিলেন, তিনি এখন এক ধরণের শান্তি খুঁজে পেয়েছেন। রণধীরবাবুর ভয় এবং 'ছায়া সংঘ'-এর হুমকি থেকে মুক্ত হয়ে তিনি তার জীবনের শেষ দিনগুলো ম্যানশনের সেবায় উৎসর্গ করেছেন। তার চোখে মুখে এখন আর সেই পুরোনো ভয় নেই, বরং এক ধরণের নির্লিপ্ততা এবং স্বস্তি। তিনি তার বিশ্বস্ততা প্রমাণ করেছেন, এবং তার আত্মত্যাগ বৃথা যায়নি। ম্যানশনের প্রতিটি কোণা যেন তার নীরব সাক্ষী।

- **ডাক্তার অজিত রায়:** ডাক্তার অজিত রায়, যিনি রণধীরবাবুর প্রতি ঈর্ষার বশে 'নীল অপ্সরা' চুরি করেছিলেন এবং মীরা সেনগুপ্তের মৃত্যুর রহস্য গোপন করেছিলেন, তিনি এখন কারাগারের প্রকোষ্ঠে তার কৃতকর্মের জন্য প্রায়শ্চিত্ত করছেন। তার সেই শান্ত মুখোশ ভেঙে গেছে, এবং তার চোখে মুখে এখন কেবল অনুশোচনা। তার ঈর্ষা তাকে এক অন্ধকার পথে ঠেলে দিয়েছিল, যার ফল তাকে ভোগ করতে হচ্ছে।
- **অরুণাভ চৌধুরী:** রণধীরবাবুর পুরোনো ব্যবসায়িক অংশীদার অরুণাভ চৌধুরী, যিনি 'চন্দ্রহার' চুরি করে প্রতিশোধ নিতে চেয়েছিলেন, তাকেও তার অপরাধের জন্য আইনি প্রক্রিয়ার মুখোমুখি হতে হয়েছে। রণধীরবাবুর পতন দেখে তিনি এক ধরণের তৃপ্তি পেলেও, তার মনে সেই পুরোনো তিক্ততা এবং

প্রতিশোধের রেশ হয়তো পুরোপুরি কাটেনি। তার জীবনও এই ঘটনার পর এক নতুন দিকে মোড় নিয়েছে, যেখানে তাকে তার নিজের কাজের ফল ভোগ করতে হবে।

- **বিশু:** দুজের সহকারী বিশু, যিনি 'ছায়া সংঘ'-এর দ্বারা ব্ল্যাকমেল হয়ে দুজকে বিশ্বাসঘাতকতা করেছিলেন, তিনি এখন তার ভুলের জন্য অনুতপ্ত। দুজ তাকে ক্ষমা করলেও, বিশুর মনে সেই অপরাধবোধ রয়ে গেছে। সে এখন দুজোর সাথে থেকে তার বিশ্বাস ফিরে পাওয়ার জন্য মরিয়া হয়ে কাজ করছে। তার পথটি হয়তো কঠিন হবে, কিন্তু সে তার ভুলের প্রায়শ্চিত্ত করার জন্য প্রস্তুত। তার জীবনে নতুন করে সততা এবং বিশ্বাসের মূল্যবোধ ফিরে এসেছে।

কিছু প্রশ্নের উত্তর না পাওয়া বা ভবিষ্যতের জন্য খোলা রাখা:

- 'ছায়া সংঘ'-এর শিকড় কত গভীরে প্রোথিত ছিল? ডঃ রত্নাকর সান্যাল ধরা পড়লেও, এই বিশাল চক্রের আরও কত সদস্য এখনও ধরাছোঁয়ার বাইরে রয়েছে? এই প্রশ্নটি দুজোর মনে রয়ে গেছে, যা ভবিষ্যতের আরও অনেক রহস্যের ইঙ্গিত দিচ্ছে।
- ম্যানশনের পুরোনো দেয়ালগুলো কি আরও কোনো গোপন কথা লুকিয়ে রেখেছে? রণধীরবাবুর পরিবারের ইতিহাসে কি আরও কোনো অন্ধকার

অধ্যায় ছিল, যা এখনও উন্মোচিত হয়নি? এই প্রশ্নগুলোও ভবিষ্যতের জন্য খোলা রাখা হয়েছে, যা হয়তো দুজোর গোয়েন্দা জীবনে নতুন কোনো চ্যালেঞ্জ নিয়ে আসবে।

- শিল্প জগতের অন্ধকার দিকটি কতটা বিস্তৃত? 'নীল অপ্সরা' এবং 'চন্দ্রহার'-এর মতো আরও কত অমূল্য শিল্পকর্ম কালোবাজারির শিকার হয়েছে? এই প্রশ্নগুলো দুজের গোয়েন্দা জীবনের নতুন লক্ষ্য নির্ধারণ করেছে, যেখানে তিনি কেবল অপরাধীদের ধরবেন না, বরং শিল্প জগতের এই অন্ধকার দিকটিকেও উন্মোচন করবেন।

গল্পের থিমগুলো:

- **ঈর্ষা (Jealousy):** ডাক্তার অজিত রায়ের রণধীরবাবুর প্রতি ঈর্ষা তাকে অপরাধের পথে ঠেলে দিয়েছিল। এই ঈর্ষা কেবল শিল্পকর্মের প্রতি ছিল না, বরং রণধীরের সাফল্য এবং তার জীবনের প্রতি ছিল।
- **লোভ (Greed):** রণধীরবাবুর শিল্পকর্মের প্রতি অন্ধ লোভ এবং ক্ষমতার আকাঙ্ক্ষা তাকে একজন প্রতারক এবং হত্যাকারীতে পরিণত করেছিল। ডঃ রত্নাকর সান্যালেরও শিল্পের উপর নিরঙ্কুশ ক্ষমতা প্রতিষ্ঠার লোভ তাকে একজন মাস্টারমাইন্ড অপরাধী বানিয়েছিল।

- **সত্য (Truth):** সত্যের উন্মোচন ছিল এই গল্পের মূল বিষয়। মীরা সেনগুপ্তের মৃত্যুর আসল সত্য, রণধীরবাবুর প্রতারণা, এবং 'ছায়া সংঘ'-এর মুখোশ—সবকিছুই সত্যের আলোয় উন্মোচিত হয়েছে। সত্য হয়তো বেদনাদায়ক ছিল, কিন্তু এটিই চরিত্রদের মুক্তি দিয়েছে।
- **মিথ্যা (Falsehood):** গল্পের প্রতিটি ধাপে মিথ্যা এবং প্রতারণার জাল বোনা হয়েছিল। রণধীরবাবুর মিথ্যা, ডাক্তার অজিত রায়ের গোপনতা, এবং 'ছায়া সংঘ'-এর ছদ্মবেশ—সবকিছুই সত্যকে আড়াল করার চেষ্টা করেছিল। কিন্তু শেষ পর্যন্ত মিথ্যা পরাজিত হয়েছে।
- **প্রায়শ্চিত্ত (Redemption):** বিশুর প্রায়শ্চিত্তের পথ, এবং রণধীরবাবুর অনুশোচনা—এই থিমগুলো প্রমাণ করে যে, মানুষ তার ভুলের জন্য অনুতপ্ত হতে পারে এবং প্রায়শ্চিত্তের মাধ্যমে কিছুটা হলেও শান্তি পেতে পারে।

কুয়াশার রেশ হয়তো কেটে গেছে, কিন্তু তার স্মৃতি যেন জীবনের প্রতিটি পদক্ষেপে দুজকে পথ দেখাচ্ছে। তার গোয়েন্দা জীবন কেবল শুরু হয়েছে, এবং তিনি প্রস্তুত ছিলেন ভবিষ্যতের আরও জটিল রহস্যের মুখোমুখি হওয়ার জন্য, যেখানে সত্যের আলোয় তিনি প্রতিটি কুয়াশার আড়ালকে উন্মোচন করবেন।

পর্ব ৬০: একটি নতুন সকাল

শীতলছায়া ম্যানশনের উপর থেকে কুয়াশা পুরোপুরি কেটে গিয়েছিল। শীতের নরম রোদ জানালার কাঁচ ভেদ করে ম্যানশনের প্রতিটি কোণায় প্রবেশ করছিল, যেন এক নতুন সকালের আগমনী বার্তা নিয়ে এসেছে। ম্যানশনের পুরোনো দেয়ালগুলো এখন আর রহস্যের ভারে চাপা পড়ে নেই, বরং তারা যেন এক নতুন জীবনের সাক্ষ্য বহন করছিল। ' নীল অপ্সরা রহস্য '—এই দীর্ঘ এবং জটিল রহস্যের জট পুরোপুরি খুলে গেছে, এবং ন্যায়বিচার প্রতিষ্ঠিত হয়েছে।

ম্যানশনের ভেতরে এখন এক ধরণের শান্তি বিরাজ করছিল। রণধীর সেনগুপ্ত এবং ডঃ রত্নাকর সান্যাল তাদের কৃতকর্মের জন্য শাস্তি ভোগ করছিলেন। রীতা সেনগুপ্ত তার মায়ের মৃত্যুর আসল সত্য জেনে মানসিকভাবে বিপর্যস্ত হলেও, এক ধরণের মুক্তি অনুভব করছিল। অর্ণবের সাথে তার সম্পর্ক আরও গভীর হয়েছিল, এবং তারা একসাথে নতুন করে বাঁচতে শিখছিল। শম্ভুনাথ ম্যানশনের সেবা করে যাচ্ছিলেন, তার চোখে মুখে এখন আর সেই পুরোনো ভয় নেই, বরং এক ধরণের নির্লিপ্ততা এবং স্বস্তি। বিশু তার ভুলের জন্য অনুতপ্ত ছিল, এবং দুজোর বিশ্বাস ফিরে পাওয়ার জন্য মরিয়া হয়ে কাজ করছিল।

দুজ তার কার্যালয়ে বসেছিলেন। তার ডেস্কের উপর 'নীল অপ্সরা' কেসের ফাইলটি বন্ধ করা ছিল, যেন একটি সম্পূর্ণ

হওয়া গল্পের শেষ পৃষ্ঠা। বাইরে নরম রোদ ঝলমল করছিল, পাখিদের কিচিরমিচির শব্দ শোনা যাচ্ছিল। তার মনে এক ধরণের শান্তি এবং তৃপ্তি। তিনি ন্যায়বিচার প্রতিষ্ঠা করতে পেরেছেন, এবং কুয়াশার আড়ালে লুকিয়ে থাকা সত্যকে উন্মোচন করতে পেরেছেন।

এই কেসটি দুজোর জীবনে এক নতুন উপলব্ধি এনে দিয়েছিল। তিনি বুঝতে পারছিলেন, প্রতিটি অপরাধের পেছনে থাকে এক গভীর মানবিক গল্প, যেখানে লোভ, ঈর্ষা, বিশ্বাসঘাতকতা এবং ভালোবাসার মতো জটিল আবেগগুলো ওতপ্রোতভাবে জড়িত। সত্য সবসময় সহজ বা সুন্দর হয় না, অনেক সময় তা অত্যন্ত বেদনাদায়ক হয়। কিন্তু সত্যের উন্মোচন অপরিহার্য, কারণ এটিই মানুষকে মুক্তি দেয়, এবং ন্যায়বিচার প্রতিষ্ঠা করে।

দুজ তার চেয়ার থেকে উঠে জানালার দিকে গেলেন। বাইরে আকাশ ছিল পরিষ্কার, কোনো কুয়াশার চিহ্ন ছিল না। দিনের আলোয় সবকিছু স্পষ্ট দেখা যাচ্ছিল। ম্যানশনের সবুজ লন, পুরোনো গাছপালা, এবং দূর থেকে ভেসে আসা শহরের কোলাহল—সবকিছুই যেন এক নতুন জীবনের ইঙ্গিত দিচ্ছিল।

দুজ একটি দীর্ঘশ্বাস ফেললেন। তার গোয়েন্দা জীবন কেবল শুরু হয়েছে। এই পৃথিবীতে আরও কত রহস্য কুয়াশার আড়ালে লুকিয়ে আছে, যা একদিন সত্যের আলোয় উন্মোচিত

হবে। তিনি প্রস্তুত ছিলেন সেই সব রহস্যের মুখোমুখি হওয়ার জন্য, যেখানে তিনি প্রতিটি কুয়াশার আড়ালকে উন্মোচন করবেন এবং ন্যায়বিচার প্রতিষ্ঠা করবেন। তার সামনে ছিল এক নতুন সকাল, নতুন চ্যালেঞ্জ, এবং নতুন রহস্যের হাতছানি।

www.ingramcontent.com/pod-product-compliance
Lightning Source LLC
LaVergne TN
LVHW040423051026
849517LV00002B/446